Max Ziegler
Sylter Sandflut

Der zweite Fall für Ed Koch

Kriminalroman

Kampa

Für den Blick hinter die Verlagskulissen:
www.kampaverlag.ch/newsletter

Alle Rechte vorbehalten
Copyright © 2023 by Kampa Verlag AG, Zürich
www.kampaverlag.ch
Satz: Tristan Walkhoefer, Leipzig
Gesetzt aus der Stempel Garamond LT / 230130
Druck und Bindung: Friedrich Pustet, Regensburg
Auch als E-Book erhältlich
ISBN 978 3 311 12057 5

Wir treiben durch Landschaften ohne Karten.

Wir streben auf Höhen, ohne ihre Weite zu erkennen. Ermessen die Ebenen so wenig wie die Abgründe der Täler. In der Endlosigkeit des Meeres fehlen uns die Maßstäbe.

Wir tasten voran.

Von Wellenkamm zu Wellenkamm.

Von Erinnerung zu Erinnerung.

Wir halten fragend inne.

Verwundert.

Verängstigt.

Verloren.

Mühsam haben wir über die Jahre die Koordinaten unseres Lebens erlernt. Haben gelernt, ihnen zu vertrauen. Doch führen uns unsere Koordinaten in die Irre? Verwirren wir uns selbst?

Abgrundtief schwappt die Verwunderung über uns hinweg, erschreckt uns die tödliche Erkenntnis: Statt fest über den bekannten Territorien zu verharren, verschieben sich die Koordinaten der Landschaften, so wie wir selbst, doch unabhängig von uns.

Nichts bietet uns Halt.

Nicht einmal das Himmelszelt. Wir suchen in der Endlosigkeit des wogenden Meers einen geheimen Sinn, von dem wir nicht wissen, ob es ihn überhaupt gibt.

Auf so vielen Ebenen schwankt unsere Gewissheit wie das Meer.

Im Äußeren.

Im Inneren.

Die Koordinaten verschieben sich gegeneinander wie in einer Kreuzsee.

Ein Strudel reißt uns tief hinab. Wir drohen darin unterzugehen, gleiten in eine fremde Sphäre hinüber. Spät, fast schon im letzten Dämmer unseres Lebens, schimmert glücklich die Erkenntnis auf, dass wir verloren waren.

Von Anbeginn an.

Was hätten wir anders machen können, fragen wir uns, und wissen doch längst, dass wir uns damit in den Netzen der falschen Fragen verheddern. Wir hören die Möwen kreischen und suchen das Lied der Nachtigall.

Wir tauchen unter den ermüdeten Landschaften unserer Erinnerungen hindurch. Unter dem eisigen Ozean unsere Erwartungen.

Ängstlich klammern wir uns bis zuletzt an die Hoffnung, dass unsere Kraft und unser Atem ausreichen mögen, dass wir wieder auftauchen. Dass uns Rettung zuteilwird. In letzter Minute. Irgendwann. Irgendwo. Um zurückzukehren in fremdvertrauten Landschaften, die uns vor altneue Rätsel stellen.

I

Der Duft von Salz und Meer lag in der Luft. Es roch nach getrocknetem Holz, nach Arnikawiesen und blühenden Heckenrosen. Über Sylt schwebte der Duft des Sommers. Eduard, der von allen nur Ed genannt wurde, hielt seine Augen geschlossen. Rot leuchtende Punkte tanzten vor seinen Lidern und wechselten sich mit dunkelblauen Feldern ab. Dazwischen sprenkelte etwas Violett, etwas Gelb und ein wenig Grün. Zufrieden gab sich Ed diesem Meer aus Farbe hin. Er spürte die mediterran anmutende Wärme des gemächlich ausgleitenden Tages. Seine Wangen und Schultern, von denen er zuvor gar nicht bemerkt hatte, wie sehr er sie verkrampft hatte, entspannten sich.

Alles fühlte sich wohlig an, gelockert.

Völlig losgelöst.

Ed öffnete die Augen, und was sich ihm darbot, erschien ihm noch großartiger als dieses kleine Capriccio der Farben. Über ihm breitete sich der Sylter Himmel aus.

Er überlegte, wie er diesen Sommertag ausklingen lassen sollte. Natürlich könnte er einfach weiter hier oben im gläsernen Ausguck im Haus seines Freundes Rob sitzen bleiben. Rob, der seit einigen Wochen auf der Suche nach seiner Frau durch Kanada streifte und dessen Haus er während dieser Zeit hütete. Er könnte einfach weiter in den hohen Himmel schauen, dessen Blau nach und nach dunkler werden würde, bis die kurze Sommernacht aufzog und mit ihr die leuchtenden Sterne.

Er könnte sich ein Glas Wein holen. Vielleicht den gut ge-
kühlten Muscadet von der Loire, der im Kühlschrank auf
ihn wartete. Vermutlich würde er dann irgendwann sanft
wegdösen. Oder er würde anfangen, von Elsa zu träumen.
Von der schönen, zärtlichen Elsa, die er immer heftiger be-
gehrte, je weiter sie sich von ihm entfernt hatte.

Zu Beginn des Frühjahrs hatte Elsa ihn auf der Insel zu-
rückgelassen und war nach Pula gezogen. Offiziell, weil sie
dort die Position der neuen stellvertretenden Polizeichefin
angetreten hatte. Es gehörte aber auch zur Wahrheit dazu,
zur ganzen Wahrheit und zu nichts als der Wahrheit, dass
Elsa nach dem aufreibenden Fall im letzten Winter, bei dem
Clara, die schwangere Freundin von Eds Sohn Lasse, tödlich verunglückt war, eine räumliche Distanz zu ihm hatte
schaffen wollen – auch wenn Ed bis heute nicht verstand,
was ihren abrupten Rückzug verursacht hatte.

In den Wochen nach Claras Tod war Ed nachdenklicher
geworden. Die Ereignisse um Biike hatten ihn tief getroffen. Claras Unfall erschien ihm so ungerecht. Immer öfter grübelte Ed darüber nach, wie es sich mit dem Leben
verhielt und mit der Gerechtigkeit. Es gab Tage, an denen
er nur schwer Halt fand. Da erwies sich der Boden unter
seinen Füßen als ebenso glitschig wie das Watt bei ablau-
fendem Wasser.

Umso dankbarer war Ed für das Sommerwetter der letzten Tage, das ihn von solchen Gedanken ablenkte. Seiner
Sehnsucht nach Elsa tat das jedoch keinen Abbruch. Sie
schwelte auch bei fast dreißig Grad und strahlender Sonne
weiter. Er verzehrte sich nach ihren schönen braunen Augen, nach ihren klugen Gedanken und ihrem verschmitz-
ten Lächeln. Immerhin hatten sie nach Elsas Flucht von der
Insel, wie Ed für sich selbst ihren Abschied bezeichnete, ab
und an miteinander telefoniert. Es waren tastende Gesprä-

che. Sachlich berichteten sie einander von ihrem Alltag und umschifften ihre Gefühle. Während Elsa sprach, lauschte Ed den Momenten der gemeinsamen Zärtlichkeit nach.

Ach Elsa, seufzte Ed in sich hinein.

Hoch am Himmel umtanzten sich zwei kreischende Möwen und zogen seine Aufmerksamkeit auf sich. Energisch schob Ed die Gedanken an Elsa beiseite. Er könnte auch in F. Scott Fitzgeralds *Großem Gatsby* weiterlesen, der neben ihm auf dem Boden wartete. Oder er könnte mit seinem Sohn Lasse telefonieren, der sich nach seinem Abitur im Frühsommer nun in Hamburg auf sein Jurastudium vorbereitete.

Ausgerechnet Jura, dachte Ed.

Eher hätte er erwartet, dass Lasse Literatur studieren würde oder vielleicht Journalismus. Lasse, der Leser, der Georg Büchner zitierte und Max Frisch. Der mit Leidenschaft den Deutsch-Leistungskurs besucht hatte. Doch eigentlich war es im Moment ganz egal, für welches Fach sich Lasse entschied. Hauptsache, er machte etwas, das ihm gefiel, statt sich nach Claras Tod ins Bodenlose fallen zu lassen. Was Lasse vor allem brauchte, war Zeit. Zeit, um den Verlust von Clara zu verarbeiten und einen Weg zurück zu sich und in ein Leben ohne seine Freundin zu finden. Ed hatte gestaunt, wie schnell Lasse in den Wochen nach ihrem Tod im vergangenen Winter wieder in einen Rhythmus gefunden hatte. Doch Ed wusste aus seiner beruflichen Erfahrung, dass die Erlebnisse gleichwohl in Lasse weiterarbeiteten, auch wenn er sich kaum etwas anmerken ließ. Die Wunden, die der Verlust gerissen hatte, schmerzten gewiss entsetzlich. Deshalb hatte Ed Lasse im Gegensatz zu Mara auch unterstützt, als der sich gleich nach dem Abitur nach Thailand aufmachen wollte. Seitdem hatte Ed anhand der gelegentlichen Posts seines

Sohnes mitverfolgt, wo er sich gerade aufhielt. Umso überraschter war Ed gewesen, als Lasse plötzlich seine Reise abgebrochen und sich dafür entschieden hatte, sich auf ein Jurastudium in Hamburg vorzubereiten.

»Ich will mich auf die Suche nach der Gerechtigkeit begeben«, hatte Lasse seinem erstaunten Vater erklärt, als er nach seiner Rückkehr für ein paar Tage auf Sylt vorbeischaute.

Ed entschied sich gegen den Muscadet und das langsame Vergrübeln des Sommertages. Er schlüpfte in Sporthose, T-Shirt und Joggingschuhe und schnappte sich sein Fahrrad, das im Windfang stand.

Auf geht's, spornte er sich an.

Vorbei an dem roten neogotischen Backsteinkasten seines Polizeireviers gegenüber dem Westerländer Bahnhof fuhr er auf der Keitumer Chaussee in Richtung Tinnum. Jetzt bloß nicht in Richtung »Downtown« Westerland oder zur Strandpromenade. Dort tobte auf dem alljährlichen Winzerfest das süffige Gelage der Sommergäste. Die Köpfe und Nasen glühend rot von zu viel Sonne und zu viel Riesling, schunkelte man in immer ausgelassenerer Stimmung. Was Pfälzer Wein, Riesling von der Mosel und die Westerländer Kurpromenade Jahr für Jahr miteinander verbandelte, hatte sich Ed noch nie erschlossen.

Hinter dem Stadtzentrum beruhigte sich der Verkehr. Die lange Schlange aus schwarzen SUVs aller Marken, aus alten Porsche Cabrios und noch älteren VW-Käfern, durchsetzt von einzelnen Bentleys und sonnenuntergangsroten Ferraris, dünnte aus. Deren Besitzer saßen jetzt vermutlich auf den Terrassen ihrer Reetdachhäuser in Keitum, Kampen oder List, knabberten Garnelen und löschten sie mit Champagner oder einem Aperol Spritz ab. Oder man tummelte sich bis nach Sonnenuntergang in einer der Sylter Strandbars.

In Tinnum nahm Ed die Brücke über die Bahngleise, die Sylt über den Hindenburgdamm mit dem Festland verband. Von der hohen Brücke aus bot sich freie Sicht auf die Hochhäuser des »neuen« Westerländer Kurzentrums, die von der tief stehenden Sonne mit einer Gloriole umglänzt wurden. Sylt und seine stetig steigende Zahl an Sommergästen, das war eine Geschichte für sich. Etliche touristische Moden waren seit dem Bau des Kurzentrums in den 1970er Jahren über die Insel hinweggefegt wie Herbststürme. Gebaut wurde immer noch. Allerdings schon lange nicht mehr so hoch. Stattdessen lieber exklusiv. So schwindelerregend hoch wie das Kurzentrum waren dafür die Immobilienpreise gestiegen. Wehmütig dachte Ed an die Debatten zurück, die er im vergangenen Winter mit Lotte und Lasse am Abendbrottisch geführt hatte. Darüber, warum sich viele gebürtige Sylter das Leben auf der eigenen Insel nicht mehr leisten konnten.

Ed atmete tief durch.

Wie lang her ihm das erschien. Und wie nahe es ihm zugleich noch ging.

Mit kräftigen Tritten in die Pedale passierte er den vorgeschichtlichen Ringwall der Tinnum-Burg und fuhr querfeldein weiter in Richtung Rantumbecken. Schon von Weitem waren die gierigen Silbermöwen zu sehen, die den Recyclinghof umschwärmten, immer auf der Suche nach einem schnellen Happen, den sie sich zwischen all dem Müll erhofften. Hierher kamen die Abfallberge der Sylter und ihrer Gäste, um weiter ans Festland transportiert zu werden. Ein Sylter Zwischenlager sozusagen. Im warmen Licht des Sommerabends schimmerten selbst die Stahlcontainer, Sortierhallen und Backsteinbüros idyllisch in orange-roten Farbtönen. Ed schloss sein Fahrrad neben einem anderen Rad am Zaun beim Haupteingang des Recyclinghofs an.

Rechts oder links um das Rantumbecken?

Ed entschied sich dafür, zuerst in Richtung der Gebäude der Sylt Quelle zu laufen. Dann würde er auf dem Rückweg ungestört den Sonnenball beobachten können, der hinter der Dünenkette versank, sofern er nicht von einem Dunstschleier über dem Meer verhüllt wurde. Zudem konnte er so gleich zu Beginn seiner Laufrunde das abendliche Gewusel auf dem Campingplatz hinter sich lassen. Eigentlich lief er am liebsten direkt von zu Hause aus los. Doch jetzt im Sommer waren ihm dort die meisten Wege einfach zu voll. Fahrradfahrer, Spaziergänger, Jogger und E-Biker lieferten sich mit ihren unterschiedlichen Vorstellungen von angemessener Geschwindigkeit auf den schmalen Kieswegen ein wildes Gedränge, gelegentliche Unfälle mit Platzwunden und sogar Knochenbrüchen inklusive.

Jetzt im Hochsommer und mitten in den Schulferien war die Insel völlig überlaufen. Doch hinter diesen Menschenmassen glomm ihre einzigartige Schönheit weiter.

Ed lief schräg den Deich hoch, der das Rantumbecken einfasste, und startete seine Jogging-App. Rechter Hand dämmerte das kleine Wäldchen mit der Eidumer Vogelkoje. Links davon erstreckte sich die weite Fläche des Beckens. Gleich am Deich stand ein Meer aus Schilfrohr, zwischen dem über die Jahrzehnte einzelne Baumgruppen gewachsen waren. Erst dahinter begann das brackige Wasser des künstlichen Wasserbeckens, das die Nazis in den 1930er Jahren für ihre Wasserflugzeuge angelegt hatten. Damals wurde die Insel Sylt zur militärischen Festung ausgebaut. Inzwischen landeten im Rantumbecken schon lange keine Flugzeuge mehr, sondern Enten, Lach- und Silbermöwe,

Gänse und Knutts. Es war ein einziges Vogelparadies. Ed erinnerte sich, wie immer mehr militärische Bauten verschwanden, die in seiner Kindheit noch das Bild auf Sylt geprägt hatten. Ganze Landstriche waren inzwischen renaturiert oder in Golfplätze umgewandelt worden. Die dunklen Kapitel der Inselgeschichte verschwanden nach und nach unter Heckenrosen und Strandhafer.

Vor dem Campingplatz wurde es lauter. Ed klappte eines der Tore auf, die dazu dienten, die Schafe auf ihrem Deichabschnitt zu halten, und setzte seine Runde in Richtung der Sylt Quelle fort. Aus dem baulich wenig gelungenen Touristendörfchen zwischen Campingplatz und Sylt Quelle dröhnte Kindergekreisch, während aus der Lagerhalle der Quelle rhythmische Bässe bommerten. Jeden Sommer spielten dort Bands auf. Mit Lotte und Lasse hatte er hier schon manche Konzerte besucht.

Je weiter sich Ed vom Hafen und den hämmernden Bässen entfernte, desto lockerer wurden seine Schritte, desto freier schwebten seine Gedanken. Nur vereinzelt kamen ihm Radfahrer entgegen. So wie er genossen auch sie die abendliche Ruhe und Weite. Sie grüßten mit einem freundlichen »Moin«. Nach und nach begann sich der Horizont am Festland einzufärben. Weiße Windräder, Giganten am Deich, ragten daraus empor und sendeten ihre rot blinkenden Warnlichter aus.

Ob die Zugvögel, die im Rantumbecken rasteten, diese Signale zu deuten wussten?

Still und weit lag das Watt vor ihm.

In den unregelmäßigen, feuchten Rillen, die Gezeiten und Wind in sein schlickiges Grau geschrieben hatten, schillerten die abendlichen Farben. Ein zartes Rosa, ein lichtes Blau, ein spätes Orange. Ruhig atmete Ed durch die Nase ein, nahm die seidige Sylter Sommerluft wahr, der die

Hitze des Tages langsam gewichen war. Er roch den Duft des Wassers und des Seetangs. Am alten Siel, wo sich der Weg nach Keitum, Tinnum und Westerland gabelte, hielt er kurz inne. Er hatte Schweiß auf der Stirn, und ein Wohlgefühl durchflutete ihn. Auf der restlichen Runde hatte er das Rantumbecken fast für sich allein. Nur einen einzelnen Spaziergänger passierte er noch, der seine Abendrunde mit schnellen Schritten zügig zu Ende bringen wollte. Ed lief mit erhöhtem Tempo an ihm vorbei in Richtung Dikjen Deel.

Zurück am Recyclinghof stoppte er die Zeit in seiner App. Trotz des Schlussspurts fiel sie nur mäßig aus. Doch das war ihm egal. Durch die Sommerluft zu laufen war purer Genuss gewesen. Zwei Anrufe waren eingegangen. Mara hatte ihm auf die Sprachbox gesprochen.

Das hatte Zeit, beschloss er. Wichtiger war ihm zu erfahren, was Lotte wollte, die seit letzter Woche »vorübergehend« bei ihm eingezogen war. Ed hatte kurz telefonisch bei Rob nachgefragt, ob es ihn stören würde, wenn auch seine Tochter in seinem Haus wohnte. Doch der Freund hatte nur gelacht und gerne zugestimmt.

»Besser, das Haus ist von euch belebt, während ich weg bin, als dass es leer steht und ausgeräumt wird.«

Lotte ging nach dem zweiten Klingeln ran.

»Wo bist du?«, fragte sie.

»Joggen, ums Rantumbecken.«

»Ich wollte wissen, wann du kommst. Ich habe ein Risotto gekocht.«

»Köstlich, vielen Dank!« Ed war begeistert. »Ich setze mich aufs Rad und bin fix die zwei bei dir, springe unter die Dusche, und dann können wir essen.«

»Fein, bis gleich«, antwortete Lotte.

Ed löste das Schloss seines Rades.

Der kleine Parkplatz hatte sich bis auf ein letztes Auto geleert. Dafür stand das andere Fahrrad noch wie zuvor am Zaun.

Da dreht jemand eine ganz entspannte Runde ums Becken, dachte er. Möglicherweise gehörte es ja dem Spaziergänger, den er überholt hatte.

Noch bevor er die Straße nach Westerland erreichte, hatte er das andere Rad bereits wieder vergessen.

Zu Ostern hatte Lotte ihren zweiten Versuch gestartet, Vegetarierin zu werden. Selbst den Fisch, den sie bis dahin so geliebt hatte und ohne den sich Ed seine eigene Ernährung weder vorstellen konnte noch wollte, hatte sie von ihrem Speiseplan gestrichen. Immerhin durfte sich Ed unter ihrem kritischen Blick gelegentlich noch einen Fisch braten, den er sich aus der Fischhandlung Rose in Westerland mitbrachte. Andererseits verstand es Lotte, schmackhafte vegetarische Gerichte zuzubereiten, und so gab es nun häufiger nussig schmeckende Quinoa, die Ed als Beilage schätzte, oder diverse Currys mit Reis.

Lotte hatte bereits den Tisch im Wohnzimmer gedeckt, von dem man auf das handtuchgroße Stück Garten hinter dem Haus schauen konnte, und wartete auf ihren Vater, während sie auf ihr Handy schaute. Frisch geduscht füllte Ed einen Krug mit kaltem Leitungswasser und schnitt eine Limone in Viertel hinein, öffnete den Muscadet und setzte sich zu seiner Tochter, die Robs Arbeitszimmer bezogen hatte.

»Vorübergehend«, wie sie nachdrücklich betonte.

Ed hatte nicht weiter nachgefragt.

Er vermutete, dass der Mutter-Tochter-Konflikt eskaliert war und den Ausschlag für den Wunsch nach einem vorübergehenden Wohnortwechsel gegeben hatte. Idealer Zeitpunkt für solch einen Krach zwischen Mutter und Tochter waren seiner Erfahrung nach die Samstagvormittage. Zwischen Ausschlafen und Wochenendputz, Schularbeiten, Einkaufen und Sich-lieber-mit-Freundinnen-treffen-Wollen, kochte die Konfliktlage schnell hoch. Verschärfend kam hinzu, dass sich an Samstagen nicht der Alltagsrhythmus dämpfend zwischen die unterschiedlichen Vorstellungen von Mutter und Tochter schob.

Doch all das waren nur Scheingefechte, vermutete Ed.

Dahinter verbarg sich seiner Meinung nach, dass Lotte ihren Bruder vermisste und dass auch bei ihr Claras Tod Schmerzen hinterlassen hatte. Die Fragen nach Sinn und Unsinn des Lebens, nach Gerechtigkeit und der Rolle Gottes stellte sich mit existenzieller Wucht. Für Lotte war seit Claras Beerdigung geklärt, dass Gott tot war. Eine Erkenntnis, die andere vor ihr formuliert hatten. Doch Lotte war auf sehr unmittelbare Weise zu dieser Einsicht gelangt.

Trotz ihrer entschiedenen Abkehr von der Religion hatte sich Lotte den Bemühungen von Pastorin Krüger gegenüber offen gezeigt, die sie durch die Wochen nach Claras Tod begleitete. Geduldig hörte die Pfarrerin der Trauer und der Wut des Mädchens zu. Lotte mochte die Pfarrerin aus der Wenningstedter Friesenkapelle. Und sie mochte deren Sohn Boy. Selbst wenn Lotte die Gespräche nicht zurück in den Glauben führen würden, war es Pastorin Krüger wichtig, für sie da zu sein. Eine Hilfe, die Lotte leichter von einer Außenstehenden annehmen konnte als von Mara oder Ed.

Auch dieses Mal war der Streit zwischen Lotte und Mara wegen einer Nichtigkeit hochgekocht. Seitdem Mara mit Fiete zusammenlebte und Ed mehr oder weniger aus ihrem gemeinsamen Haus gedrängt hatte, bestand sie in jedem Gespräch immer nachdrücklich auf ihrer Meinung. Fiete, ein Kollege von Mara, unterstützte sie darin, sodass sich Lotte zunehmend alleingelassen und unverstanden fühlte.

Ed konnte wie Lotte nichts mit Fiete anfangen. Allerdings gestand er sich ein, dass sein Urteil keineswegs objektiv war. Mit seinem Umzug in Robs Haus hatte er das alles hinter sich gelassen. Vorübergehend zumindest, bis Rob aus Kanada wiederkommen würde. Die meisten Dinge im Leben erwiesen sich als ziemlich kompliziert, sobald man begann, sie näher zu betrachten, fand Ed. Umso schöner war es, solche unkomplizierten Sommerabende zu erleben, an denen die Sorgen in den Hintergrund traten.

Großzügig streute Lotte ihm zusätzlichen Käse über sein Risotto. Dazu gab es frisch gemahlenen Pfeffer aus der Mühle wie in einem der Sylter Sternerestaurants.

»Risotto mit Queller und grünem Spargel«, verkündete sie stolz.

Schon der erste Bissen schmolz auf Eds Zunge dahin. Er schmeckte den salzigen Queller, das frische Aroma des bissfesten Spargels, den guten Schlag Butter und den geriebenen Parmigiano, die nun in dem warmen Risotto zu einer duftigen Masse verschmolzen.

»Köstlich«, bedankte sich Ed bei seiner Tochter.

Insgeheim dachte er: Möge Lotte noch lange brauchen, ehe sie sich von der vegetarischen zur veganen Ernährung vorrobbte. Das war keine ganz fernliegende Überlegung. Schließlich hatten etliche ihrer Mitschüler und Freundinnen sich zur Rettung von Welt und Klima aus tiefer ökologischer Überzeugung dem veganen Trend angeschlossen. Für Ed vermochte ein aus Mandeln gefertigter geriebener Käseersatz zur Not irgendwie den Parmesan zu ersetzen, zu einer mit großen Meersalzkörnern versetzten französischen Butter konnte er sich allerdings beim besten Willen keine schmackhafte vegane Alternative vorstellen.

Doch heute kam es nicht zur Neuauflage der Ernährungsdiskussionen der letzten Wochen, die meistens in Grundsatzerörterungen ausuferten über die Rettung der Welt allgemein (Lotte) und die wirtschaftlichen Rahmenbedingungen, wie die Welt funktionierte (Ed). Dem Engagement seiner Tochter versuchte Ed mit einem inneren Dämpfen der eigenen Position zu begegnen, was ihm allerdings nicht immer gelang. Gegenseitig schickten sie sich über die sozialen Medien stets die neusten Studien und Videos, um die jeweils eigene Meinung zu untermauern.

»Paps?«, fragte Lotte, nachdem Ed den Tisch ab- und die Spülmaschine eingeräumt hatte.

»Was gibt's?«

»Meinst du, es wäre schlimm, wenn ich nicht nur so kurz vorübergehend hier einziehen würde, sondern etwas länger …«, Lotte zögerte, »… also ich meine, länger vorübergehend?«

Ed zog die Augenbrauen hoch.

»Was meint denn …«, doch er konnte den Satz nicht zu Ende bringen, weil Lotte ihm ins Wort fiel und zugleich genervt die Augen verdrehte.

»Sie findet, dass ich in meinem alten Zimmer wohnen sollte. Und zwar bei ihr und Fiete und nicht bei dir. Sie meint, du bist so oft weg, hast unregelmäßige Arbeitszeiten, und ohnehin wäre deine Arbeit so gefährlich.«

»Aha«, antwortete Ed ratlos. Deshalb war also vermutlich die Nachricht von Mara auf seiner Sprachbox.

»Elsa meint allerdings«, fuhr Lotte fort »dass ich bei dir ziemlich gut aufgehoben wär.«

»Elsa?«, fragte Ed überrascht.

»Ja, sie hat mich neulich angeappt.«

»Und was hat sie sonst noch geschrieben?«, fragte Ed nach.

»Daaad«, Lotte rollte mit den Augen, »das musst du schon selbst mit ihr bereden.«

Ed nickte. Ja, Lotte hatte recht. Das musste er wohl selbst erledigen. Und zwar möglichst bald.

»Also«, kehrte er zu ihrer Frage zurück. »Von mir aus kannst du gerne so lange hier wohnen, wie du möchtest und es mit mir aushältst. Rob hat bestimmt nichts dagegen. Was deine Mutter betrifft …« Ed zögerte. »Ich werde mit ihr sprechen.«

»Danke, Paps. Bester Paps der Welt. Die weltbeste und allervernünftigste Tochter geht dann jetzt mal schlafen. Noches«, rief sie ihm übermütig zu.

»Schlaf schön.«

Ed grinste. Er fühlte sich vollkommen um den Finger gewickelt und genoss es auch noch.

Mit einem zweiten Glas Muscadet, das er nur zur Hälfte füllte, zog er sich wieder unter das Glasdach im Obergeschoss zurück. Mittlerweile hatte sich ein prächtiger Sternenhimmel über der Insel ausgebreitet. Die Lichtpunkte der Satelliten rasten mit den Sternschnuppen um die Wette. Ed wählte aus Pflichtgefühl Maras Nummer, doch sie ging nicht ans Telefon. Ed war es recht. Er verzichtete darauf, ihr eine Nachricht zu hinterlassen. Stattdessen wählte er die Nummer von Rob. In Kanada musste es jetzt früher Nachmittag sein. Zuletzt war sein Freund in Vancouver unterwegs gewesen, völlig begeistert von der Stadt am Meer. Dort hatte er eine schöne schwarz-weiße Fotoserie geschossen. Auf den Bildern durchdrangen sich Landschaft und Architektur. Doch auch Rob war offenbar beschäftigt und hob nicht ab. Daraufhin beschloss Ed, dass es wohl auch für ihn Zeit wäre, schlafen zu gehen.

Er schaute ein letztes Mal in seine E-Mails und in den Messengerdienst.

Ein leiser Stich fuhr ihm durchs Herz.

Keine Nachricht von Elsa.

2

Der Duft der blühenden Heckenrosen umschmeichelte den Morgen. Doch an die Stelle des blauen Himmels vom vergangenen Abend war ein mehliges Wolkengrau getreten. Drückend lastete es auf der Insel. Davon unbeeindruckt zogen die Silbermöwen kreischend ihre Bahnen.

Kopfschmerzwetter, dachte Ed.

Vorsichtshalber steckte er sich eine Aspirin ein. Er kannte diese Witterung nur allzu gut. Und er mochte sie nicht sonderlich.

Lotte stand schon am Herd, als er in die Küche kam. Sie schnippelte dünne Bananenscheiben in die Butter, die in einem kleinen Topf gurgelte.

»Wird das ein Porridge?«, fragte er.

Die Mischung aus Butter und Banane duftete verführerisch.

»Möchtest du auch etwas abhaben? Dann nehme ich einfach mehr Haferflocken.«

»Ich koste nur mal einen Löffel von dir.«

»Logo. Das Rezept ist übrigens von Lisa. Du weißt? Aus dem Wellhørn?«

Ed wusste. Während der Sommerferien hatte Lotte im Wellhørn in der Strandstraße einen Ferienjob angenommen. Ein Seitenwechsel für seine Tochter. Sonst traf sie sich dort mit ihren Freundinnen aus der Uwe-Lornsen-Schule auf einen Flat White und ein Mandelhörnchen. Auch Ed schaute gerne in dem kleinen Café vorbei, das keine fünf Minuten zu Fuß vom Polizeirevier entfernt lag.

Nach dem gemeinsamen Frühstück mit Lotte brach Ed mit dem Rad zur Arbeit auf. Vor der Bäckerei hatte sich eine kleine Schlange von Frühstückshungrigen gebildet. Ansonsten herrschte noch gähnende Leere. Die meisten Urlaubsgäste schliefen bis tief in den Tag hinein. Zumal bei trübem Wetter würden sich die Straßen erst langsam füllen. Einzig Familien mit kleinen Kindern machten sich unbeeindruckt von den Wolken mit Buddeleimer und Schippe auf den Weg zum Strand. Gegen Mittag, wenn es dort voller wurde, würden sie als Erste wieder zu den Ferienquartieren aufbrechen, um die Kinder zum Mittagsschlaf zu betten.

Ed schloss sein Fahrrad neben der Wache an. Vorsichtshalber verwendete er zwei Schlösser. Dann lief er am Bahnhof vorbei, wo gerade ein Regionalzug angekommen war. Für neue Sommergäste und Tagestouristen war es noch zu früh am Tag. Um diese Uhrzeit trafen vor allem Handwerker ein, die täglich vom Festland auf die Insel pendelten. Einige waren schon in Keitum von kleinen Lastwagen und Pick-ups aufgesammelt worden, die sie zu den Baustellen auf der Insel brachten. Andere warteten jetzt in Westerland auf den Bus, um entweder in den Süden nach Rantum und Hörnum weiterzufahren oder in den Norden nach List. Eine Gruppe junger Frauen lief plaudernd und lachend vor Ed her in Richtung Westerländer Innenstadt. Ed folgte ihnen ein Stück und bog dann in die Strandstraße ab. Im Wellhørn wollte er für sich und seine Kollegen frischen Kaffee besorgen. Cappuccino mit extra viel Schaum für Muri und Friedericke, die neu in ihr Team gekommen war. Einen laktosefreien Flat White für Max.

Gegenüber dem Wellhørn entdeckte Ed sein Spiegelbild im Schaufenster einer Boutique. Es wirkte, als würde er zwischen Poloshirts und Hosen in der Auslage stehen, vermischt mit der Reflexion des Wellhørn, wo Lisa, die das Café mit ganzer Leidenschaft betrieb, gerade frische Croissants auf der Theke anrichtete. In der Spiegelung verdichtete sich der Moment. Ed erinnerte sich an eine Reise, die er kurz nach dem Schulabschluss zusammen mit Freunden unternommen hatte. Übermüdet und hungrig waren sie damals in einer spanischen Hafenstadt eingetroffen. Auf der Suche nach einem Quartier und einem billigen Restaurant betraten sie ein stylisches Café, dessen Wände vollkommen verglast waren. Bis in die Endlosigkeit hinein hatte sich Eds Spiegelbild fortgesetzt. Immer kleiner, immer blasser, immer unschärfer war es geworden. Irgendwo zwischen Gegenwart und Vergangenheit verlor es sich in der Tiefe des Raums. Im Sommer danach hatte er Mara kennengelernt.

Meine Güte, war das lange her, dachte er.

Gerade als er das Wellhørn betreten wollte, klingelte Eds Telefon.

»Amt Landschaft Sylt, Liegenschaftsmanagement. Mein Name ist Ruppert«, meldete sich eine Frauenstimme.

Ed stutzte.

»Spreche ich mit Herrn Koch? Kriminalkommissar Eduard Koch?«

»Ja, bitte, was kann ich für Sie tun?«

»Nichts«, antwortete Frau Ruppert. »Aber vielleicht kann ich etwas für Sie tun, Herr Koch. Sie haben die Anfrage für eine Wohnung eingereicht?«

Ed erinnerte sich. Nachdem sich der Kladderadatsch mit Mara hochgeschaukelt hatte und die Stimmung im gemeinsamen Haus zunehmend unerträglich geworden war, hatte er sich um eine der raren städtischen Wohnungen beworben.

»Richtig«, antwortete er und entfernte sich ein paar Schritt vom Eingang zum Wellhørn.

»Wir hätten da kurzfristig eine freie Wohnung in Hörnum im Angebot. Zwei Zimmer, Souterrain, sechzig Quadratmeter.«

Souterrain? Sechzig Quadratmeter? In Hörnum?

»Die Besichtigung ist heute um achtzehn Uhr. Aber bitte beeilen Sie sich anschließend mit Ihrer Entscheidung, Herr Koch. Die Warteliste mit Interessenten ist sehr lang.«

»Ich habe gerade nichts zu schreiben dabei. Wären Sie so nett, mir die Adresse per Mail zu senden?«

»Schon passiert, Herr Koch«, antwortete Frau Ruppert beflissen.

»Vielen Dank.«

Ed räusperte sich.

»Hörnum, ja? Hätten Sie eventuell auch etwas, das dichter bei Westerland läge, im Angebot?«

Wehmütig ploppte in Ed die Erinnerung an den gestrigen Abend in Robs Haus auf. Der gläserne Ausguck, der Blick in den Himmel, das Leuchten der Sterne. Natürlich, das alles war nur auf Zeit, war nur von Rob geliehen – aber es gegen ein dunkles Souterrain in Hörnum eintauschen?

»Tut mir leid, leider nein. Die Nachfrage nach kommunalen Wohnungen auf der Insel ist riesig und das Angebot knapp bemessen, wie Sie wissen. Also heute um achtzehn Uhr in Hörnum, die Adresse haben Sie.«

Hörnum also. Am südlichen Ende der Insel, zwischen Gästen im Golf-Luxusresort, bröselndem Fünfziger-Jahre-Schick, einstigen Offiziersheimen und Butterfahrten. Das hieß jeden Tag knapp zwanzig Kilometer mit dem Rad nach Westerland und zurück. Im Sommer klang das sogar verlockend. Aber im Herbst und Winter? Bei stürmischem

Gegenwind und eisigem Dauerregen? Das musste man wollen. Ed wollte nicht. So viel war sicher.

Kaum hatte Ed die Kaffees bei Lisa bestellt, da klingelte sein Telefon erneut.

Er zog ein genervtes Gesicht, machte der Barista ein Zeichen, dass er gleich wiederkommen würde, und trat vor das Café. Es war nicht noch einmal Frau Ruppert vom Liegenschaftsmanagement, die ihm überraschend ein erfreuliches Wohnangebot in Tinnum, Keitum oder Wenningstedt unterbreiten wollte. Dieses Mal war es Mara. Und Mara kochte.

»Wir müssen reden, Eduard«, schnaufte sie ins Telefon, hörbar bemüht, ihre Stimme im Zaum zu halten.

»Gerne«, antwortete Ed betont ruhig, mit einem Lächeln im Tonfall.

Aus Erfahrung wusste er, dass ihm jetzt nur eines half: Die Ruhe zu bewahren und sich unter dem Sturm wegzuducken, der gleich über ihn hereinbrechen würde.

»Was denkst du dir eigentlich dabei, Lotte aus ihrer vertrauten Umgebung herauszureißen?«, polterte sie los.

»Ich …«, setzte Ed an, um ihr zu erklären, dass er sich gar nichts dabei dachte, da er Lotte nirgendwo herausgerissen hatte. Lotte hatte sich selbst entschieden, bei Fiete und Mara aus- und vorübergehend bei ihm einzuziehen. Auch wenn dieses »vorrübergehend« nun wohl etwas länger andauern würde. Doch Mara war so erbost, dass sie ihn nicht aussprechen ließ.

»Es ist absolut unverantwortlich, was du da machst. Lotte hat diesen fürchterlichen Verlust durchlitten. Lasse ist gerade erst ausgezogen. Was das Kind jetzt braucht, ist Stabilität. Sie braucht klare Familienverhältnisse und Sicherheit. Alles Sachen, die du ihr nicht bieten kannst mit deinem gefährlichen Job und deinen ungeregelten Arbeitszeiten. Von deinem losen Lebenswandel ganz zu schweigen.«

Zischend atmete Ed ein.

Das hatte gesessen.

Mara wusste, wie sie ihn treffen konnte. Dafür kannten sie sich lange und gut genug.

»Du brauchst gar nicht so affektiert einzuatmen, Eduard«, fuhr sie ihn an, ohne ihm die Möglichkeit zu geben, etwas zu erwidern. »Außerdem hast du ja nicht einmal eine richtige Wohnung. Sobald Robert wieder da ist, stehst du auf der Straße. Du willst ja wohl nicht wieder bei Fiete und mir einziehen. Fiete ist übrigens genau meiner Meinung. Wir erwarten von dir, dass du Lotte umgehend in ihre vertraute Umgebung zurückbringst. Alles andere werten wir als Kindesentzug.«

Ed schluckte. Das ging zu weit.

Mara wollte es auf die Spitze treiben. Aber wozu? Was war ihr Ziel? Ging es ihr nur darum, ihm wehzutun?

»Mach dir klar, welche Konsequenzen das für dich als Staatsdiener nach sich ziehen würde. Das wirst du sicher nicht wollen, so dienstbeflissen, wie du immer tust. Wir erwarten, dass Lotte umgehend wieder bei uns einzieht«, dozierte sie und schob eine kunstvolle Pause ein. »Andernfalls musst du die Konsequenzen für dein Handeln tragen.«

Auch darauf konnte Ed nicht antworten, denn Mara legte einfach auf.

Das war kein Gespräch gewesen, sondern ein wütender Monolog, eine unverhohlene Drohung.

Wo kommt Maras Wut eigentlich her?, fragte sich Ed.

Wieso konnte sie Lottes Umzug nicht entspannter sehen? Als eine jugendliche Laune? Bei dieser Stimmung würde Lotte ganz bestimmt nicht wieder bei Mara und Fiete einziehen wollen.

Ed steckte sein Handy wieder ein. Dieser Tag verspricht ja wirklich grandios zu werden, dachte er ironisch.

Das Grau des Himmels legte sich auf seine Laune.

»Alles o. k., Paps?«, fragte Lotte, die gerade von ihrem Rad sprang, um es im rückwärtigen Lagerraum des Cafés unterzustellen. »Du siehst etwas schlappi aus. Vielleicht hättest du dir doch ein bisschen mehr vom Porridge nehmen sollen.«

»Vielleicht«, antwortete Ed.

Kurz überlegte er, ob er seiner Tochter vom Telefonat mit ihrer Mutter erzählen sollte. Ach was. Das hatte Zeit. Später war immer noch früh genug. Gegen ihren Willen würde Ed Lotte ohnehin nirgendwo hinschicken. Weder zurück zu Mara und Fiete noch in ein schulisches Auslandsjahr, was Mara unbedingt gewollt hatte.

Lotte wollte aber nicht.

Sie wollte auf Sylt bleiben. Bei ihrer Familie. Bei ihren Freundinnen. Ohnehin wusste Lotte ziemlich genau, was sie wollte und was gut für sie war. Wieder bei Mara und Fiete einzuziehen gehörte jedenfalls nicht dazu. Keine guten Aussichten für Ed. Wenn Lotte bei ihm wohnen blieb, würde er weiterhin Maras geballten Zorn abbekommen.

Ed ging zurück ins Café, bezahlte die Getränke und machte sich auf den Weg zum Revier, als sein Telefon ein drittes Mal an diesem Morgen schellte. In dem kleinen Park gegenüber dem imposanten alten Kursaal stellte er das Papptablett mit den Kaffeebechern auf einer Bank ab.

»Moin, Ed.«

»Moin, Hinnerk, was kann ich für dich tun? Schon so früh bei der Recherche?«, antwortete Ed.

Dass sich der Redakteur der Lokalzeitung bei ihm meldete, war nicht ungewöhnlich. Ungewöhnlich war nur die frühe Uhrzeit.

»Schön, dass du rangehst, Ed.«

»Für dich doch immer«, frotzelte Ed.

»Ich habe ein Problem.«

»Aha, und worum geht's?«

Hinnerks Stimme klang anders als sonst, befand Ed. Angespannt, unsicher.

»Mein Kollege Fred, der derzeit bei mir wohnt, ist verschwunden.«

»Wie, verschwunden?«

»Er ist über Nacht nicht zurückgekommen.«

»Ja, und?«

»Ich habe ein mulmiges Gefühl.«

Ed war irritiert. Ein Kollege, der nicht nach Hause kam und um den sich Hinnerk deshalb Sorgen machte, als handelte es sich um seinen Sohn? Das klang merkwürdig.

»Und wer ist Fred? Und warum sollte er über Nacht nicht irgendwo anders bleiben? Entschuldige, Hinnerk, aber ich verstehe gerade nicht, was du von mir möchtest.«

»Ich weiß, das klingt seltsam für dich. Aber ich mache mir Sorgen. Fred ist extrem zuverlässig. Ein wahrer Musterknabe. Wenn ihm etwas dazwischengekommen oder passiert wäre, dann hätte er mich mit Sicherheit benachrichtigt. Das ist einfach …«, Hinnerk zögerte, »… nicht seine Art«, beendete er den Satz.

»Und was soll ich jetzt deiner Meinung nach machen?«

Hinnerk dachte einen Moment nach, eher er antwortete.

»Ehrlich gestanden habe ich keine Ahnung«, sagte er leise. »Ich mache mir nur ernsthaft Sorgen.«

Ed schaute auf seine Uhr.

»Pass auf, Hinnerk, ich gehe kurz ins Büro, schau nach, was dort zu erledigen ist, und komme anschließend zu dir in die Redaktion. Dann kannst du mir ganz in Ruhe erzählen, worauf dein mulmiges Gefühl gründet und was eigentlich los ist.«

»Danke«, antwortete Hinnerk. Er klang erleichtert.

Im Revier hatte sich trotz der frühen Stunde bereits der Alltag eingerichtet. Eine verärgerte Touristin zeigte den Diebstahl ihres Fahrrads an. Es würde für heute nicht das einzige verschwundene Fahrrad bleiben. Seit ein paar Wochen machten sich einige Jugendliche auf der Insel einen Spaß daraus, den Touristen für eine Spritztour ihre Räder zu entwenden. Später ließen sie die Fahrräder einfach irgendwo liegen. Irgendwann wurden die rostenden Drahtesel dann von der Müllabfuhr aufgesammelt.

Friedericke Möllers nahm die Angaben der Urlauberin auf.

»Wo hatten Sie das Fahrrad abgestellt?«

»Direkt vor unserer Haustür. Es war an den Friesenwall angelehnt. So wie immer.«

»Und wann wurde es gestohlen?«

»Gestern Mittag bin ich noch damit gefahren. Ob es abends noch da war ...« Die Frau dachte nach. »Ich weiß es nicht mehr mit Bestimmtheit. Ich habe nicht darauf geachtet.«

»Wie teuer war das Rad denn? Haben Sie vielleicht noch eine Quittung?«

»Nee, Quittung is nich. Das war letztlich nur eine alte Schrottschese. Die hat vielleicht mal hundertfünfzig Mark gekostet. Ich weiß es nicht mehr. Uralt jedenfalls. Aber es ist einfach so ärgerlich. Wer klaut denn so ein Rad? Nun muss ich alles laufen. Das ist doch blöd.«

»Geklaut wird auf Sylt alles, was nicht niet- und nagelfest ist«, erklärte ihr Friedericke und schaute die Dame mitleidig an. »Und sie hatten das Rad natürlich angeschlossen ...«

Irgendwie schien sie die Antwort schon zu ahnen.

»Selbstverständlich nicht. Ich meine, das war ein altes Fahrrad. Das klaut doch niemand mehr. Damit kann doch keiner wirklich was anfangen.«

Die Polizistin schwieg. Was auch hätte sie erwidern sollen? Das Fahrrad war schließlich doch geklaut worden.

Kurz darauf empörte sich ein Mann Mitte dreißig darüber, dass sein online bestelltes neues Handy nicht angekommen war.

»Die Verpackung war leer. Nur der Umschlag war da. Kein Handy. Nicht mal ein Lieferschein. Die Zustellerin hat noch gesagt, sie habe sich gewundert, dass die Verpackung so leicht und flach sei.«

Dieses Mal war es an Muri, die Anzeige aufzunehmen.

»Sie haben die Verpackung gleich geöffnet? Im Beisein der Zustellerin?«

»Aber ja. Das hat ja nichts gewogen, das Päckchen.« Der Mann stutzte. »Sie hat noch gesagt, dass sie das eben bei einem anderen Kunden auch schon hatte. Leere Verpackung.«

»Seltsam«, bestätigte Muri.

»Seltsam? Scheiße ist das!«, pöbelte der Mann los.

Die Masche mit dem verschwundenen Handy war nichts Neues. Ebenso wenig wie geklaute Fahrräder.

»Haben Sie sich schon mit dem Händler in Verbindung gesetzt, bei dem Sie das Gerät bestellt haben?«, fragte Muri betont ruhig.

Der Mann schüttelte den Kopf. Der Gedanke war ihm offenbar nicht gekommen.

»Ich nehme jetzt erst einmal Ihre Anzeige auf. Könnten Sie übrigens auch selbst online machen. Anschließend rate ich Ihnen, sich schnellstmöglich mit Ihrem Händler in Verbindung zu setzen und den Sachverhalt zu schildern.«

Vermutlich würde der Kunde klaglos ein neues Handy

erhalten. Oder er bekam den Kaufpreis zurück. Für die E-Commerce-Firmen waren das »peanuts«. Für die Kunden allerdings war es ziemlich ärgerlich.

Muri legte das Formular ab und nippte am Kaffee, den Ed mitgebracht hatte.

»Vielen Dank, Ed. Hauptkommissar Nesser wollte dich vorhin übrigens sprechen.«

»Nesser? Wie geht's ihm denn? Hat er dir gesagt, was er wollte?«, fragte Ed nach.

»Nein, das hat er mir nicht erzählt. Er wollte es im Laufe des Tages noch einmal bei dir versuchen.«

Nesser war im vergangenen Winter vorübergehend als Verstärkung aus Kiel zu ihnen gestoßen, um die Aufklärung einer Serie von Brandanschlägen auf Friesenhäuser in Kampen zu leiten. Ed hatte keine Ahnung, was er jetzt wohl von ihm wollte. Alte Kontakte pflegen? Oder doch! Ed hatte eine Idee. Möglicherweise wollte Nesser mit ihm über seine Bewerbung für die Leitung des Westerländer Reviers sprechen, die seit dem überraschenden Weggang von Elsa unbesetzt war. Doch noch war nichts entschieden worden. Das Verfahren stockte. So etwas konnte dauern. Nicht ungewöhnlich. Vor dem Herbst würde vermutlich keine Entscheidung fallen. Jetzt, während der Urlaubszeit, erschien es Ed noch unwahrscheinlicher.

»Hat er eine Zeit angegeben, wann er anrufen will? Oder soll ich ihn zurückrufen?«, wandte sich Ed an Muri.

»Nein, er ist wohl jetzt in Sitzungen, von denen er nicht weiß, wie lange sie dauern, und wollte es danach wieder probieren.«

»Gut, dann warte ich. Ich bin für die nächste Stunde unterwegs. Hinnerk vom *Tageblatt* hat mich angerufen. Es gibt da möglicherweise ein Problem mit einer vermissten Person. Ich schau mal bei ihm in der Redaktion vorbei.«

Muri schaute erschrocken auf.

»Eine vermisste Person?«

Ed winkte ab.

»Abwarten. Du weißt doch, dass die meisten Vermissten glücklicherweise ziemlich schnell gesund und munter wieder auftauchen.«

»Na, dann müssen wir ja wieder nur lange genug abwarten. Dann lösen sich unsere Fälle alle von alleine.« Muri grinste. »Ich sammle derweil mal mit Friedericke all die geklauten Fahrräder und Handys auf der Insel ein.«

Das Himmelsgrau lag immer noch bleiern über der Insel. Kein Windhauch regte sich. Dafür begann sich die kleine Westerländer Innenstadt langsam zu beleben. Bedeckter Himmel bedeutete für die meisten Sommergäste Bummelwetter. Familien mit kleinen Kindern und Senioren überwogen dabei deutlich. Begleitet wurden sie von gutmütigen Labradoren, die ihren Herrchen hinterhertrotteten, von neugierigen schnuppernden Vizslas und in Würde gealterten Dackeln. Bald schon würden sich die ersten Touristen auf den Terrassen der Cafés und Restaurants niederlassen. Und während sich die einen für ein Stück Blechkuchen oder Friesentorte mit Kaffee zum Frühstück entschieden, würde es für die anderen bereits Zeit zum Mittagessen mit Kutterscholle und einem kleinen Pils sein. Im Urlaub hatte jeder seinen eigenen Rhythmus.

Von hier und da schnappte Ed Gesprächsfetzen auf. Das wichtigste Thema waren seit Tagen die vielen Braunalgen, die sich in der Brandungszone ausgebreitet hatten und das Baden beeinträchtigten. Gefolgt wurde es von der Sandvorspülung, die mal wieder abschnittsweise von Westerland nach Wenningstedt wanderte. Und dann war da noch die ewige Frage nach dem Wetter. Ob der Himmel wohl noch aufreißen würde? Die Jas und Neins hielten sich die Waage. Begleitet wurden die Diskussionen vom Unbehagen an den winzigen schwarzen Gewittertierchen, die sich überall niederließen. Mit der Windstille waren sie aus dem Nichts aufgetaucht und sorgten für ein unangenehmes Kribbeln auf der Haut. Fehlte nur, dass jetzt angesichts der ausbleibenden Brandung noch die Quallen in der Nordsee auftauchen würden.

Sowenig Ed das Wetter behagte, so sehr schätze er diesen gemächlichen Vormittagsrhythmus auf der Insel. Die Ernsthaftigkeit der belanglosen Gespräche. Doch seit Claras Tod hatten selbst solche Augenblicke etwas von ihrer Leichtigkeit eingebüßt. Immer wieder brach eine Unwucht in seinem Leben durch. Obwohl ihn dieselben Häuser, die gleichen Menschen und Straßen umgaben wie noch vor einem Jahr, erschienen sie ihm doch anders. Fremd. Eds vertraute Welt war in Unordnung geraten. Je mehr er darüber nachdachte, desto verwirrender erschien ihm alles. Seine Konflikte mit Mara. Die Abwesenheit von Elsa. Doch darunter schwelte noch etwas anderes, für das er keine Worte fand. Eine Unzufriedenheit. Geklaute Fahrräder? Verschwundene Handys? Sollte das wirklich alles sein, was seine kleine Sylter Welt im Innersten zusammenhielt? War es das, was ihn wirklich bewegte?

Ed schüttelte sich, um mit den lästigen Gewittertierchen auch diese unguten Gedanken loszuwerden.

3

Ed bog in die Straße hinter dem neuen Kurzentrum ein und betrat die Redaktion der Zeitung. Hinnerk saß an seinem Schreibtisch.

»Moin, Ed«, grüßte er, ohne sich umzudrehen.

»Moin, Hinnerk. Was gibt's?«, fragte er aus Gewohnheit, obwohl er ja aus einem triftigen Grund hergekommen war.

»Sitze gerade noch an einem Stück über die ›Radinsel Sylt‹. Wäre doch auch was für dich als leidenschaftlicher Radfahrer. Komm, gib mir mal ein paar O-Töne, die ich noch in den Text einbauen kann.«

»Das würde dir so passen. Willst du Sylt autofrei machen?«

»Quatsch«, antwortete Hinnerk. »Obwohl, warum eigentlich nicht? Künftig dürfen nur noch Insulaner mit Erstwohnsitz auf der Insel Auto fahren. Und natürlich die Putzkolonnen. Aber was machen wir dann mit den ganzen Luxuskarossen hier?«

»Wie wäre es mit der Überschrift *Luxusparken in Klanxbüll* für deinen Artikel?«, schlug Ed vor.

»Im Ernst. Ich finde schon, dass im Sommer einfach zu viele Autos auf der Insel unterwegs sind. Und für die Radwege sollte noch mehr getan werden. Über diese spitzkieseligen Schotterpisten zu fahren ist bestenfalls ein Investitionsprogramm für die Fahrradreifenindustrie. Mit meinem alten Rennrad und seinen dünnen Reifen habe ich da ganz schlechte Karten.«

»Damit bist du aber auch in der absoluten Minderheit«,

behauptete Ed. »Die dickreifigen E-Bikes haben doch längst das Kommando übernommen. Oder zumindest die Gravel-Bikes.«

»Mag sein. Aber die Radler packen sich auf den blöden Schotterpisten dauernd hin«, entgegnete Hinnerk. »Äußerst schmerzhaft! Ich sage dir das aus eigener Erfahrung.«

Hinnerk wies auf seinen linken Handballen, der nach einem Sturz noch nicht wieder richtig verheilt war.

»Aber für ein Interview mit der Ein-Mann-Fahrradstaffel der Westerländer Polizei sollte ich wohl nicht herkommen, oder?«

Hinnerk winkte ab und seufzte. Sein Gesicht nahm einen bedrückten Ausdruck an.

»Ich mache mir ernsthaft Sorgen.« Er speicherte seinen Text ab und stand auf. »Fred ist immer noch nicht aufgetaucht.«

»Ich dachte, du als Journalist wüsstest, wie man eine Story ordentlich erzählt – *first things first*. Also: Wer ist Fred? Warum hätte er nach Hause kommen sollen?«, fragte Ed.

»Also gut, der Reihe nach. Fred ist ein freier Mitarbeiter aus der Redaktion im Stammhaus in Flensburg. Sehr begabt, sehr sympathisch. Etwas jünger als ich. Er hat die ganze Tour absolviert: Geographiestudium in München und London, anschließend Journalistenschule in Hamburg. Eigentlich ist er für unser Blatt komplett überqualifiziert, aber er will sich um seine Großmutter kümmern, die in Glücksburg lebt. Sein Spezialgebiet sind Umweltthemen. Damit hat er sich in den letzten Jahren einen Namen gemacht. Sehr fundiert, soweit ich das einschätzen kann …«, Hinnerk schob eine kleine Kunstpause ein, »… und völlig undogmatisch. Es geht ihm um seine Themen, nicht um billige Meinungsmache.«

»Ich dachte, es gehört zum journalistischen Ethos, dass man sich ums Thema kümmert, statt Meinung zu machen«, merkte Ed trocken an.

Hinnerk lächelte schief und sprach weiter, ohne auf Eds Kommentar einzugehen.

»Seit ein paar Tagen ist er bei mir untergeschlüpft. Für Kollegen ist die Insel ja sonst unbezahlbar. Zumindest solange du nicht zu den Edelfedern gehörst, die sich auch die Luxusherbergen leisten können, sind die Honorare für freie Journalisten ziemlich mies.«

Ed hegte daran einen gewissen Zweifel. Hinnerk pflegte zwar nicht unbedingt einen ausschweifenden Lebensstil, aber er ließ es sich gut gehen, soweit Ed das beurteilen konnte. Mit seinem Gehalt hätte er sich das jedenfalls nicht leisten können. Aber vielleicht ging das ja alles auf das Spesenkonto?

»Na, und nun ist er einfach weg«, schloss Hinnerk seine Ausführungen.

»Und was sollen wir respektive ich nun deiner Meinung nach machen?«, fragte Ed.

»Ihr sollt ihn suchen, was sonst?«, antwortete Hinnerk etwas patzig.

Ed schaute den Journalisten durchdringend an.

»Seit wann ist Fred weg? Wie heißt dein Kollege überhaupt mit Nachnamen?«

»Wülfer, Fred Wülfer. Und seit gestern Mittag ist er verschwunden. Wir haben eine Radtour unternommen. Er wollte nur noch einen Abstecher machen, um jemanden zu treffen.«

»Hat er dir gesagt, wohin genau er fahren wollte?«

Hinnerk schüttelte den Kopf.

»Und mit wem er sich treffen wollte?«

Hinnerk schüttelte erneut den Kopf.

»Und hat Fred Wülfer dir gesagt, an was für einer Geschichte er arbeitet?«

»Nichts Genaues«, gestand Hinnerk. »Ein Umweltthema, wie immer, vermute ich. Wahrscheinlich mit Syltbezug.«

Ed atmete vernehmlich aus.

»Ja, ich weiß ja selbst, dass das nichts wirklich Verwertbares ist«, bestätigte Hinnerk matt. »Aber erstens ist das ganz normal, dass die Kollegen erst einmal für sich selber recherchieren, ehe sie jemand anderen mit ins Boot holen.«

»Misstrauen ist die Mutter der journalistischen Porzellankiste«, warf Ed ein.

»Allerdings. Und zweitens habe ich einfach ein ungutes Gefühl bei der Sache.«

Ed schaute Hinnerk an.

Sie kannten sich lange und schätzten sich. Auch wenn sie sich einander berufsbedingt gelegentlich mächtig ins Gehege kamen.

»Hinnerk, du weißt genau, dass ich im Moment absolut nichts machen kann. Ich darf nicht einmal etwas machen. Jeder Erwachsene kann im Rahmen der geltenden Gesetze tun und lassen, was er will. Gott sei Dank. Wir leben in einem freien Land. Und wenn Fred Wülfer nicht bei dir auftauchen möchte, dann ist das sein gutes Recht.« Ed machte eine Pause. »Also, mein Angebot am Rande der Gesetzmäßigkeit lautet, dass ich heute offiziell nichts mache.«

»Aber …«, setzte Hinnerk an.

Ed unterbrach ihn.

»Inoffiziell zeigst du mir jetzt mal das Zimmer, in dem er bei dir übernachtet. Ich schaue mir das nicht als Polizist an, sondern als dein Bekannter.«

»Danke.«

Hinnerk schien erleichtert. »Na los, dann fahren wir jetzt mal schnell zu mir. Hast du dein Rad hier?«

»Steht an der Wache.«

»Egal, dann nehmen wir fix meinen Wagen.«

Die Tiefgarage unter dem Redaktionsbüro entpuppte sich als kleines Automobilmuseum mit einigen historischen Schätzen. Dazu gehörten die beiden Jaguare E-Type, deren markante Konturen mit den lang gezogenen Motorpartien sich unter schützenden Planen abzeichneten. Hier parkten ein paar Millionen Euro. Der leichte Windhauch der Klimaanlage sorgte für den nötigen Luftaustausch, damit die rostfördernde Salzluft des Meeres nicht ihr zerstörerisches Werk an den Karosserien ausüben konnte. Hinter einer Betonstütze entdeckte Ed einen roten Fiat Dino, wie ihn einst Marcello Mastroianni in den sechziger Jahren gefahren haben soll. Schmunzelnd stellte sich Ed vor, der große Marcello hätte mit Anita Ekberg *La dolce vita* nicht in Rom gedreht, sondern wäre in den wilden sechziger Jahren auf Sylt gestrandet. Statt in der großen Fontana di Trevi hätten sie die legendäre Brunnenszene im kleinen Westerländer Brunnen mit der dicken Wilhelmine spielen müssen. Ed beschloss, seine Kollektion mit Fellini-DVDs wieder einmal aus dem Regal zu holen, sobald die sommerlangen Tage wieder winterkurz würden. In Gedanken sah er sich schon an der Seite des verwirrt blickenden Marcello über den Rummelplatz in der Schlussszene des wunderbaren *Otto e mezzo* gehen.

Ungeduldig riss Hinnerk ihn aus seinem Tagtraum.

»Den Dino nehmen wir heute nicht. Der gehört Professor Wegner. Jurist aus München.«

Vielleicht lag Lasse ja auch unter diesem Aspekt richtig mit der Wahl seines Studienfachs, schoss es Ed durch den Kopf.

Stattdessen stiegen sie in einen silbergrauen Mercedes SL Pagode Cabrio mit samtblauem Verdeck. Auch nicht schlecht, befand Ed. Hinnerk schlug das Verdeck zurück. Im Schritttempo tauchten sie aus dem Schlund der Tiefgarage in den Westerländer Alltag empor. Schweigend rollten die beiden Männer durch die Andreas-Dirks-Straße.

»Und Mara?«, fragte Hinnerk an Ed gewandt, während sie in Richtung Norden glitten, vorbei an gleichförmigen Apartmentblocks.

»Wieso? Was ist mit ihr?«

Hinnerk zuckte mit den Schultern.

»Man hört so dieses und jenes«, gab er betont unverfänglich zur Antwort.

»Hört man, ja?«, fragte Ed mit spitzem Tonfall zurück.

Mara war keineswegs das Thema, über das er jetzt mit dem Journalisten sprechen wollte. Zu groß war die Gefahr, damit in der Rubrik »Leute« oder »Inselleben« im *Tageblatt* zu landen.

»Erzähl mir lieber ein bisschen mehr über Fred Wülfer und seine Arbeit«, forderte er ihn stattdessen auf.

Hinter dem Fernmeldeturm bogen sie auf die Schnellstraße Richtung Wenningstedt ein.

»Über seine aktuelle Recherche haben wir wirklich nicht gesprochen«, beharrte Hinnerk.

Tatsächlich nicht?, fragte sich Ed. Es erschien ihm eher unwahrscheinlich, dass Fred über die Gründe seines Aufenthalts auf Sylt Hinnerk gegenüber kein Wort verloren hatte, während er für Tage oder gar Wochen bei ihm wohnen durfte.

»Und woher kennt ihr euch?«, bohrte Ed nach.

Doch Hinnerks Antwort blieb vage.

»Wie man sich so kennt unter Kollegen. So viele sind wir ja hier im Norden nicht. Zudem fällt Fred zwischen den übrigen Kollegen schon auf«, verkündete Hinnerk. »Seine Recherchen sind wie gesagt fundiert. Die Themen finde ich wichtig, und sie sind allesamt ausgezeichnet aufbereitet. Seine Texte sind kein schnell runtergeschriebenes Tages-Blabla. Guter Stil, spannender Inhalt. Das hat ihm bereits einige Journalistenpreise eingebracht.«

Ed schaute nachdenklich auf die Fahrerseite, um Hinnerk zu mustern.

»Was ich immer noch nicht verstehe: Warum schreibt er dann nicht für die *Zeit* oder die *Süddeutsche*? Das könnte er doch genauso gut von seinem Schreibtisch in Glücksburg aus machen, wenn er sich um seine Großmutter kümmern möchte.«

»Muss man immer alles verstehen?«, fragte Hinnerk zurück, während er am Wenningstedter Kreisverkehr rechts in Richtung Braderup abbog.

»Ich hatte eigentlich gedacht, dass das Verstehen der Dinge und ihre verständliche Vermittlung die Grundlage eures Geschäftsmodells sei. Auswahl relevanter Themen und fundierte Recherche inklusive.«

Hinnerk lachte amüsiert auf.

»Eine sehr idealistische Sicht aufs journalistische Arbeiten. Der Alltag ist für die meisten Kollegen ein eher mühsames Klein-Klein im Regionalen. Die großen Themen bearbeiten nur ganz wenige. Alles eine Frage der Ressourcen Zeit und Geld. Und dann solltest du auch daran denken, dass selbst der öffentliche Starschreiber seine ganz privaten Sorgen haben kann.«

Auch wahr, dachte Ed.

Er wusste ja nur zu gut, wie oft sich der private und der dienstliche Ed fragend gegenüberstanden und ratlos tief in die Augen blickten.

Hinnerk parkte in einer Braderuper Nebenstraße. Auf einem Friesenwall aus großen Granitfindlingen blühten weiße und rosa Heckenrosen miteinander um die Wette. Am Rand der Rasenfläche davor verschenkte der Mohn sein leuchtendes Rot an den grauen Tag. Hinter dem Wall weitete sich der Blick bis zum Watt. Diese stille Ecke gehörte für Ed zu den schönsten Orten auf der Insel.

»Nett hast du es hier.«

»Ja«, bestätigte Hinnerk kurz und führte Ed in dem charmanten kleinen Haus, das von einem Reetdach bekrönt wurde, gleich die Treppe hinauf in das Dachzimmer. Zum Watt hin öffnete sich eine große Gaube. Am Horizont sah Ed die Windräder auf dem Festland, deren Rotoren sich gemächlich drehten.

Vielleicht herrscht dort ja schon eine leichte Brise, vermutete Ed.

Aufmerksam schaute er sich in dem Zimmer um.

Es war aufgeräumt, wirkte fast unbewohnt. Keine Kleidungsstücke lagen herum und auch kaum persönliche Gegenstände. Zu den wenigen Dingen, die Ed auffielen, gehörte der zugeklappte Laptop. Er lag vor dem Fenster auf einem zierlichen Biedermeierschreibtisch. Offenbar war er an das Stromnetz angeschlossen, denn die Kontrolllampe des Kabels leuchtete grün. Ed registrierte ein zweites, kurzes Kabel, das aus dem Computer kam, an dem aber kein weiteres Gerät angeschlossen war. Vermutlich war es für eine externe Festplatte gedacht. Eine Sicherheitskopie. Hatte Fred Wülfer die immer bei sich?

Neben dem Computer lagen zudem einige Notizzettel sowie ein Bleistift mit 3B-Mine. Die Handschrift auf den Zetteln war für Ed nicht zu entziffern. Ed machte mit seinem Handy ein Foto des Raums. Zum aufgeräumten Charakter des Zimmers passte das akribisch gemachte

Bett. Daneben stand eine halb leere Flasche Wasser auf dem Boden sowie ein aufgeklapptes Buch, mit dem Titel nach oben.

Einschlaflektüre, vermutete Ed.

Interessiert studierte er den Namen des Autors und den Titel. *Haruki Murakami. Gefährliche Geliebte.*

Vor einem Einbauschrank lag ein aufgeklappter Schalenkoffer. Ordentlich gefaltet lagen darin Poloshirts, Hosen, dazu ein Wollpullover für kühlere Tage, eine Regenjacke. Nichts Ungewöhnliches. Alles in dem Raum verströmte den Charakter einer zurückhaltenden, fast provisorischen Anwesenheit. Nichts stach heraus. Vor allem gab es nichts, was irgendeine Ermittlung rechtfertigen würde. Dennoch achtete Ed darauf, dass er nichts berührte, um für den Fall der Fälle keine eigenen Spuren zu hinterlassen oder fremde zu verwischen.

»Seit wann wohnt Fred bei dir?«, fragte er Hinnerk, der im Türrahmen stehen geblieben war.

»Seit einer guten Woche jetzt.«

»Und wie lange, hat er gesagt, dass er bleiben möchte?«

»Das hat er mir bisher nicht gesagt. Solange er für seine Recherchen braucht, kann er gern bei mir wohnen.«

»Nett von dir.«

»So bin ich halt.« Hinnerk blickte gequält zu Ed. »Und?«, schob er nach. »Hast du irgendetwas Auffälliges entdeckt?«

»Überhaupt nichts, Hinnerk.«

Hinnerk schaute zu Boden.

Ja, ihm war offenbar klar gewesen, dass hier nichts Ungewöhnliches war. Das Einzige, was aus dem Rahmen fiel, war, dass der Redakteur die Abwesenheit des Kollegen sehr persönlich nahm. Möglich, dass er sich wirklich Sorgen um Wülfer machte. Vielleicht war da aber auch noch etwas anderes. War Hinnerk am Ende einfach nur eifersüchtig,

weil Fred vielleicht irgendwo anders für die Nacht untergeschlüpft war?

Wie auch immer. Hier gab es nichts, was Ed zu interessieren hätte und was er tun konnte.

»Es tut mir leid, Hinnerk. Du musst abwarten, bis dein
Kollege von selbst wieder auftaucht oder sich weitere Anhaltspunkte ergeben.«

»Weitere Anhaltspunkte? Was meinst du damit?«

Hinnerks Stimme nahm einen schrillen Tonfall an.

»Fred wird schon bald wiederkommen«, versuchte Ed
ihn zu beruhigen. »Alles klärt sich. Vielleicht ...« Ed zögerte.

»Vielleicht was?«, drängte Hinnerk.

»Hast du dir überlegt, dass Fred vielleicht gute Gründe
hat, ein paar Tage anderswo zuzubringen? Eine unerwartete Spur vielleicht, der er bei seiner Recherche nachgeht?
Oder eine überraschende Bekanntschaft, von der du nur
nichts weißt?«

»Nicht bei Fred. Er hätte Bescheid gegeben. Ganz bestimmt«, beharrte Hinnerk trotzig. »Na los, ich setz dich
wieder bei der Wache ab. Trotzdem danke, Eduard, dass du
vorbeigeschaut hast. Ich weiß das wirklich zu schätzen.«

Schweigend saßen sie auf der kurzen Rückfahrt nebeneinander. Ed spielte in Gedanken verschiedene Varianten
durch, warum Fred abends nicht zurückgekommen war.
Hatte er in der Wohnung etwas übersehen? Schließlich
hatte ihn Hinnerk nur in das Obergeschoss geführt. Waren
Hinnerks Befürchtungen gerechtfertigt oder übertrieben?
Verschwieg er ihm gegenüber sogar etwas?

Mit einem müden »Na, denn«, stieg Ed am Polizeirevier
aus.

Irgendwie erschien ihm dieser Tag verkorkst, und er

konnte sich nicht vorstellen, wie er noch besser werden sollte. Er beschloss, die Stunden bis zum Feierabend nach Möglichkeit in Ruhe verstreichen zu lassen, und versteckte sich hinter seinem Computer. Durch Hinnerks Lob neugierig geworden, klickte er sich im Netz Seite um Seite durch Artikel von Fred Wülfer. Das Spektrum der Beiträge, die er in den letzten Jahren verfasst hatte, reichte von der umstrittenen Kohlendioxid-Verpressung im Boden von Schleswig-Holstein über die Diskussionen zu Windrädern an der Deichlinie bis hin zu den Auswirkungen, die die Sandentnahme vom Meeresgrund bei Vorspülungen auf die Population der Schweinswale hatte. Spezielle Themen, alle mit einem klaren Naturschutzbezug. Soweit Ed das beurteilen konnte, schienen Freds Artikel fundiert und differenziert geschrieben zu sein. Keine Haudrauf-Texte. Vielmehr stellte Wülfer die unterschiedlichen Positionen jeweils ausführlich dar, ließ O-Töne von Experten einfließen und kam abschließend zu ausgewogenen Urteilen. Offenbar war es Wülfer ein Anliegen, anstatt seine Leserschaft zu polarisieren, in seinen Texten mögliche Lösungswege aufzuzeigen. Hinzu kam sein anschaulicher, luftiger Stil, der Ed gut gefiel und der dazu beitrug, dass man die Beiträge gerne und mit Gewinn weiterlas, selbst wenn man vom Thema zuvor keinerlei Ahnung gehabt hatte.

Alte Journalisten-Schule im besten Sinne, befand Ed.

»Das ist Boy«, rief ihm Lotte gut gelaunt entgegen, kaum dass Ed nach Hause kam.

»Ich weiß«, antwortete Ed und lächelte in sich hinein. Ed kannte Boy, den Sohn von Pastorin Krüger schließlich schon von klein auf. Die beiden Jugendlichen schauten erwartungsfroh auf den Herd. Aus einem großen Topf stieg Dampf auf. Die Luft im Erdgeschoss duftete rosig und süß.

»Hallo, Boy. Was macht ihr da gerade?«, fragte Ed.

»Leider nichts zum Abendessen«, antwortete Lotte.

»Schade. Sondern?«

»Wir versuchen uns gerade an Rosenblütengelee.«

»Lisas Rezept?«

Lotte lachte.

»Nein, diesmal stammt die Anleitung vom großen Google.«

»Na, dann. Viel Erfolg.«

»Danke«, antwortete Boy ein wenig schüchtern. Dabei klang seine Stimme überraschend dunkel. Einen halben Kopf größer als Lotte, stand er neben ihr und rührte konzentriert in dem Topf, damit das Gelee nicht anbrannte.

Sein »Und räumt bitte anschließend die Küche auf« schluckte Ed hinunter. Stattdessen ging er hoch in den Ausguck.

Wie gut, dass auf das Küstenwetter Verlass war. Keine Witterung dauerte hier ewig an. Von Südosten war tatsächlich ein leichter Wind aufgekommen und trieb nun die grauen Wolken vor sich her und mit ihnen die Ahnung von Kopfschmerzen fort. Die Aspirin würde heute wohl ungeschluckt bleiben. Gut so. Zwischen den Wolken öffnete sich sogar kurz der Blick auf ein paar blaue Himmelsflecken, ehe sich dunklere Wolken davorschoben. Wo es eben noch einen Himmel in Constables Manier gab, pladderte auf einmal ein Schauer auf das Glasdach über Ed nieder.

Er erinnerte sich an den Titel des Romans, der neben dem Bett von Fred Wülfer gelegen hatte, und schlug ihn im Internet nach. Von Murakami hatte Ed bereits etwas gelesen. Nur was? Gerne hätte er sich vor das Regal gestellt und das Buch herausgezogen. Doch die meisten seiner Bücher standen entweder noch bei Mara, oder sie warteten in

Kisten verpackt auf bessere Zeiten. Doch das anscheinend allwissende Internet half ihm auch in diesem Fall weiter. In Murakamis Eintrag, der darauf hinwies, dass der japanische Autor regelmäßig als Kandidat für den Nobelpreis gehandelt wurde, fand er den Titel aufgeführt: *Kafka am Strand* hatte er gelesen. Der Titel hatte so herrlich absurd geklungen. Wieso Kafka? Und wieso Strand? Auch wenn sich Ed nicht mehr genau an die Handlung des Buches erinnern konnte, so wusste er noch, wie faszinierend und zugleich befremdend er die Geschichte gefunden hatte. Wie so häufig erinnerte er sich noch an die Stimmung des Buches und sogar an die Atmosphäre, in der er es gelesen hatte. Es war während eines herrlichen langen Sommerurlaubs mit Mara und den Kindern in einem französischen Ferienhaus gewesen. Ein wenig wehmütig dachte er an die verstrichenen Sommer jener Jahre zurück, als die Kinder klein waren. Aber wieso hatte Wülfer den Murakami gelesen? Nur ein Zufall? Ed schaute auf die Uhr. Es war schon zu spät, um noch in dem kleinen Keitumer Buchladen anzurufen, in dem er gerne stöberte. Also schickte er kurz entschlossen von seinem Handy aus eine E-Mail dorthin, mit der Bitte, das Buch für ihn zu bestellen. Irgendwann in den nächsten Tagen würde er vorbeifahren, um es abzuholen. Vielleicht half es ihm bei den Ermittlungen weiter. Und falls nicht, würde er wenigstens eine neue Lektüre entdecken.

Gerade wollte er sein Smartphone wieder zur Seite legen, als es klingelte.

»Hörnum ist nicht so Ihre Sache, oder?«

»Bitte?«, fragte Ed verdutzt.

»Ich habe das ja gleich bei unserem Telefonat gemerkt. Liegenschaftsstelle, Ruppert … Sie erinnern sich? Allerdings hätten Sie mir dann auch gleich absagen können.«

Die Wohnung! Siedend heiß fiel Ed wieder der Besichtigungstermin in Hörnum ein. So ein Mist. Achtzehn Uhr war lange vorbei.

»Entschuldigung, ich habe es völlig verpeilt. Ich hoffe, Sie sind nicht extra für mich runtergefahren?«

»Keine Angst, Herr Kommissar, bin ich nicht. Es gibt mehr als genug Wohnungssuchende auf der Insel. Insofern – Sie haben Glück und Pech zugleich.«

»Wieso denn beides zugleich?«, fragte Ed belustigt nach.

»Ihr Glück ist, dass Sie sich nicht mehr entscheiden müssen, ob Sie die Wohnung nehmen. Ihr Pech ist, dass die Wohnung, die Sie sich nicht einmal anschauen wollten, eine glückliche neue Mieterin gefunden hat. Sogar eine Kollegin von Ihnen.«

»Na, dann habe ich ja vielleicht sogar alles richtig gemacht.«

»Vielleicht. Ich wollte Ihnen nur Bescheid geben, für den Fall, dass Ihnen der Termin noch eingefallen wäre.«

»Sehr reizend.«

»Wir finden noch was Feines für Sie, Herr Kommissar, kann natürlich ein Weilchen dauern, aber wir finden etwas. Bis dahin, schönen Abend noch.«

Ehe sich Ed bedanken konnte, hatte sie aufgelegt.

Er ließ sich ihren letzten Satz auf der Zunge zergehen. Er klang wie ein Mantra: »Wir finden noch was Feines für Sie, Herr Kommissar, kann natürlich noch ein Weilchen dauern.«

Als Ed eine halbe Stunde später hinunterging, war die Küche picobello aufgeräumt. Auf dem Küchentisch standen sieben große Gläser mit Rosengelee, liebevoll per Hand beschriftet und mit kleinen Häubchen aus weiß-rot kariertem Stoff bezogen, die mit einem Bastfaden festgebunden waren.

Von den beiden Jugendlichen war nichts zu sehen.

Also beschloss Ed, sich zwei Brote zu schmieren und sein Abendbrot mit nach oben in den Ausguck zu nehmen, auf den inzwischen ein sommerlicher Landregen niederging. Sehr gemütlich, befand Ed. Im selben Moment ploppte auf seinem Handy eine Nachricht von Rob auf.

Konnte gestern nicht zurückrufen. War auf einer Fototour. Was macht die Insel?, schrieb er.

Ed freute sich, dass der Freund sich meldete. Er konnte sich lebhaft vorstellen, wie Rob durch die kanadischen Urwälder streifte, immer auf der Suche nach einem Fotomotiv.

Regenpause im Sommerhoch, antwortete Ed. *Wie viele Grizzlys haben heute schon deine Pfade gekreuzt?*

Kaum war die Nachricht rausgeschickt, da klingelte das Telefon.

»Glücklicherweise noch keiner«, antwortete Rob.

Der Handybildschirm zeigte Rob vor einer Ziegelwand, neben einem Regal, auf dem Bücher und Bilder verteilt waren.

»Gut, dich zu sehen«, begrüßte ihn Ed.

Als Kind hatte Ed mit seiner Mutter darüber gescherzt, wann sie endlich ein Bildtelefon haben würden, ohne daran zu glauben, dass es das wirklich einmal geben würde. Inzwischen war es längst Alltag.

»Was macht mein Haus?«

»Hält dem Sommerregen stand.«

»Ich denke, auf Sylt scheint immer die Sonne?«

»Fast immer. Und Kanada? Neues von Nathalie?«

Rob seufzte.

»Nichts von Nathalie. Aber Kanada, ich sage dir, Kanada ist einfach großartig.«

»Immer noch begeistert?«

»Je länger ich hier bin, desto mehr.«

»Lass dir nur Zeit mit dem Zurückkommen, ich fühle mich als Hüter deines Hauses ausgesprochen wohl.«

»Fein. Aber fühl dich nicht zu wohl. Irgendwann komme ich schon zurück.«

»Das habe ich schon befürchtet. Was machen die Fotos?«

»Ich schicke dir nachher mal meine Serie von Weißkopf-seeadlern rüber. Sensationell. Habe ich letzte Woche auf Vancouver Island geschossen. Ich denke, es würde dir hier auch gefallen. Phantastische Landschaft, und Vancouver ist eine höchst entspannte Stadt.«

»Aber von Nathalie keine Spur …«, ergänzte Ed.

»Nichts. Keine Mail, keine Nachricht. Sie bleibt wie vom Erdboden verschluckt.«

»Mist.«

»Ich mache mir Sorgen. Wenn ich in den nächsten Tagen keinen Hinweis finde, werde ich sie hier bei der Polizei als vermisst melden.«

»Tu das. Aber du weißt, wenn sie nicht gefunden werden will, dann wird die Polizei sie auch nicht finden. Zumal in einem Land, das so gewaltig groß ist wie Kanada. Und ich vermute, sie will nicht gefunden werden.«

Kurz überlegte Ed, Rob von dem verschwundenen Journalisten zu erzählen. Doch es erschien ihm im Moment nicht angemessen. Niemand wusste, was mit Nathalie war. Vielleicht hatte sie eine neue Liebe gefunden. Vielleicht streifte sie einfach umher. Aber vielleicht war sie auch in Gefahr.

»Keine Abbuchungen von der Kreditkarte?«, fragte Ed.

»Die letzten sind schon ein paar Wochen her. Habe mir schon überlegt, ob sie sich ein neues Konto eingerichtet hat«, sagte Rob.

»Tja, möglich. Vielleicht hat sie auch einen Job gefunden.«

»Und Elsa?«, beendete Rob das nachdenkliche Schweigen, das sich zwischen den beiden Freunden ausgedehnt hatte.

»Was soll ich sagen … Sendepause.«

»Mannomann, Ed. Melde dich bei ihr.«

»Aber wenn sie ihre Ruhe haben möchte? Ich meine, wieso ist sie einfach verschwunden?«

»Finde es heraus. Du hast mir gegenüber den großen Vorteil, dass du weißt, wo du Elsa findest. Also. Was hindert dich, mit ihr zu sprechen?«

Ja, was hinderte ihn?

Ed spürte seine Unsicherheit, wie er ein Gespräch mit Elsa beginnen sollte, bis in die Spitzen seiner Fingerkuppen. Und zugleich spürte er sein Verlangen nach ihr.

»Du hast recht.«

»Natürlich. Das weiß ich selbst. Aber nur weil ich recht habe, hast du noch lange nicht mit ihr gesprochen. Überwinde dich, sprich an, was dich bedrückt, frag nach, was du nicht verstehst.« Rob hielt einen Moment inne. »Das ist das, was ich aus der ganzen Geschichte mit Nathalie gelernt habe. Wir hätten reden müssen. Sie mit mir. Ich mit ihr.«

Das klang logisch. Das klang einfach. Aber es war nicht einfach. Jedenfalls nicht für Ed. Und offenbar war es das auch nicht für Rob gewesen. Trotzdem hatte er recht. Es war an Ed, einen Schritt auf Elsa zuzugehen. Schließlich lag sie ihm immer noch am Herzen. Vielleicht sogar mehr denn je.

»Du hast recht«, wiederholte Ed. »Danke, Rob. Ich werde mit ihr sprechen.«

4

Wir haben ein Problem«, verkündete Muri und hielt Ed das *Tageblatt* hin. »Inselnachrichten, zweite Seite, unten rechts.«

Ed winkte ab.

»Erzähl mir einfach, was dort steht.«

»Lies lieber selbst«, erklärte Muri und wedelte mit der Zeitung.

Auf der ersten Seite des Lokalteils stand Hinnerks Fahrradstory. *Blutiger Kies. Umfrage zeigt: Sylt braucht bessere Fahrradwege.* Auf Seite zwei zeigte ein großes Bild, wie vor Wenningstedt aus Vorspülungsrohren Sand sprudelte. Unter dem Titel *Sand im Plan* war ein Interview mit einem Vertreter des Küstenschutzes platziert. Gleich darunter stand die Meldung, die Muri meinte. *Journalist vermisst.* In knappen Worten erklärte Hinnerk, dass der Glücksburger Journalist Fred Wülfer, der gerade auf der Insel recherchiere, vermisst werde.

Ed schüttelte den Kopf. Was hatte sich Hinnerk dabei gedacht, diese Meldung zu platzieren? Es sprach viel dafür, dass sie im Moment wenig helfen würde. Wenn Wülfer einfach für eine Zeit wegwollte, dann erschien sie Ed geradezu übergriffig. Wenn Wülfer hingegen tatsächlich etwas zugestoßen war, konnte sie sogar das Gegenteil dessen bewirken, was Hinnerks Ziel gewesen war. Denn falls jemand etwas mit Wülfers Verschwinden zu tun haben sollte, war dieser jemand jetzt gewarnt, dass die Öffentlichkeit informiert war und er noch vorsichtiger handeln musste.

Darüber hinaus war sich Ed sicher, dass die Meldung für ziemliche Unruhe auf der Insel sorgen würde. Vielleicht drang die dramatische Nachricht vom verschwundenen Journalisten auf Sylt ja auch gleich bis Flensburg und Kiel vor.

»Vielen Dank auch«, brummte Ed.

»Vielleicht solltest du noch einmal mit Hinnerk sprechen?«, schlug Muri vor.

»Ich kann ihn gerne anrufen und fragen, was ihn dazu getrieben hat.« Ed klang verärgert. »Aber natürlich kann er in seinem Blatt drucken, was er will, solange man es ihn drucken lässt. *Blutiger Kies. Journalist vermisst.* Absoluter Qualitätsjournalismus.«

»Er macht sich halt Sorgen um ihn«, versuchte Muri seinen Kollegen zu besänftigen.

»Und um die Knie der Sommergäste!«

»Um die vermutlich auch.«

Noch ehe Ed Hinnerk anrufen konnte, um sich zu beschweren, klingelte das Telefon im Revier und Bürgermeisterin Wallenberg meldete sich bei ihm.

»Herr Kommissar Koch, was hat es mit dieser vermissten Person auf sich? Auch noch ein Journalist? Wurde schon eine Vermisstenanzeige erstattet? Wer ist dieser Herr Wülfer? Wozu recherchiert er auf der Insel?«, sprudelte sie los.

»Moin erst mal«, grüßte Ed gelassen.

»Moin.«

»Keine Ahnung, Frau Bürgermeisterin. Wir haben hier nichts Schriftliches vorliegen.«

Das war nicht mal gelogen. Eds Besuch bei Hinnerk war privater Natur gewesen. Das hatte er gestern deutlich betont.

»Aber natürlich werde ich mich gleich einmal schlaumachen«, versuchte er sie zu besänftigen.

»Vielen Dank. Sie verstehen. Eine vermisste Person in der Hauptsaison. Das ist nicht das, was wir auf der Insel gerade gebrauchen können.«

Ed schluckte seinen Kommentar hinunter, dass man auf der Insel auch außerhalb der Hauptsaison gut auf vermisste Personen verzichten konnte. Vermutlich war das auch besser, denn Frau Wallenberg bestach nicht gerade durch einen übermäßigen Sinn für Humor.

»Wissen Sie denn schon Näheres?«, versuchte sie erneut nachzubohren.

»Nein, wie gesagt, ich weiß auch nicht mehr als das, was heute in der Zeitung steht.«

»Sie sprechen mit Herrn Hinnerkson?«

»Tja, das werde ich wohl«, antwortete Ed gedehnt.

»Ich meine, es könnte ja ein Verbrechen vorliegen.«

Wallenbergs Stimme hatte einen schrillen Klang angenommen.

»Woraus schließen Sie das?«, antwortete Ed schmallippig. »Im Moment gibt es lediglich eine Meldung in einer Tageszeitung. Wenn ich aufgrund jeder Meldung im *Tageblatt* gleich Ermittlungen einleiten würde …«

Ed ließ den Satz bedeutungsvoll zwischen ihnen schweben.

»Vielen Dank jedenfalls, Herr Kommissar Koch.«

»Sehr gerne, Frau Bürgermeisterin.«

Ed würde mit Hinnerk sprechen. Aber was dieses Gespräch ergab, das ging die Bürgermeisterin überhaupt nichts an. Wenn sie etwas von Hinnerk Hinnerkson erfahren wollte, dann sollte sie sich selbst mit ihm in Verbindung setzen. Und vermutlich tat sie genau das in diesem Augenblick, denn als Ed die Nummer von Hinnerk wählte, landete er sofort auf der Sprachbox. Ohne eine Nachricht zu hinterlassen, legte er auf.

Dann eben später.

Offenbar hatte es sich in Windeseile im ganzen Norden herumgesprochen, dass es auf Sylt möglicherweise einen Vermissten gab. Keine fünf Minuten später meldete sich Nesser bei ihm.

»Ed, wie geht's? Ich hatte gestern schon versucht, dich zu erreichen.«

»Und ich hatte versucht, bei dir zurückzurufen.«

»So ist das eben, wenn alle viel beschäftigt sind.« Nesser lachte jovial. »Vielleicht war es ja ganz gut, dass wir gestern nicht zusammengekommen sind. Ich habe gelesen, es gibt einen Vermissten bei euch.«

»Habe ich auch gelesen«, antwortete Ed knapp.

»Na dann. Er wird schon wieder auftauchen.«

»Ich denke auch.«

»Was ich eigentlich von dir wollte …« Nesser räusperte sich vernehmlich. »Die Innenrevision hat sich noch mal die Vorgänge rund um die Brandstiftungen auf Sylt vom Winter vorgenommen.«

»Aha«, antwortete Ed. Schlagartig war er voll konzentriert. Eine Untersuchung. Weshalb denn das? Seine Gedanken überschlugen sich.

»Ja, es haben sich da offenbar noch ein, zwei Fragen ergeben«, erklärte Nesser in einem aufgesetzten Plauderton. Doch damit konnte er Ed nicht täuschen. Bei Untersuchungen der Innenrevision blieb meistens etwas an den Betroffenen hängen, so nichtig die Gründe auch sein mochten, aus denen die Verfahren angestoßen wurden. Daher beschloss Ed, lieber erst einmal zu schweigen, anstatt vorschnell zu antworten.

»Unter anderem haben sie sich deine Kostenabrechnungen angesehen.«

»Und? Was ist damit?«, fragte Ed trocken zurück.

»Du bist damals im *Kieler Kaufmann* abgestiegen?«

»Das ist richtig. Das Hotel liegt dicht an der Klinik, in der Clara nach dem Unfall lag.«

»Richtig, richtig. Aber es hätte auch andere Hotels in Kiel gegeben … kostengünstigere. Egal. Ich wollte dir einfach nur mitteilen, dass der Fall noch einmal ganz genau angeschaut wird.«

»Danke, Franz. Nett von dir.«

Jetzt war es an Nesser, einen Moment zu schweigen.

»Nur damit du es weißt. Das ist nichts Persönliches. Ganz im Gegenteil. Ich schätze dich. Als Kollegen und als Mensch. Sehr sogar.« Offenbar war es Nesser peinlich, Ed in diese Situation zu bringen. »Allerdings bin ich damit beauftragt, nun ja, wie gesagt, ebenfalls noch einmal einen Blick auf die Ereignisse zu werfen.«

»Dann tu das, Franz. Obwohl. Wir haben doch ein Geständnis. Damit ist doch eigentlich alles klar.«

»Haben wir«, bestätigte Nesser erleichtert »Und das macht die Sache für mich natürlich viel einfacher.«

»Na, dann. Wenn ich helfen kann …«

Langsam begann sich Eds Anspannung zu lösen.

»Kannst du tatsächlich. In Kiel ist eine kleine Runde zur Klärung anberaumt worden, bei der wir dich gerne dabeihätten.«

»Wir? Wer ist wir? Und was meinst du mit ›dabeihaben‹, Franz?«, fragte Ed irritiert.

»Genau das, was ich sage, Eduard. Ein Gespräch in Kiel, im Innenministerium. Uhrzeit und Raumnummer schicke ich dir noch zu.«

»Ist das eine Bitte oder eine Anordnung?«

»Komm einfach vorbei, Ed«, antwortete Nesser trocken. »Und lass mich stante pede wissen, wenn euer Vermisster wieder aufgetaucht ist. Ach so, und falls der Termin in Kiel länger als erwartet dauern sollte und du anschließend in Kiel übernachten musst, dann rate ich dir vom *Kieler Kaufmann* ab. Auch wenn ich deine Wahl gut verstehen kann. Es sei denn, du zahlst selbst.«

»Der liegt aber gleich um die Ecke vom Ministerium in Düsternbrook«, wollte Ed bockig einwenden. Doch da hatte Nesser bereits aufgelegt.

Es waren weniger die Gedanken an die Untersuchung – was sollte sie schon ergeben außer einer Ermahnung für seine überhöhten Spesen? – als die Erinnerungen an die schwer verletzte Clara auf der nächtlichen Straße und den toten Coutino in seinem Hamburger Büro, die Ed beunruhigten. Die Ereignisse standen wieder lebendig vor ihm. Ed war heiß und kalt zugleich, während um ihn herum der Alltagswirbel im Revier einfach weiterging. Doch niemand achtete auf ihn.

Mit Elsa als Chefin wäre das wohl nicht passiert, dachte er. Sie hätte gesehen, dass etwas nicht mit ihm stimmte, hätte ihn zur Seite genommen und nachgefragt. Und das hätte sie nicht nur bei ihm gemacht. Sie hätte auf jeden ihrer Mitarbeiter aufgepasst, wenn er so besorgt aussah wie Ed in diesem Moment. Doch Ed blieb nur ein kurzer Augenblick Zeit, um über den vergangenen Winter nachzudenken, über Clara, Lasse und Elsa. Ein Anruf von Hinnerk holte ihn zurück in die Gegenwart.

»Moin, Hinnerk, schön, dass du zurück…«

Doch Hinnerk fiel ihm ins Wort.

»Könntet ihr bitte vorbeikommen?«

Das klang weniger wie eine Frage als wie eine Aufforderung.

Ed beschloss, nicht darauf einzugehen.

»Hast du mit der Bürgermeisterin geredet?«

»Ja, habe ich, aber das ist im Moment egal. Bitte kommt her und bringt gleich die Spurensicherung mit.«

»Hinnerk, es reicht. Die Aktion mit der Meldung in der Zeitung heute war …«, setzte Ed an.

Doch Hinnerk unterbrach ihn erneut.

»Bei mir ist eingebrochen worden.«

»In der Redaktion?«, fragte Ed erschrocken nach.

»Nein. Also zumindest habe ich dort vorhin nichts bemerkt. Der Einbruch fand bei mir zu Hause statt.«

Auf den ersten Blick schien Hinnerks Haus genauso auszusehen wie gestern. Nur, dass statt des Graus vom Vortag der Sommer zurückgekehrt war. Hohe weiße Wolken wanderten gemächlich über den blauen Himmel. Die Hitze der letzten Tage war nach dem nächtlichen Regen wohltuender Wärme gewichen. Nordseesommer aus dem Bilderbuch. Hinnerk war allerdings überhaupt nicht in Urlaubsstimmung, als Ed und Muri bei ihm eintrafen. Im Wohnzimmer, das wie das Gästezimmer zum Watt hinaus auf der Rückseite des Hauses lag, hatten die Einbrecher ein Fenster eingeschlagen. Sonst war nur an wenigen Stellen zu erkennen, dass Fremde im Haus gewesen waren. Sie hatten nichts durchwühlt. Vielmehr schienen sie es darauf angelegt zu haben, schnell herein- und ebenso schnell wieder herauszukommen.

»Hast du dir schon einen Überblick verschafft, was fehlt?«, fragte Ed den Journalisten.

»Auf den ersten Blick nur die Computer. Sowohl mein Laptop als auch der von Fred sind weg.«

»Sonst vermisst du nichts?«

»Mir ist nichts aufgefallen.«

Aufmerksam betrachtete Ed das Wohnzimmer mit den hohen Regalen. Eines war ausschließlich mit Literatur und

Bildbänden zu Sylter Themen bestückt. An der Wand gegenüber hingen zwei großformatige abstrakte Zeichnungen, die ihm gut gefielen. Hinnerk hatte Geschmack. Auch im Gästezimmer im Obergeschoss fiel Ed nichts Besonderes auf, bis auf die Tatsache, dass Wülfers Computer fehlte, der gestern noch auf dem Schreibtisch gestanden hatte. Falls jemand die Sachen von Fred Wülfer durchsucht hatte, dann so, dass man davon nichts bemerkte. Das alles sah für Ed nach einem der inzwischen für die Insel leider typischen Einbrüche aus, bei denen es die Täter auf die teure Elektronik abgesehen hatten.

Für Hinnerk lagen die Dinge allerdings anders.

»Glaubst du mir jetzt, dass Fred Wülfer in Gefahr ist?«, fragte er mit dramatischer Stimme, nachdem sie wieder ins Erdgeschoss hinuntergegangen waren.

»Hinnerk, das war ein stinknormaler Einbruch. Das passiert dauernd auf der Insel. Geklaut werden dabei fast ausschließlich hochwertige technische Geräte. Computer, Handys, Fernseher. So wie in deinem Fall. Das muss nichts mit deinem Kollegen zu tun haben.«

Empört schüttelte Hinnerk den Kopf.

»Wieso glaubst du mir denn nicht einfach?«

»Weil ich keine Anhaltspunkte habe. Ja, Fred Wülfer ist seit etwas über vierundzwanzig Stunden verschwunden. Und ja, bei dir wurde eingebrochen. Geklaut wurden dein und sein Laptop. Das ist sehr ärgerlich, aber vermutlich hast du ja eine gescheite Datensicherung.«

Hinnerk warf Ed einen verzweifelten Blick zu.

»Das darf doch nicht wahr sein. Wie blind bist du? Ein investigativer Journalist verschwindet, und kurz darauf wird bei einem Einbruch sein Computer geklaut …«

»Nun mal ruhig, Hinnerk. Wir sind hier nicht in einem Sonntagabendkrimi. Das wird sich alles aufklären. Allerdings vermute ich, dass weder du noch Herr Wülfer eure Computer wiedersehen werdet.«

Frustriert ließ sich Hinnerk in den bequemen Eames Lounge Chair plumpsen, von dem aus er durch das weite Panoramafenster auf das Wattenmeer schauen konnte. Doch dafür hatte er jetzt ebenso wenig einen Blick wie für die Schönheit der sommerlichen Heidelandschaft, die sein Haus umgab. Die Verzweiflung knabberte sichtbar an ihm.

»Der Computer ist mir völlig gleichgültig …«, fing er erneut an.

»Fred und ich …« Er stockte. »Ich mache mir einfach wahnsinnige Sorgen um ihn.«

Ed nickte. »Wann hast du den Einbruch bemerkt?«

»Kurz bevor ich dich angerufen habe.«

»Und wieso warst du hier im Haus und nicht in deiner Redaktion?«

»Ich war schon dort. Aber dann hatte ich so ein komisches Gefühl und bin noch einmal zurückgefahren.«

»Das bedeutet, dass den Einbrechern nur ein kleines Zeitfenster zur Verfügung stand, ehe du wieder da warst?«

»Höchstens zwei Stunden, würde ich sagen. Ich bin früh zur Redaktion los, habe dort die Mails erledigt, für die Ausgabe morgen etwas über die Reaktionen auf den Fahrradbeitrag geschrieben und bin dann zurück.«

»Ist dir heute früh etwas vor dem Haus aufgefallen? Ein Auto, das nicht hierhergehört? Verdächtige Personen?«

Hinnerk schaute beleidigt.

»Das hätte ich dir doch schon längst erzählt. Nein, es war alles wie immer.«

Vorsichtshalber ließ Ed sich auch Küche, Bad und Hinnerks Arbeitszimmer zeigen. Doch auch in diesen Räumen fiel ihm nichts Ungewöhnliches auf.

»Vermutlich hat dich der Einbrecher beobachtet. Denk noch einmal nach …«, forderte Ed ihn auf.

»Nichts. Es bleibt dabei. Alles war wie sonst.«

»Na gut, Hinnerk. Dann kommst du jetzt bitte mit. Muri nimmt auf dem Revier deine Aussage auf und dazu auch die Vermisstenanzeige für Fred Wülfer.«

»Danke«, antwortete Hinnerk.

Er klang erleichtert.

5

Am Fuß der Holztreppe angekommen, die über den Dünenkamm zum Strand führte, schlüpfte Ed aus seinen Schuhen und Socken. Der von der Sonne aufgeheizte Sand schmeichelte sich bei jedem Schritt zwischen seinen Zehen hindurch. Da es an diesem Strandabschnitt zwischen Wenningstedt und Westerland kaum Strandkörbe gab, war er trotz des milden Abends nicht übermäßig besucht. Trotzdem lief Ed noch ein kleines Stück am Meer entlang nach Norden, um ungestört zu sein. Dann setzte er sich vor eine der halb im Sand vergrabenen Tetrapoden aus Beton und lehnte sich gemütlich an. Die späte Sonne fiel ihm wärmend ins Gesicht.

Wie befürchtet, hatte die Suche nach Fred Wülfer bisher nichts erbracht. Hinnerk war dabei keine große Hilfe gewesen. Schließlich wusste er angeblich weder, woran Wülfer gearbeitet hatte, noch, mit wem er sich treffen wollte. Die Redaktion in Flensburg hielt sich mit Informationen über die aktuelle Arbeit des vermissten Kollegen zurück. Datenschutz. Morgen würde er in Flensburg vorbeischauen müssen. Im direkten Gespräch würde er gewiss mehr erfahren.

Bisher hatten sie auch Wülfers Schwester Florence noch nicht erreicht. Vielleicht wusste sie Näheres über ihren Bruder. Ihre Großmutter, um deren Pflege sich der Journalist in Glücksburg kümmerte, wollte Ed zu diesem Zeitpunkt nicht durch einen Telefonanruf in Unruhe versetzen. Er hielt es immer noch für am wahrscheinlichsten, dass Wülfer in den nächsten Tagen unversehrt auftauchen würde. Dennoch hatten sie ein Foto, das Hinnerk ihnen gemailt hatte, zusammen mit den wichtigsten persönlichen Angaben zu dem Journalisten im polizeiinternen Netz hochgeladen. Die Aufnahme zeigte Wülfer mit entspanntem Lächeln vor dem Hörnumer Leuchtturm. Wer immer von den Kollegen in Schleswig-Holstein Wülfer begegnen sollte, würde ihn hoffentlich erkennen.

Ed streifte seine Kleidung ab und rannte vor zum Meer. Als er bis zu den Knien im Wasser stand, hielt er kurz inne, tauchte seine Arme ein und warf sich dann in die Wellen. Schäumend schlugen sie über ihm zusammen. Ed tauchte prustend auf, schüttelte sich kurz und warf sich schon in die nächste Welle. Das Meerwasser schmeckte herrlich frisch und salzig. Fast, wie wenn man eine frische Auster schlürfte. Heute gab es weder Algen noch Quallen. Und die Wellen waren genau richtig, weder zu hoch noch zu kräftig, sodass sich kein gefährlicher Sog entwickelte. Seit die meisten der Beton- und Stahlbuhnen vom Strand entfernt worden waren, musste man beim Baden nicht mehr so höllisch aufpassen, gegen die Wellenbrecher gespült zu werden und sich schlimm zu verletzen.

Mit zwei, drei kräftigen Schwimmstößen ließ Ed die Brandungszone hinter sich und schwamm eine Weile parallel zur Küste, ehe er sich im Auf und Ab des Seegangs einfach treiben ließ. Himmel und Meer bildeten eine perfekte Einheit. Spielarten von Blau. Nachdem ihn die Strömung ein gutes Stück hinaus aufs offene Meer gezogen hatte, begann er, zurück ans Land zu schwimmen. Bei jeder Welle unternahm er zwei, drei kräftige Schwimmzüge, um sich dann im Wellental wieder ein Stück zurückziehen zu lassen, ehe er mit der nächsten Welle wieder weiter vorankam. Er wusste, dass es keinen Zweck hatte, gegen die Kraft der Strömung anzukämpfen. Das Meer war stärker.

An Land schüttelte er das Wasser ab. Ein Hochgefühl durchströmte ihn, wie er es lange nicht mehr verspürt hatte. Jeden Schritt genießend, ging er zu seinem Handtuch an den Tetrapoden.

Natürlich!, schoss es ihm durch den Kopf, während er sich die Haare trocken rubbelte. Warum war ihm das nicht sofort aufgefallen? Nicht nur der Computer war vom Schreibtisch verschwunden. Auch Wülfers Notizen waren weg gewesen.

Ed zog sich schnell an und rieb sich seine vom Meerwasser salzig-klammen Finger. Anschließend holte er das Smartphone aus der Hosentasche und suchte das Foto von Hinnerks Gästezimmer, das er gestern gemacht hatte. Deutlich erkennbar lagen neben dem Laptop die Notizzettel. Mit zwei Fingern zog er das Foto größer. Doch die ohnehin kaum zu entziffernde Schrift auf dem Papier war auf dem Foto dazu so verpixelt, als dass er sie hätte entziffern können.

Ed rief Hinnerk an.

»Habt ihr ihn gefunden?«, fragte Hinnerk hoffnungsvoll.

»Nein, haben wir nicht. Bisher nicht«, antwortete Ed geduldig. »Hinnerk, erinnerst du dich an die Notizen, die neben Wülfers Laptop lagen?«

»Welche Notizen?«

»Neben dem Laptop lagen gestern einige Zettel mit handschriftlichen Aufzeichnungen. Hast du die eventuell weggenommen?«

»Aber nein«, antwortete der Journalist. »Ich habe keine Ahnung, wovon du sprichst.«

»Danke, Hinnerk«, verabschiedete sich Ed enttäuscht.

Noch vom Strand wollte Ed eine E-Mail mit dem Foto im Anhang an die IT-Techniker absenden. Vielleicht waren sie in der Lage, den Ausschnitt seines Fotos so zu vergrößern, dass die Schrift doch lesbar wurde. Einen Versuch war es zumindest wert. Doch hinter den Dünen war der Empfang dafür zu schwach. Erst bei seinem Fahrrad am Heckenrosenweg ging die Mail raus. Vielleicht hatte er Glück.

Auch am nächsten Morgen war der vermisste Fred Wülfer nicht wieder aufgetaucht. Langsam machte sich ein mulmiges Gefühl in Ed breit. Hatte er die Geschichte unterschätzt? Er bat Muri, Max und Friedericke in den Besprechungsraum.

»Herzlichen Glückwunsch zur neuen Wohnung, Frau Kollegin«, begann Ed das Gespräch.

»Woher weißt du …?«

Friedericke schaute überrascht auf.

»Auf Sylt verbreiten sich Geheimnisse und Gerüchte schneller, als 'ne Möwe schieten kann«, verkündete Ed.

»Na, dann wundert mich nichts mehr.« Sie lachte. »Es gab übrigens noch mindestens einen weiteren Bewerber. Doch der hat sich wohl nicht gemeldet. Glück gehabt. Auch wenn es von Hörnum ganz schön weit ist bis zum Revier.«

»Na, so weit ist es nun auch wieder nicht«, schmunzelte Ed gönnerhaft. Dann richtete er seine Aufmerksamkeit auch auf die anderen.

»Also, was schlagt ihr vor, wie wir im Fall des vermissten Journalisten Fred Wülfer weiter vorgehen?«

»Denkst du, Hinnerk hat recht, und Wülfer ist nicht freiwillig verschwunden, sondern ihm ist etwas zugestoßen?«, fragte Muri.

Ed berichtete von den verschwundenen Notizzetteln. Er wartete noch auf eine Rückmeldung der Kollegen aus der IT-Abteilung.

»Am Anfang war ich mir eigentlich ziemlich sicher, dass

Hinnerk nur Panik schiebt. Aber den Einbruch und die verschwundenen Rechner müssen wir ernst nehmen.«

»Kann es auch ein vorgetäuschter Einbruch sein, um unsere Ermittlungen zu beschleunigen und in eine von Hinnerk gewünschte Richtung zu treiben?«, merkte Max an. »Ich meine, es ist ja nicht viel verschwunden im Haus, oder?«

Daran hatte Ed auch kurz gedacht, den Gedanken aber schnell wieder verworfen. Vortäuschen einer Straftat – das war kein Pappenstiel. Eine solche Dummheit passte seiner Einschätzung nach nicht zu Hinnerk.

»Das wäre natürlich möglich, aber ich glaube es nicht«, antwortete er.

»Bleibt der klassische Einbruch ins Ferienhaus«, stellte Friedericke fest. »Vermutlich sogar organisierte Kriminalität. Ich habe in Kiel nachgehorcht. Dort ermittelt ja schon seit Längerem eine Soko. Man hat sich bedankt für die Information und ansonsten deutlich gemacht, dass wir bitte die Füße stillhalten mögen. Man sei angeblich ganz dicht an einem Fahndungserfolg.« Sie verdrehte die Augen. »Meine alte Freundin Vera, mit der ich an der Hochschule war, hat mich allerdings wissen lassen, dass dieses ›ganz dicht am Fahndungserfolg‹ schon seit Längerem behauptet wird.«

»Danke. Gut gemacht, Friedericke. Füße stillhalten ist allerdings nicht gerade das Richtige, wenn es wirklich um einen Vermissten geht. Hat Kiel etwas darüber verlauten lassen, wie die Einbrecher für gewöhnlich vorgehen?«

»Na, sie räumen halt aus, was wertvoll ist. Aber ich kann gleich noch einmal bei Vera nachfassen. Aber der Einbruch muss auch nicht auf das Konto der Serientäter gehen. Es könnte auch ein Einzeltäter gewesen sein.«

»Auch das ist möglich. Allerdings spricht gegen die These eines Einzeltäters, dass auch er es nur auf die Technik abgesehen hatte. Das klingt für mich eher nach einer Bande«, erläuterte Muri.

»Beides hat etwas für sich«, befand Ed. »Bleibt immer noch die seltsame zeitliche Übereinstimmung mit Wülfers Verschwinden.«

Für einen Moment legte sich ein nachdenkliches Schweigen über das Team. Vor den hohen Fenstern, die dringend wieder einmal hätten geputzt werden müssen, breitete sich der Sommertag aus.

Ed schaute in die Runde. Niemand machte Anstalten, etwas zu sagen.

»Also, ich schlage vor, dass wir die Suche auf der Insel intensivieren. Muri und Friedericke, ihr hört euch um. Und Friedericke, frag bitte auch noch einmal in Kiel nach.«

»Und der Herr Kommissar macht sich auf nach Flensburg«, warf Muri ein.

»So ist es«, erklärte Ed. »Und der Herr Muri begleitet ihn dorthin.«

Muri verzog das Gesicht, aber er sagte nichts. Ed wusste, dass Muri im Gegensatz zu ihm immer froh war, wenn der Kelch mit Terminen auf dem Festland an ihm vorüberging. Allein schon dieses ewige Warten auf die Züge von und nach Sylt erschien Muri grauenhaft. Was für eine verschwendete Lebenszeit.

»Wir beginnen mit der Suche in Braderup und schlagen dann den Bogen weiter Richtung Munkmarsch … Mal sehen, wie weit wir kommen«, sagte Max und verabschiedete sich mit seiner Kollegin.

6

Schweigend schaute Ed aus dem Fenster. Als der Autozug Morsum passierte, schloss er für einen Moment die Augen. Als er sie wieder öffnete, hatte der ruckelnde Zug bereits das Watt erreicht. Das Mittagslicht flirrte. Hölzerne Lahnungen zeichneten ein geometrisches Linienmuster in den Schlick. Weiter draußen stieg ein Vogelschwarm auf. Hunderte Vögel erhoben sich wie eine dunkle Wolke, drehten mit organischem Schwung eine Runde durch die Luft und ließen sich nahezu an derselben Stelle nieder, an der sie gerade erst aufgeflogen waren.

In Klanxbüll kam der Zug kreischend zum Stehen. Sie mussten auf der teilweise eingleisigen Strecke auf einen voll beladenen Autozug aus der Gegenrichtung warten. Doch erst als sie hinter Niebüll auf die Bundesstraße in Richtung Husum und Flensburg abgebogen waren, wurde Muri die Stille zu bunt.

»Was wollte Nesser eigentlich von dir?«

»Oh, wir sollen ihm sagen, wenn der Vermisste aufgetaucht ist.«

»Das war alles?«

Ed zögerte.

»Nö.«

»Herrgottszeiten, nun lass dir nicht jedes Wort aus der Nase ziehen, als wärst du mein vierzehnjähriger Bub«, polterte Muri los.

»Welch bajuwarischer Ausbruch. Das bin ich ja gar nicht gewöhnt von dir, Muri.«

»Sei froh. Also, was wollte er?«

»Er möchte mich sehen.«

Ed machte sich jetzt einen Spaß daraus, die Neugier seines Kollegen nur tröpfchenweise zu befriedigen.

Muri ließ sich gutmütig auf das Spiel ein und fragte weiter.

»Worum geht's?«

»Den Fall Coutino.«

»Ja mei, der ist doch längst abgeschlossen.«

»Dachte ich auch.«

Eine Umleitung vor Schafflund führte sie quer durch die Felder. Während sich das erste Getreide bereits gelb einfärbte, wuchs der Mais gerade erst in knalligem Grün empor. Ein riesiger Wassersprenger schoss seinen Strahl über die Felder und ließ kleine Regenbogen aufleuchten.

»Stört es dich, wenn ich das Fenster öffne?«

Muri schüttelte den Kopf. »Mach nur.«

Die Landluft hier war so völlig anders als die Sylter Meeresbrise, fand Ed. So schwer und duftig.

»Aus irgendeinem Grund hat Nesser von der Innenrevision den Auftrag erhalten, den Fall noch einmal aufzurollen«, nahm er den Gesprächsfaden wieder auf. »Oder zumindest Fragen zu stellen. Mir. Beispielsweise, warum ich im Kieler Kaufmann übernachtet habe und nicht im Auto.«

»Machen die sich einen Jux? Was soll denn das?«

»Na ja«, gestand Ed ein. »Nicht gerade eine Parkbank oder ein Auto, das wäre im Februar dann doch zu kalt gewesen …«, er lachte auf, »aber ein billigeres Hotel hätte es auch getan. Meinte Nesser.«

»Dann übernimm halt die Kosten und gut ist«, schlug Muri vor.

»Möglich, dass es darauf hinausläuft«, antwortete Ed ausweichend.

Muri musterte ihn.

»Du meinst, dass mehr dahintersteckt?«

»Keine Ahnung. Wenn ich in Kiel vorgetanzt habe, sind wir schlauer.«

»Wir haben ja auch nichts Besseres zu tun, als mal eben einen Tag an die interne Revision zu verschenken.«

»So ist es. Aber egal. Hauptsache, am Ende ist der Rechnungshof glücklich.«

Sobald sie Flensburg erreicht hatten, bogen sie am unteren Ende der Förde nicht nach links in die Altstadt ab, sondern fuhren nach rechts weiter in Richtung Glücksburg entlang des Hafens, der sich in den letzten Jahren zusehends gewandelt hatte. Zwar lagen hier immer noch viele Segelboote an den Stegen. Doch auf den alten Hafenflächen waren an die Stelle von Lagerhallen neue Appartementhäuser getreten, von denen aus man bestimmt einen prima Blick auf das Wasser und die Stadtsilhouette genoss.

Der Verlag, für den Wülfer arbeitete, befand sich etwas außerhalb des Stadtzentrums. Ein moderner dunkelroter Backsteinbau mit flachem Dach und bunten Fensterrahmen. Etwas modisch, aber erträglich, befand Ed.

Sie mussten nur kurz in der Lobby warten, dann kam ihnen die Geschäftsführerin entgegen.

»Annette von Schlinsky«, stellte sie sich vor. »Was kann ich für Sie tun?«

Die beiden Polizisten grüßten und hielten ihr ihre Dienstausweise entgegen.

»Wir haben gestern bereits kurz telefoniert«, erklärte Ed. »Es geht um Fred Wülfer, einen Mitarbeiter von Ihnen.«

»Freier Mitarbeiter«, korrigierte Frau von Schlinsky prompt.

Unauffällig musterte Ed ihr Gesicht. Sie kam ihm bekannt vor. Aber woher?

»Inzwischen können wir ein Verbrechen nicht mehr ausschließen«, fuhr er fort. »Vielleicht können Sie uns ein wenig über Herrn Wülfer erzählen und woran er gerade arbeitet?«

»Oh«, entfuhr es von Schlinsky überrascht. »Was ist passiert?«

»Erzählen Sie uns etwas über Herrn Wülfer?«, fragte Ed, ohne auf ihre Frage einzugehen.

»Natürlich, gerne.«

Sie führte die beiden Polizisten durch die offenen Redaktionsräume mit den Computerarbeitsplätzen in das zweite Obergeschoss, das sich durch einen Parkettboden vom Charakter der übrigen Abteilungen etwas abhob.

»Kaffee? Ella, machst du uns bitte drei Kaffee?«, bat sie ihre Mitarbeiterin.

Gegenüber dem Schreibtisch in von Schlinskys Büro stand eine kleine Sitzecke, auf der Ed und Muri Platz nahmen. Über dem schlichten schwarzen Ledersofa hingen vier Fotografien, die Ed nur zu gut kannte. Sie stammten aus der Syltserie, die Rob im Winter ausgestellt hatte.

»Fred Wülfer ist ein ausgezeichneter Kollege. Preisgekrönt«, begann von Schlinsky. »Und weshalb ist er verschwunden?«

Das Gespräch glich einem Abtasten. Nicht ungewöhnlich, aber nervig. Schließlich saßen sie als Polizisten ohnehin am längeren Hebel.

Ella brachte den Kaffee herein, zu dem sie auch einige Friesenkekse gelegt hatte.

»Um das herauszubekommen, sind wir hier, Frau von Schlinsky«, antwortete Ed.

Von Schlinsky nippte an ihrem Kaffee und musterte Ed.

Irgendwie schien er auch bei ihr eine Erinnerung wachzurufen.

»Jetzt habe ich es. Sie waren auf der Vernissage in diesem Winter in Keitum.« Sie wies auf die Fotos. »Waren Sie nicht sogar mit dem Fotografen befreundet?«

»Aber ja«, bestätigte Ed.

Es schien, als würde das Wissen um den gemeinsamen Bekannten die Situation schlagartig entspannen.

»Fred Wülfer arbeitet häufig über Umweltthemen«, gab sich Frau von Schlinsky nun auskunftsfreudiger. »Eigentlich ist er für unsere Zeitung ein Kaliber zu groß. Zu wissenschaftlich, zu analytisch, wenn Sie verstehen, was ich meine. Für seine Texte gibt es bei uns trotzdem öfters eine Doppelseite. Das ist für unsere Leserschaft eine Ausnahme. Die meisten interessieren sich vor allem für Meldungen aus der Region oder für kurze tagesaktuelle Nachrichten. Tatsächlich publiziert Fred immer wieder auch in großen überregionalen Naturmagazinen, in Fachzeitschriften und schreibt Bücher.«

»Wissen Sie, woran er derzeit arbeitet?«

Sie schüttelte den Kopf.

»Leider nein. Allerdings ist das auch nicht besonders erstaunlich. Zum einen stecke ich nicht in den täglichen Arbeiten der Kollegen. Jeder hat bei uns seinen Freiraum, den er nutzen darf und soll. Andererseits kommt Fred meistens erst dann zu der verantwortlichen Redakteurin oder zu mir, wenn er seine Stücke fast fertig geschrieben hat.«

Sie zögerte einen Moment. Schaute zu Boden und fuhr sich mit dem Daumen über die Kuppen ihrer schlanken Finger, ehe sie Ed direkt anschaute.

»Ich denke, das beschreibt Freds Arbeit am besten: Er ist ein passionierter Perfektionist.« Sie schmunzelte. »Darin gleicht er übrigens Ihrem Freund Robert. Die beiden kennen sich auch. Wussten Sie das? Sie sollten Rob nach ihm fragen, wenn er wieder im Lande ist.«

»Das werde ich machen, Frau von Schlinsky.«

Interessiert nahm Ed zur Kenntnis, dass Frau von Schlinsky offenbar nicht nur per Du mit Rob war, sondern auch wusste, dass er zurzeit nicht auf Sylt weilte. Er würde Rob also nicht nur nach Fred Wülfer fragen können.

»Sie haben gesagt, Wülfer sei ein freier Mitarbeiter. Hat er dann überhaupt einen Arbeitsplatz hier?«, fuhr er fort.

»Ja, auch wenn er tatsächlich meist von unterwegs oder von zu Hause arbeitet. Er wohnt schließlich gleich um die Ecke in Glücksburg. Aber hier kann er auf die Infrastruktur unseres Hauses zugreifen. Das ist nicht zu verachten.«

»Wenn möglich, würden wir gerne einen Blick auf seinen Arbeitsplatz werfen.«

Von Schlinsky zögerte wiederum kurz, als wöge sie ab, wie viel Zugeständnisse sie machen sollte.

»In Ordnung. Vielleicht hilft es Ihnen auch, mit seiner Kollegin zu sprechen, mit der er gelegentlich zusammenarbeitet. Vielleicht hat sie in den letzten Tagen Kontakt zu ihm gehabt? Ich bitte nur um Nachsicht, dass ich Sie nicht an seinen Computer lassen kann. Datenschutz. Sie verstehen. Da bräuchte ich einen richterlichen Beschluss.«

»Natürlich«, beruhigte Muri sie.

Ordentlicher als Wülfers Schreibtisch konnte ein Arbeitsplatz kaum aussehen. Verglichen mit dem simplen Metallgestell mit Kunststoffarbeitsplatte wirkte Ikea wie Luxus pur. Mousepad und Tastatur lagen akkurat vor dem Mac. Das war's. Keine Papiere, keine Notizzettel, nichts. Der Schubladencontainer unter dem Tisch war abgeschlossen.

Ed registrierte, dass Wülfers Flensburger Arbeitsplatz ebenso aufgeräumt aussah wie sein Zimmer bei Hinnerk. War Wülfer ein Pedant? Oder war er einfach nur gut strukturiert? Auch wenn sie nicht in seine Dateien schauen konnten und auch sonst keinen Hinweis bekamen, woran der Journalist arbeitete, so hatte Ed wenigstens einen weiteren kleinen Puzzlestein erhalten, um sich ein Bild von seiner Persönlichkeit zu machen.

»Ist Fred etwas passiert?«

Leila Müller erschien Ed vom Typ her wie eine Kopie von Frau von Schlinsky. Nur zwanzig Jahre jünger. Ed reichte ihr die Hand und stellte sich vor.

»Ich hoffe nicht«, antwortete er. »Wann haben Sie das letzte Mal mit ihm gesprochen?«

»Vor ein paar Tagen.« Sie dachte nach. »Ich müsste auf dem Handy nachschauen, wann wir zuletzt telefoniert haben.«

»Das heißt, dass Sie ihn in den letzten drei Tagen weder gehört noch gesehen haben?«

»Gesehen schon mal gar nicht. Er ist gerade auf Recherchetour auf Sylt.«

Ed nickte.

»Vielleicht verbindet er das ja mit ein paar Tagen Erholung«, ergänzte sie.

»Wissen Sie, woran er gerade arbeitet?«

Müller schüttelte den Kopf. »Nein. Darüber haben wir bei unserem letzten Telefonat auch nicht gesprochen.«

»Worum ging es?«

Müller schaute kurz zu Frau von Schlinsky, ehe sie antwortete.

»Fred wollte sichergehen, dass der Verlag ihn für den Nature Prize vorgeschlagen hatte. Die Bewerbungsfrist ist gestern abgelaufen.«

»Sind ihm solche Preise denn wichtig?«, fragte Ed.

»Eigentlich nicht«, antwortete von Schlinsky. »Aber mit dem Preisgeld von 25 000 Euro kann man eine Weile gut arbeiten, ohne sich um kleinere Brotjobs kümmern zu müssen. Fred hatte vor, sich für sein neues Buch eine Weile aus dem Alltagsgeschäft herauszunehmen. Um Bücher zu schreiben, braucht man nicht nur ein gutes Thema. Man braucht auch Zeit für die Recherche und zum Schreiben.«

Annette von Schlinsky schien zu wissen, wovon sie redete.

»Mit welchem Text hat sich Wülfer denn beworben? Und warum hat er das nicht selbst gemacht?«

»Bei manchen Preisen sind nur Redaktionen vorschlagsberechtigt. Im speziellen Fall ging es um die Auswirkungen von Offshore-Windparks auf das Navigationssystem der Schweinswale.«

Ed erinnerte sich, dass er im Netz auf die Reportage gestoßen war.

»Und was ist seine Buchidee?«

Müller und von Schlinsky schauten sich an.

»Keine Ahnung«, antwortete Müller schließlich. »Fred ist ein superfreundlicher Typ und wirklich kommunikativ. Aber über ungelegte Eier zu reden, ist nicht seine Sache. Ehe er nicht alles in trockenen Tüchern hat, spricht er nie über etwas, woran er gerade schreibt.«

Dasselbe hatte von Schlinsky auch gesagt. Wülfer, der Eigenbrötler? Oder war er aus gutem Grund vorsichtig, damit ihm niemand seine Geschichte wegschnappte? Wie auch immer. Hier kamen sie im Moment nicht weiter. Sie brauchten Zugang zu Wülfers Computer. Vielleicht verbarg sich dort eine Spur, die zu ihm führte. Ed spürte seine Ambivalenz. Einerseits machte Wülfer ihn neugierig. Was verbarg sich hinter seiner Abschottung, seiner Vorsicht, aber auch seiner peniblen Ordnung? Andererseits konnte sich Ed immer noch gut vorstellen, dass der Journalist in ein paar Tagen unversehrt wieder auftauchen würde. Möglich, dass er einfach von allem genug hatte und so wie Nathalie verschwinden wollte. Das war schließlich sein gutes Recht. Allerdings passte seine akribische Art nicht zu einer solchen Kurzschlussreaktion. Würde er wirklich seine Großmutter einfach zurücklassen, für deren Unterstützung er ansonsten seine Karriere hintanstellte?

Die Dinge passten nicht zusammen.

Annette von Schlinsky begleitete sie bis vor das Verlagsgebäude.

»Grüßen Sie Ihren Freund Robert sehr herzlich von mir.«

Sie schüttelte erst Muri und dann Ed die Hand, wobei sie ihn intensiv musterte.

»Mit Vergnügen«, antwortete er. »Es gibt übrigens eine wunderbare neue Serie mit Naturfotos von ihm. Vielleicht wäre das etwas für Ihre Leser? Auf einer Doppelseite?«

»Die Serie schaue ich mir sehr gerne an. Er weiß ja, wie er mich erreicht«, verabschiedete sich von Schlinsky.

7

Im Wagen schickte Ed zuerst eine Nachricht an Nesser mit der Bitte, ihnen schnellstmöglich Zugang zu Wülfers Computer in der Redaktion zu verschaffen. Allerdings machte sich Ed nicht viel Hoffnung, dass Nesser Erfolg haben würde. Um den deutschen Datenschutz zu überwinden und in die Privatsphäre eines Journalisten einzudringen, bedurfte es schon einer besseren Begründung als der, dass dieser gerade erst seit wenigen Tagen von der Bildfläche verschwunden war. Eine weitere Nachricht schickte er an Rob und bat ihn, sich dringend bei ihm zu melden. Aus Sylt gab es nur die Information, dass Eds Foto von Wülfers Notizen zu schlecht war, als dass man bei der IT darauf etwas hätte entziffern können. Daher beschlossen Muri und Ed, das kurze Stück bis Glücksburg zu fahren, um bei Wülfers Großmutter vorbeizuschauen. Vielleicht ergab sich die Gelegenheit, einen Blick auf Wülfers heimischen Arbeitsplatz zu werfen.

Zwischen den Häusern und Waldstücken blitzte immer wieder die Förde hervor. Eine Runde schwimmen wäre jetzt nicht schlecht, befand Ed. Vielleicht hätten sie ja nach dem Besuch bei den Wülfers dazu Gelegenheit. Sie bogen in den Heidegger Weg ein und parkten vor einem typischen Fünfziger-Jahre-Haus mit steilem Satteldach. Auf ihr Klingeln reagierte niemand. Doch das weiß gestrichene Gartentor war nicht verschlossen. Muri nickte Ed ermunternd zu. Ein gewundener Weg führte neben dem vermoosten Rasen zum Backsteinhaus.

Ein Stück neben dem Haus schloss sich ein Flachbau an. Vermutlich hatte er einmal als Garage gedient. Doch dort, wo die beiden Garagentore gewesen sein mussten, hatte man Haustür und Fenster eingebaut.

»Was meinst du? Sind dort Ferienwohnungen untergebracht?«, fragte Ed.

»Ich tippe eher auf Wülfers Büro.«

Ed klopfte an die dunkelgrüne Eingangstüre des Hauses. Nichts. Auch durch das Bullauge in der Türe war nichts zu sehen. Das ganze Haus verströmte eine altbackene Friedlichkeit. Dazu passten die üppig blühenden Rosen, die duftend an der Hauswand emporkletterten. Es hätte sich gut als Kulisse für Adalbert Stifters Rosenhaus im *Nachsommer* geeignet, befand Ed. Während er erneut an die Tür klopfte, beugte sich ein älterer Mann über die Hecke des Nachbargrundstücks.

»Es gibt auch eine Klingel«, rief er belehrend.

»Vielen Dank für den Hinweis.« Ed hob dankend die Hand.

»Wer sind Sie bitte? Und warum möchten Sie zu Frau Wülfer?« Die Stimme des älteren Herrn klang fordernd.

»Fehlte nur noch ein Schild: *Achtung, wachsamer Nachbar*«, murmelte Muri.

Aber es war sicher besser, gut aufzupassen, als zu sorglos zu sein. Passend dazu begann ein Hund zu bellen. Ed sah einen schwarzen Labrador durch den Nachbargarten toben. Nicht gerade ein besonders einschüchternder Wachhund, dachte er. Muri und Ed liefen zur Hecke hinüber und zeigten ihre Ausweise. Der Mann nickte und schaute sie ernst an.

»Bitte entschuldigen Sie, aber man kann nicht vorsichtig genug sein. Gestatten, Hannes Wieck.« Sein sonnengebräuntes Gesicht verriet, dass er die meiste Zeit des Tages an der frischen Luft verbrachte. Vermutlich in seinem Garten. Oder auf der Förde.

»Sonst passt meistens Fred auf seine Großmutter auf, aber der ist gerade mal wieder unterwegs. Dann bittet er uns, hin und wieder nach dem Rechten zu sehen.«

»Sehr gut«, beschwichtigte Ed den Mann. »Haben Sie Herrn Wülfer oder seine Großmutter denn kürzlich gesehen?«

»Seit gestern nicht mehr.«

Ed schaute überrascht.

»Also Ilse meine ich, seine Großmutter. Fred ist schon länger nicht da. Er wollte auf den Sandhaufen rüber.«

Muri schaute Wieck fragend an.

»Na, nach Sylt«, lachte Wieck. »Fred ist mal wieder an irgendeiner großen Geschichte dran. Dann macht er immer ein Geheimnis um alles. Hat er schon als Kind gemacht. Aber was soll's. Seine Erfolge geben ihm ja recht. Er hat sogar schon Preise dafür gewonnen«, ergänzte er mit ausgeprägtem Nachbarsstolz.

»Aber was wollen Sie denn von Ilse?«

»Eigentlich suchen wir ihren Enkel. Vielleicht weiß sie ja Näheres.«

»Und weshalb suchen Sie Fred?«, fragte Wieck. Doch noch ehe Ed antworten konnte, winkte er ab. »Ich weiß, ich weiß, das können Sie mir nicht verraten. Ermittlungsgeheimnis.«

Ed nickte und unterdrückte ein Lächeln.

»Und Sie haben gestern mit Frau Wülfer gesprochen?«, hakte er nach.

»Ja, ja, gestern früh. Meine Frau und ich wollten heute Abend wieder vorbeigehen. Ihr noch etwas von dem Kartoffelsalat bringen, den meine Frau gerade gemacht hat. Ilse mag ihren Kartoffelsalat so sehr. Und dazu ein Stück geräucherten Dorsch. Selbst gefangen. Selber kochen kann Ilse zwar noch, aber für sich alleine macht sie das selten. Wir kochen halt oft für sie mit. Ist ja kein Aufwand. Wissen Sie was, ich kann ihr das Essen auch gleich vorbeibringen. Wir haben ja einen Schlüssel. Wahrscheinlich hat sie Ihr Klingeln und das Klopfen nicht gehört.«

Ed wog kurz ab, ob er Herrn Wieck dabeihaben wollte, wenn er auf Frau Wülfer traf. Aber im Moment sah er keine andere Möglichkeit, ins Haus zu kommen.

»Ich hole mal eben den Salat und den Schlüssel«, rief Wieck.

Ohne eine Antwort abzuwarten, ging er zurück in sein Haus, umtrottet von seinem Labrador.

Muri und Ed waren derweil zur ehemaligen Garage gegangen.

»Ganz schön groß. Da haben doch bestimmt drei Autos Platz gehabt«, befand Ed.

»Autos? Wieso Autos? Wir sind hier an der Förde. Da war ein Boot samt Zubehör untergebracht. Und hier …«, Muri wies auf das Wohnhaus, »hat ein passionierter Fischer gelebt. Da links unter dem Vordach steht noch sein Räucherofen.«

»Bin beeindruckt, Sherlock.«

Die Tür zur ehemaligen Garage war verschlossen. Auch dort war niemand. Ein Blick durchs Fenster bestätigte die Vermutung, dass hier weder Autos noch Boote lagerten. Wülfer hatte den Raum zum Büro umgebaut. Bei Ed schrillten die Alarmglocken. Auf dem Boden vor den hohen Regalen, die mit Büchern und Aktenordnern vollgepackt waren, herrschte ein Chaos, das nicht zu seinem Bild von Wülfer passte. Auch auf dem Schreibtisch lag alles durcheinander. Ein Computer war nirgends zu sehen. Natürlich konnte es sein, dass Wülfer lieber auf seinem Laptop arbeitete, den er auch auf Sylt bei sich hatte. Aber die Unordnung erklärte das nicht.

»Halten Sie doch bitte mal.«

Wieck drückte Ed das Tablett mit dem Kartoffelsalat und dem Stück geräucherten Dorsch in die Hand, die appetitlich auf einem weißen Porzellanteller angerichtet waren. Darüber war eine durchsichtige Glosche aus Kunststoff gestülpt.

Mittagessen wäre jetzt auch eine gute Idee, dachte Ed. Vielleicht hätten sie in dem Restaurant am Strand eine Stärkung zu sich nehmen sollen, bevor sie hergekommen waren? Ed sah Muri an, dass er dasselbe dachte. Zu spät. Sie waren halt wieder einmal zu dienstbeflissen gewesen. Doch es dauerte keine fünf Minuten, bis sie für diese Entscheidung höchst dankbar waren.

»Ilse?«, rief Wieck, während er die Haustür aufdrückte.

Mit gespannter Aufmerksamkeit sah Ed sich um. Gleich rechts neben dem Eingang führte eine steile Treppe mit rot gestrichenem Holzgeländer ins Dachgeschoss. Links von dem kleinen Flur, der mit sandfarbenen Solnhofer Platten ausgelegt war, schlossen sich Gästezimmer und Küche an. Am Ende des Flurs war eine Tür mit geriffeltem Glasfenster, hinter der Ed Wohn- und Esszimmer vermutete.

»Ilse?«, rief Wieck erneut. »Wir haben dir etwas zu essen vorbeigebracht. Hier sind auch zwei Herren von der Polizei.«

Ohne auf eine Antwort zu warten, stellte Wieck das Essen auf dem Küchentisch ab. Während Ed noch die antiquierten Küchenmöbel musterte, schrie Wieck laut auf, kaum dass er das Wohnzimmer betreten hatte. Vor dem laufenden Fernseher lag Ilse Wülfer auf dem Boden. Beherzt schob Muri Herrn Wieck beiseite und kniete neben der alten Frau nieder. Ed sah eine blutige Verletzung an ihrem Kopf.

»Wir brauchen einen Notarzt. Heidegger Weg 4. Glücksburg. Verletzte ältere weibliche Person. Blutige Wunde an der Stirn. Weitere Verletzung auf den ersten Blick nicht zu erkennen. Der Name lautet vermutlich Ilse Wülfer. Bitte schnell.«

Eds zweiter Anruf galt Nesser. Doch der ging nicht ran, also hinterließ er ihm eine Nachricht.

»Den Vermissten von Sylt haben wir bisher nicht gefunden. Allerdings wurde gestern in seinem Sylter Quartier eingebrochen. Wir sind jetzt im Haus seiner Großmutter in Glücksburg. Die alte Dame hat eine heftige Kopfverletzung. Vermutlich ein Überfall. Wir müssen die Suche nach Wülfer unbedingt intensivieren und benötigen Verstärkung auf Sylt.«

Während Ed telefonierte, hatte der bullige Muri die zarte Ilse Wülfer behutsam in eine stabile Seitenlage gebracht und ihren Puls gefühlt.

»Geben Sie mir bitte die Decke vom Sofa«, rief er Wieck zu, der wie erstarrt auf die Szenerie blickte.

»Die Decke«, wiederholte Muri bestimmt, aber mit ruhiger Stimme.

Wieck erwachte aus seiner Trance und reichte Muri die Decke. Der breitete sie über den Körper der alten Dame aus.

»Sie atmet flach, aber sie lebt«, erklärte er. »Ich vermute, sie ist unterkühlt. Trotz der Wärme draußen.«

»Herr Wieck, Sie sind so freundlich und gehen jetzt rüber in Ihr Haus. Das Essen nehmen Sie am besten wieder mit.«

Wieck nickte ergeben und zog sich schweigend zurück.

Muri war in die Hocke gegangen, um Ilse Wülfers Hand zu halten und beruhigend auf sie einzusprechen. Ob Ilse Wülfer verstand, was Muri ihr zuredete, war nicht wichtig. Wichtig war jetzt nur, bei der betagten Frau zu bleiben, bis der Notarzt eintreffen würde.

Ed inspizierte derweil das Zimmer, ohne etwas zu berühren.

Das gleichmäßige Ticken der Küchenuhr klang ins Wohnzimmer herüber. Staubpartikel schwebten durch die Sonnenstrahlen. Über dem abgewetzten grünen Cordsofa hingen zwei gemalte Meerszenen. Strand und Sturm. Die Bilder waren nicht schlecht, aber auch nicht wirklich gut, befand Ed. Davor stand der niedrige Couchtisch mit Häkeldecke und leerer Blumenvase aus Bergkristall. An der anderen Wandseite ein Regal mit gebundenen Büchern. Marie Luise Kaschnitz, Max Frisch, Günter Grass, Uwe Johnson. Deutsche Nachkriegsliteratur. Daneben zwei Bildbände, die Fred Wülfer zu Schleswig-Holstein veröffentlicht hatte.

Muris Murmeln und die tickende Uhr schwebten weiter durch die Mittagsstille.

Auf einem Regalbrett standen zwei Buddelschiffe, offenbar selbst gebaut. Daneben lagen verschiedene Muschelschalen und ein Seeigel, Donnerkeile und Bernsteinbrocken. Ed sah den jungen Fred vor sich, wie er am Strand entlanglief, begeistert von seinen Fundstücken, die seine Eltern später liebevoll aufbewahrten. An jedem Objekt hing eine Erinnerung.

Weißt du noch, wie wir den Donnerkeil an der Förde gefunden haben …

Aus der Ferne war das Martinshorn des Krankenwagens zu hören.

Ed musterte weiter das Wohnzimmer.

Auf dem Blumenbrett blühten neben einem Philodendron, dessen Luftwurzeln bedrohlich in den Raum hineinrankten, harmlose Alpen- und Usambaraveilchen. Eingerahmt von hellen Stores öffnete sich dahinter der Blick in den Garten. In seiner verfließenden Alltäglichkeit glich der Raum dem Wohnzimmer seiner Tante, damals in Wenningstedt, dachte Ed.

Die Terrassentür war unbeschädigt. Hier waren die Einbrecher wohl nicht hereingekommen. Ed schaute in Gästetoilette und Küche nach. Auch dort waren keine Einbruchspuren zu entdecken. Vermutlich hatte Frau Wülfer den Tätern selbst die Tür geöffnet. Möglicherweise kannte sie sie sogar.

Mit einem flüchtigen Nicken lief der Notarzt an Ed vorbei ins Wohnzimmer.

»Wir übernehmen«, raunte er Muri zu.

Muri legte Ilse Wülfers kühle Hand sanft auf dem Boden ab.

Wie alt sie wohl war? Um die achtzig?

Das würden sie schnell herausbekommen.

Ed und Muri blieben beim Notarzt stehen. Mit routinierten Griffen untersuchte er die Verletzte, während ein Kollege sie an einen Tropf anschloss.

»Ich schätze, die Patientin liegt schon eine Weile hier. Sie ist stark dehydriert und unterkühlt. Die Wärme draußen hat den Prozess zwar verlangsamt, aber nicht unterbunden. Was mit dem Kopf ist, müssen wir sehen, aber ich hoffe, dass es sich nicht um einen Schädelbasisbruch handelt. Ein paar Rippen scheinen beim Sturz angeknackst worden zu sein, und sie hat sich wohl den Arm gebrochen.«

Er schaute zu den beiden Polizisten hoch.

»Ich würde sagen, dass sie großes Glück hatte, dass Sie heute vorbeigekommen sind. Die Nacht hätte sie nicht überlebt«, erläuterte er, während er Frau Wülfer mit der Hilfe seines Kollegen behutsam auf eine Trage drehte. Anschließend schoben die beiden sie zum Krankenwagen.

Mittlerweile waren vor dem Haus zwei Streifenwagen eingetroffen. Ed erläuterte den Kollegen knapp, was geschehen war und warum sie überhaupt in Glücksburg waren. Gemeinsam suchten sie nach den Schlüsseln für die ehemalige Garage. Ohne Erfolg.

»Lasst mich mal bitte versuchen.«

Eine der Kolleginnen aus Flensburg schob sich nach vorne. Kurz darauf war das Schloss zur ehemaligen Garage geknackt. Schnell wurde deutlich, dass der Anbau mehr war als lediglich Wülfers Büro. Es gab eine winzige Schlafkammer, dazu ein Bad und eine Küchenzeile. Offenbar hatte Wülfer hier gewohnt und nicht im Haupthaus bei seiner Großmutter.

»Distanzierte Nähe«, murmelte Ed.

Die Ordner in den Regalen waren entweder mit Jahreszahlen oder thematisch beschriftet. Sehr systematisch. Sehr übersichtlich. Selbst für Uneingeweihte erschloss sich Wülfers Ordnung sofort. Davon hoben sich die Unordnung auf Fußboden und Schreibtisch ab. Bücher und Papiere lagen wüst durcheinander.

»Und? Was meint ihr?«, fragte Ed die Kollegen.

»Ich nehme an, hier hat jemand etwas sehr dringend gesucht, es aber nicht gefunden«, antwortete die Kollegin, die das Schloss geknackt hatte.

Möglich, dachte Ed. Allerdings war an der Wand hinter dem Schreibtisch eine Stromschiene montiert. Vielleicht hatte es also doch einen stationären Computer gegeben, der nun verschwunden war?

Eds Handy vibrierte. Es war Nesser.

»Wir haben eine Unterstützungseinheit mit Hundestaffel nach Sylt beordert. Wie geht es dem Opfer in Glücksburg?«

»Sie ist auf dem Weg in die Klinik. Der Notarzt konnte noch nichts Genaues sagen. Er schätzt aber, dass der Überfall schon eine Weile her ist. Ich könnte mir in den Hintern beißen, dass ich Hinnerks Befürchtungen um seinen Kollegen nicht von Anfang an ernster genommen habe«, gestand er.

»Nun mach mal halblang. Das konnte niemand ahnen. Auch du nicht. Und jetzt warst du ja rechtzeitig in Glücksburg und hast erst einmal Schlimmeres verhindert«, beruhigte ihn Nesser.

»Hoffentlich«, antwortete Ed.

»Lass uns zurückfahren«, schlug Muri vor. »Den Rest übernehmen die Kollegen. Wir können hier im Moment nichts weiter tun.«

»Gleich«, entschied Ed. »Ich möchte mich noch oben im Haus umsehen.«

Er stieg die knarzenden Stufen der steilen Treppe neben dem Eingang hinauf. Sie mündete in einem winzigen Flur. Von dort gingen alle Zimmer ab: Frau Wülfers Schlafzimmer, ein Bad, das bis zur halben Höhe türkisfarben gefliest war, sowie zwei Kinderzimmer. Eines war das von Fred gewesen, das andere das seiner Schwester. Die Zimmer wirkten, als wäre seit dem Auszug der Kinder nichts verändert. Die Luft war stickig. Hier war zu lange nicht mehr gelüftet worden. Durch das Fenster in Freds Zimmer konnte Ed bis zur Förde hinabschauen. Das Wasser glitzerte verlockend im Sonnenlicht. Über dem Bett waren einige Poster mit Naturmotiven an die Wand gepinnt. In einer Ecke standen zwei Angeln. Über dem Schreibtisch baumelten bunte Wimpel von einem Seil. In einem kleinen

Glasrahmen schillerten farbige Fischköder, und ein weiteres Poster daneben erklärte die wichtigsten Knoten. Über allem lag eine melancholische Stille, die Ed das Herz zuschnürte. Er dachte an Lasse und Clara. An seine eigene Kindheit auf Sylt.

Ob es mir mit den Zimmern von Lasse und Lotte später auch einmal so gehen wird?, ging es ihm durch den Kopf. Ed machte einige Fotos vom Raum und stieg die Treppe langsam wieder zu Muri hinab.

Gerade als sie in ihren Wagen einsteigen wollten, rief sie Herr Wieck.

»Entschuldigen Sie bitte. Ich wollte Ihnen nur sagen, ich habe noch einmal mit meiner Frau gesprochen. Sie hat auch nichts bemerkt«, erklärte er bedrückt.

In der Hand hielt er ein kleines Päckchen, das in Alufolie gewickelt war, und zwei Einweggabeln aus Holz. Er reichte ihnen beides über den Zaun.

»Sie haben bestimmt Hunger, so wie Sie vorhin auf das Essen für Ilse geschaut haben«, sagte er und lächelte gezwungen.

Ed wollte gerade freundlich ablehnen, doch da hatte Muri das Päckchen bereits entgegengenommen und sich bedankt.

»Lassen Sie es sich schmecken«, sagte Wieck. »Trotz allem.«

»Vielen Dank«, schloss sich Ed an. »Sagen Sie, Herr Wieck, ist Frau Wülfer denn auf regelmäßige Pflege durch ihren Enkel angewiesen?«

»Ja und nein. Sie ist noch recht selbstständig, war auch immer selbstständig. Ihr Mann ist ja schon lange tot, ihre Tochter auch, die Mutter von Florence und Fred. Brustkrebs. Furchtbar.« Kurz hielt der alte Mann inne. »In letzter Zeit wird Ilse immer schusseliger. Demenz, sagt der Arzt. Aber vielleicht werden wir einfach alle nur alt.«

Seine Frau tauchte in der Haustür auf und winkte zu ihnen hinüber. Der Schock über den Einbruch bei ihrer Nachbarin stand ihr ins Gesicht geschrieben.

»Und Fred Wülfers Schwester? Florence?«

»Die lebt in Hamburg. Sehr patente Frau, wenn ich so sagen darf. Meeresbiologin.«

Er lächelte liebevoll, als würde er sich gerade in Kindheitserinnerungen an die beiden Wülfer-Kinder verlieren.

»Die beiden ergänzen sich ganz wunderbar. Sie ist die forschende Theoretikerin, er der schreibende Praktiker. Wir selbst haben ja leider keine Kinder. Die beiden waren früher oft bei uns zum Spielen, als sie noch klein waren.«

»Die Wülfers lebten alle zusammen in dem Haus?«, fragte Ed.

Wieck nickte.

»Nachdem der Vater der Kinder sich aus dem Staub gemacht hatte, war das Geld in der Familie immer knapp. Der Mann war so ein … mir fehlen die Worte. Auch nach über zwanzig Jahren noch. Zwei so wunderbare Kinder. Und dann wurde Armgard schwer krank.«

»Armgard?«, fragte Ed.

»Die Mutter der Kinder«, erklärte Wieck. Er kämpfte mit den Tränen. »Nichts für ungut. Bitte finden Sie denjenigen, der Ilse das angetan hat.«

»Das werden wir versuchen«, antwortete Ed und reichte ihm seine Karte.

»Falls Ihnen noch etwas einfällt, dann melden sie sich gerne bei uns«, ergänzte Muri. »Und noch einmal vielen Dank für das Lunchpaket.« Er hob es hoch, sodass es auch Frau Wieck vom Haus aus sehen konnte.

Ed und Muri ließen sich auf einer Bank am Uferweg nieder. Eine sanfte Brise trieb die Segelboote über die Förde. Vom Strand klang das Juchzen von Kindern herüber.

»Da öffnest du nichtsahnend eine Haustür, und eine ganze Familiengeschichte breitet sich vor dir aus. Völlig alltäglich und doch …« Ed suchte nach einem passenden Wort.

»Existenziell?«, schlug Muri vor.

»Ja, vielleicht trifft es das.«

»Das Ufer gegenüber gehört bereits zu Dänemark«, wechselte Ed das Thema.

»Und die Ochseninseln, sind die dänisch oder deutsch?«, fragte Muri.

»Ochseninseln? Welche Ochseninseln?«

Muri zeigt auf eine Baumgruppe in der Förde.

»Dort drüben.«

»Keine Ahnung.«

Ed packte Kartoffelsalat und Dorsch aus. Beides war schnell verputzt. In den warmen Sonnenstrahlen spürte Ed dem Geschmack der gedünsteten Zwiebeln und dem angebratenen Speck nach, die dem Kartoffelsalat seine kräftige Note verliehen hatten. Es war ein Sommertag, wie er im Buche steht.

»Wollen wir noch eine Runde ins Wasser springen? Was meinst du?«

»Mach doch, ich verrate es auch keinem. Aber ich komme nicht mit, so ohne Badehose und Handtuch.«

»Geniert's dich?«

»Ja mei«, antwortete Muri gedehnt. »Ist halt auch gerade nicht der passende Moment.«

»Hast recht«, bestätigte Ed, während er sehnsüchtig auf das erfrischende Nass schielte.

Noch auf der Rückfahrt setzten sie sich erneut mit von Schlinsky in Verbindung. Eindringlich mahnte Muri sie zur Vorsicht. Was immer der Täter bei den Wülfers gesucht hatte, möglicherweise würde er es auch in der Redaktion suchen.

»Sie sind ganz sicher, dass Wülfer niemanden in seine Recherchen eingeweiht hat?«, fragte Muri, während sie in Richtung Westen fuhren.

»Es wäre jedenfalls nicht seine Art. Aber ob ich ganz sicher bin …«, antwortete die Geschäftsführerin. »Ich frage noch einmal bei den Kollegen nach und bespreche auch die Situation im Haus mit dem Wachschutz.«

»Noch eins«, druckste Ed. »Es ist ein bisschen heikel, und natürlich sind Sie in Ihrer Berichterstattung vollkommen frei, aber es könnte ermittlungstaktisch hilfreich sein, wenn Sie, nun ja, etwas zurückhaltend über den Fall und die Umstände berichten würden, solange wir nicht wissen, wo Fred Wülfer sich aufhält«.

Von Schlinsky schwieg einen Moment.

»Sie meinen …«

»Ich meine im Moment noch gar nichts. Aber es wäre schön, wenn wir nicht versehentlich Türen zuschlagen, von denen wir im Moment noch nicht einmal wissen, dass sie uns offen stehen«, erläuterte Ed.

Frau von Schlinsky lachte.

»Sehr poetisch formuliert, Herr Kommissar, fast philosophisch. Wenn Sie mal eine Alternative zur Polizeiarbeit suchen, dann melden Sie sich gerne bei uns im Feuilleton.«

8

D u siehst so müde aus, Dad. Was ist los? Wo warst du denn heute?«

Ed nahm Lotte in die Arme und drückte sie dankbar an sich.

»Es war ein randvoller Tag.«

Er stockte. Das Bild der alten Frau Wülfer, die so schmal und klein auf dem Teppich in ihrem Haus lag, hatte sich in ihm festgesetzt. Was für Menschen waren das, die so etwas machten? Eine alte Frau, die als Kind noch den Zweiten Weltkrieg erlebt hatte, die Kinder großgezogen hatte und nun zum Ende ihres Lebens hin selbst auf Hilfe angewiesen war, war brutal niedergeschlagen worden und rang nun um ihr Leben. Ed erschütterte eine solche Roheit. Doch das war eine Geschichte, mit der er Lotte nicht konfrontieren wollte.

Noch immer hielt er seine Tochter im Arm.

»Und bei dir?«

»Ach, Paps, Latte Macchiato hier, Chai Latte dort. Nichts Wichtiges.«

Ed lächelte erschöpft.

»Alles wird gut, Paps.«

»Den Satz müsste doch eigentlich ich jetzt sagen.«

»Heute ausnahmsweise mal nicht«, rief Lotte fröhlich. »Hunger?«

»Du hast doch nicht schon wieder für mich gekocht?«

»Nicht nur ich und nicht nur für dich. Boy war vorhin hier. Es gibt einen sommerlichen Petersiliensalat.«

Gerührt schaute Ed in die Porzellanschüssel. Es duftete verführerisch.

»Dazu Koriander, Frühlingszwiebeln, roter Paprika, etwas Limettensaft, Olivenöl … Was habe ich vergessen?«, zählte Ed die Zutaten auf.

»Den Staudensellerie und den halben Pfirsich, der etwas Süße bringt. Und ich habe Boy im Verdacht, dass er doch einen kleinen Spritzer Fischsoße ins Dressing gegeben hat.«

Lotte zog gespielt eine Grimasse.

»Gute Entscheidung«, erklärte Ed.

»Ist aber nicht mehr so viel Weißbrot da. Boy war unvorstellbar hungrig. Der isst ja sogar noch mehr als Lasse. Man kann sich gar nicht vorstellen, wo das bleibt«, ereiferte sich Lotte.

Ed grinste.

»In ein paar Jahren weiß man dann schon, wo das bleibt, glaub mir.«

Der Salat schmeckte famos. Eds Teller war noch nicht halb geleert, als das Telefon klingelte. Es war Rob. Ed drückte ihn weg, schrieb ihm eine schnelle Nachricht, dass er ihn gleich zurückrufen würde, und legte sein Handy wieder zur Seite.

»Gute Entscheidung«, lobte Lotte ihren Vater.

Handys hatten am Esstisch nichts verloren. Das galt bei ihnen seit Jahren. Sowohl für die Kinder als auch für die Erwachsenen. Allerdings mit der Ausnahme für ganz, ganz dringende Anrufe aus der Wache.

»Lohnt sich der Job im Wellhørn eigentlich finanziell für dich?«, fragte Ed und nahm sich das letzte Stück Brot, auf das er etwas Olivenöl träufelte.

»Wenn ich die Trinkgelder der Sommergäste dazurechne, absolut.«

»Sind die Urlauber so spendabel?«, staunte Ed.

»Ganz unterschiedlich. Ehrlich gestanden mache ich mir manchmal einen Jux daraus, im Vorhinein zu überlegen, wer wie viel Trinkgeld gibt und wer gar keines.«

»Und?«

Lotte lachte wieder. »Reines Glücksspiel. Meine Prognosen stimmen fast nie.«

Nicht nur das Abendessen tat Ed gut, sondern auch die ansteckende Fröhlichkeit seiner Tochter. Dass ihre gute Laune nicht auf ihn zurückzuführen war, sondern an ihrer Verliebtheit lag, war ihm nur recht. Gut, wenn Lotte langsam wieder in die Welt ausschwärmte. »Das Leben geht weiter«, klang wie ein hohler Spruch. Doch letztlich stimmte es. Vielleicht halfen Lotte ja auch die Gespräche mit Pastorin Krüger.

»Machen wir am Wochenende eine Runde um List?«, fragte Ed, während er das Geschirr abspülte und es zurück in den Küchenschrank stellte.

»Mal schauen. Ich hatte Lisa angeboten, im Wellhørn auszuhelfen, wenn es einen Engpass gibt, und Boy wollte auch vorbeikommen.«

»Kein Stress. Wenn es passt, ist es prima, sonst gerne ein andermal. Ich rufe jetzt Rob zurück. Und danke für das Essen.«

»Bitte entschuldige, Rob, ich war gerade beim Abendessen, und bei Tisch ...«

»Ausgezeichnet! Das perfekte Vorbild für Lotte. Bei Tisch kein Handy. So soll es sein. Was hast du denn gekocht?«

»Gar nichts. Lotte hat gekocht. Es gab einen Petersiliensalat.«

»Wow, klingt lecker. Aber das war nicht die Idee, als Lotte bei mir, also ich meine bei dir eingezogen ist, dass sie dich dann bekochen kann. Oder habe ich da etwas falsch verstanden?« Rob schien sich bestens zu amüsieren.

»Hast du definitiv nicht«, antwortete Ed. »Allerdings ist das vegetarische Kochen bei uns zum beliebten Gesellschaftsspiel geworden. Lotte erhält nämlich neuerdings Unterstützung. Von Boy.«

»Wer ist Boy? Ist der auch gleich eingezogen?«

»Soweit ich weiß, noch nicht«, flachste Ed. »Der Sohn von Pastorin Krüger, du entsinnst dich? Allerdings bin ich aufgrund meiner aktuellen Ermittlungen ja auch nicht so viel in deinem Haus.«

»Na, hoffentlich bekommt Mara das nicht mit«, konterte Rob.

Autsch. Das hatte gesessen.

»Woher weißt du eigentlich immer, wo mein wunder Punkt liegt?«

»Das ist nicht so besonders schwierig. Du hast derzeit nämlich genau zwei wunde Punkte. Der eine heißt Mara. Der andere heißt Elsa. Denk mal drüber nach«, antwortete Rob süffisant.

»Touché«, gestand Ed.

»Aber du wolltest vermutlich nicht mit mir reden, um dich mit mir über deine wunden Punkte auszutauschen, oder?«, fragte Rob.

»Stimmt.«

Das Telefon in der Hand, ging Ed in den kleinen Garten hinaus.

»Kannst du mir etwas über Annette von Schlinsky erzählen? Und über Fred Wülfer? Und vielleicht kennst du auch seine Schwester Florence?«

Rob räusperte sich.

»So viele Fragen auf einmal. Also. Fangen wir hinten an: Florence kenne ich nur flüchtig. Wir saßen vor einiger Zeit bei einem Essen in Hamburg nebeneinander, als Fred einen Preis für eine Reportage gewonnen hatte. Fred kenne ich besser. Toller Journalist. Spannende Themen aus den Bereichen Natur und Umwelt. Warum fragst du?«

»Und Frau von Schlinsky?«, überging Ed die Frage seines Freundes.

»Kenne ich auch«, antwortete Rob knapp.

»Ich habe ihr deine Serie über die Weißkopfseeadler angepriesen. Sie war nicht abgeneigt, sie zu veröffentlichen. Du wüsstest ja, wo du sie erreichst.«

»Hm, das weiß ich«, bestätigte Rob trocken.

Mehr wollte er über sein Verhältnis zu von Schlinsky offenbar nicht preisgeben.

»Und was ist nun mit Fred Wülfer?«, griff Rob den Faden wieder auf.

»Er ist seit ein paar Tagen verschwunden. Gestern wurde in Hinnerks Appartement eingebrochen, wo Fred zu Gast ist. Heute waren wir in seinem Büro in Glücksburg. Auch dort wurde eingebrochen. Bei dem Einbruch wurde Wülfers Großmutter verletzt.«

»O nein. Das klingt ja furchtbar. Wie geht es ihr? Sie muss ja schon recht betagt sein.«

»Sie liegt im Krankenhaus. Genaueres wissen wir noch nicht. Wir müssen abwarten. Kannst du mir ein bisschen mehr über Wülfer erzählen?«

»So viel nun auch wieder nicht. Er hat mich vor einiger Zeit mal um ein paar Fotos gebeten, mit denen er eine Geschichte zum Küstenschutz illustrieren wollte. Deiche, Lahnungen, Dünen, Buhnen, Sandvorspülung. Was mir an Freds Geschichten gefällt, ist, dass er sie von vorneherein ganzheitlich mit Bild und Text denkt. Er schreibt wissenschaftlich fundiert, ist trotzdem gut lesbar, und die Texte sind ansprechend illustriert. Klingt eigentlich simpel und selbstverständlich, ist es aber in der Praxis nicht.«

»Wann war das mit den Fotos?«

»Das ist noch kein halbes Jahr her. Ich schicke dir ein PDF seines Textes.«

»Danke.«

»Seitdem hast du nichts mehr von ihm gehört? Irgendwelche aktuellen Anfragen?«

»Nein, aber das ist auch nicht ungewöhnlich. Wir pflegen nur losen Kontakt. Zudem benötigen seine Recherchen ihre Zeit. Denkst du, Fred ist etwas zugestoßen?«, fragte Rob besorgt.

»Anfangs dachte ich, Hinnerk mache nur Stress und Wülfer würde jeden Moment wieder auftauchen. Aber nach dem Einbruch und der Sache mit seiner Oma mache ich mir ernsthaft Sorgen. Wir müssen sein Verschwinden leider sehr ernst nehmen.«

»Ich hoffe sehr, dass ihm nichts zugestoßen ist. Er ist ein feiner Kerl. Auch wenn nicht alle seine Arbeit mögen.«

»Wie meinst du das? Ich denke, Wülfer schreibt so gut?«

»Ja, das tut er. Und er recherchiert wie gesagt fundiert. Aber mit Umweltthemen machst du dir nicht nur Freunde.«

»Aber gegen Küstenschutz kann doch niemand ernsthaft etwas einzuwenden haben.«

»Lies seinen Text«, antwortete Rob. »Die Konflikte beim Thema Umwelt gehen quer durch die verschiedenen Interessensgruppen. Da werden selbst Naturschützer und Klimaschützer schnell zu erbitterten Gegnern. Auch mit Maßnahmen zum Küstenschutz greifst du schließlich tief in die Umwelt ein. Du veränderst unter Umständen die Lebensgrundlagen für Pflanzen und Tiere in Schutzgebieten. Das gilt auch für die Frage der Energiegewinnung. Denk an die Offshore-Windparks in der Nordsee und ihre Folgen für Seevögel und Schweinswale. Und um Sylt bei steigenden Meeresspiegeln vor dem Untergang zu retten, sind angesichts des Klimawandels ganz erhebliche Eingriffe notwendig. Und Investitionen. Umweltschutz ist längst ein Markt, auf dem sehr viel Geld ausgegeben und verdient wird. Da geht es schnell um öffentliche Fördergelder in Milliardenhöhe. Und es werden in den kommenden Jahrzehnten noch größere Summen zusammenkommen.«

Nachdenklich hatte Ed seinem Freund zugehört. War Wülfer auf einen Umweltskandal gestoßen? Hatte sein Verschwinden damit zu tun? Oder war er lediglich für eine Recherche unterwegs? So oder so, sie mussten Wülfer dringend finden.

9

Die Hundestaffel vom Festland arbeitete sich von List aus Stück für Stück nach Süden vor. Nesser hielt es für unwahrscheinlich, dass Spaziergänger in dem weiten, weniger stark von Touristen besuchten Naturschutzgebiet der Dünen zufällig auf den Vermissten stießen. Hinnerk hatte ihnen Kleidungstücke von Wülfer ausgehändigt, dank derer die Hunde nun eine Fährte suchen konnten. Doch die Suche blieb ein langwieriges Unterfangen ohne Erfolgsgarantie.

Und dann waren da noch die Sommergäste.

Einige reagierten belustigt auf die Suchaktion mit ihren weiträumigen Absperrungen. Manche schienen sich zu fühlen, als dürften sie endlich einmal in einem wirklichen Kriminalfall mitspielen. Sie standen im Weg herum, widersetzten sich den Anordnungen der Polizei oder löcherten die Beamten mit Fragen. Andere Urlauber reagierten ängstlich, fast panisch. Was, wenn der verschwundene Journalist kein Einzelfall blieb? War man dann auf Sylt überhaupt noch sicher? Trotz des Sommerwetters begann sich auf der Insel eine Anspannung breitzumachen.

Am Morgen hatte sich Hauptkommissar Nesser aus Kiel zur Unterstützung auf dem Westerländer Revier eingefunden. Schließlich war Elsas Position immer noch vakant. Es konnte also nicht schaden, den Kollegen vor Ort etwas unter die Arme zu greifen.

Während auf der Insel ein weiterer sonniger Urlaubstag

begann, war die Luft im Besprechungsraum stickig und die Stimmung gedrückt.

Über allem schwebte die Frage: Wo war Wülfer?

Gespannt erwarteten Ed, Max, Muri und Friedericke, was ihnen Nesser berichten würde. Noch war allen unklar, wie sich der Fall entwickeln würde. Ja, es war letztlich immer noch nicht sicher, dass es sich bei Wülfers Abwesenheit überhaupt um einen »Fall« handelte. Schließlich bestand noch immer die Möglichkeit, dass der Journalist unversehens wieder bei Hinnerk oder in der Redaktion auftauchte. Doch die Wahrscheinlichkeit dafür schwand mit jedem Tag mehr, den er vermisst wurde.

»Frau Wülfers Zustand zeigt sich stabil, aber sie ist nach wie vor nicht bei Bewusstsein. Die Flensburger Kollegen unterrichten uns, sobald sie aufgewacht ist und sie mit ihr sprechen konnten. Nach dem Einbruch in Hinnerks Haus und dem gestrigen Überfall auf Frau Wülfer sollten wir in Zusammenhang mit dem Verschwinden von Fred Wülfer ein Verbrechen nicht mehr ausschließen«, fasste Nesser den Stand zusammen. »Dennoch besteht weiterhin auch die Option, dass Wülfer freiwillig verschwunden ist.« Nesser machte eine kurze Pause. »Und auch ein Suizid ist nicht auszuschließen.«

»Glaubst du das wirklich, Franz?«, fragte Muri.

»Nein«, gab Nesser zu. »Faktenlage und Wahrscheinlichkeit sprechen für mich dagegen.«

»Und was ist dann mit Wülfer passiert?«, nahm Friedericke den Faden auf und stellte sich an das Flipchart, das Elsa einmal angeschafft hatte. Kurz durchfuhr Ed ein Sehnsuchtsschmerz, als er an der Stelle von Elsa jetzt dort seine Kollegin stehen sah. Doch er riss sich zusammen und konzentrierte sich auf Friederickes Ausführungen.

»Wir wissen zwar nicht, was passiert ist, aber immerhin

können wir einige Szenarien entwerfen. Erstens: Wülfer wurde entführt. Zweitens: Wülfer wurde ermordet oder hat sich selbst getötet. Drittens: Wülfer liegt irgendwo schwer verletzt. Viertens: Wülfer ist untergetaucht. Bei allen Szenarien stellt sich die Frage: Warum? Welche Möglichkeit erscheint am plausibelsten? Mord?«

»Unsinn«, warf Max ein. »Wir haben keine Leiche, und außerdem, wer bringt einfach so einen Journalisten um?«

»Wer bringt überhaupt jemanden um?«, fragte Ed zurück. »Aber mit deiner Frage hast du schon mal den richtigen Weg gewiesen. Würde es sich um eine Entführung handeln, aus welchen Gründen auch immer, dann hätten wir wahrscheinlich längst eine Forderung vorliegen.«

»Vorsichtig. Nicht zu schnell«, wandte Nesser ein. »Ich glaube zwar auch, dass wir es nicht mit einer Entführung zu tun haben. Dazu passen weder Überfall noch Einbruch. Aber nicht alles ist immer logisch. Andererseits, wenn Wülfer …«, Nesser machte auf der Suche nach dem richtigen Begriff eine kurze Pause, »etwas zugestoßen sein sollte, dann muss es dafür einen Grund geben. Und diesen Grund müssen wir herausfinden. Wir müssen also Wülfer finden, und gleichzeitig sollten wir versuchen, herauszufinden, warum er verschwunden sein könnte. Vielleicht führt uns dieser Umweg dann zu Wülfer.«

Ein nachdenkliches Schweigen legte sich über die kleine Ermittlergruppe. Ihr erster Versuch, nach Gründen für Wülfers Verschwinden zu forschen, war gestern in Flensburg gescheitert. Weder an seinem Arbeitsplatz noch in seinem privaten Büro hatten sie Anhaltspunkte zu seiner aktuellen Recherche gefunden. Zudem lag Wülfers Großmutter im Krankenhaus und war nicht ansprechbar. Auch diese Quelle fiel also aus, auch wenn fraglich war, ob die alte Dame überhaupt wusste, woran ihr Enkel arbeitete.

Muri stand auf und öffnete zwei Fenster im Besprechungsraum.

»Ich hoffe, es stört niemanden, aber ich muss zum Nachdenken durchatmen.«

Mit der frischen Luft drang auch der Lärm der sommerlichen Stadt zu ihnen herein. Fahrradklingeln, Autos, Gesprächsfetzen.

Ed ließ seine Gedanken zu dem Telefonat mit Rob vom vergangenen Abend zurückschweifen.

»Fred Wülfer hat sich in den letzten Jahren intensiv mit Umweltthemen hier im Norden beschäftigt. Gestern Abend habe ich eine seiner Reportagen gelesen, für die Rob die Fotos geliefert hat.«

»Und? Was ist dein Eindruck?«, fragte Nesser interessiert.

»Ich schicke euch den Text gleich einmal herum. Nichts Auffälliges für meine Begriffe. Wülfer setzt sich mit unterschiedlichen Maßnahmen des Küstenschutzes auseinander. Schildert frühe Deichbauten und Buhnen, erklärt, warum sie heute wieder entfernt werden und dass man eigentlich die letzten Holzbuhnen mit Steinfüllung aus dem 18. und 19. Jahrhundert unbedingt als technische Denkmale unter Schutz stellen sollte. Der Text geht bis zu den Sandvorspülungen und den aktuellen Hochwasser-Schutzkonzepten von Bund und Land.«

»Kein Grund, jemandem was anzutun«, befand Nesser.

»Sollte man eigentlich meinen«, stimmte Ed ihm zu. »Für die Reportage hat er Mitarbeiter vom Küstenschutz interviewt. Vielleicht …«

»Meinst du, es bringt etwas, mit denen einmal Kontakt aufzunehmen?« Nesser schaute skeptisch zu Ed.

»Ich habe keine Ahnung. Vielleicht wäre es einen Versuch wert.«

»Lass mich raten«, stichelte Muri lächelnd. »Das Amt sitzt in Kiel? Oder in Flensburg? Und da musst du leider mal wieder runter von der Insel …«

Ed warf Muri einen finsteren Blick zu.

»Na, dann kannst du ja nach Husum fahren. Dort sitzt das Amt nämlich.«

»Verzichte dankend, wie du weißt.«

»Also«, warf Nesser ein, »wenn du nach Kiel zur Anhörung ins Ministerium kommst, dann fährst du einfach den Bogen über Husum und schaust dort vorbei. So schlagen wir zwei Fliegen mit einer Klappe.«

Ed schaute gequält zu ihm. Das Motto aus dem Ministerium lautete offenbar Kosten einsparen um jeden Preis.

»Liegt ja quasi auf dem Weg.«

»Mehr oder weniger.« Nesser lächelte.

»Muss das sein?«, versuchte Ed aufzumucken.

»Was? Die Fahrt nach Kiel oder die Fahrt nach Husum?«

»Beides in einen Tag zu quetschen.«

»Ich bitte dich.«

Es klopfte.

»Ja bitte«, rief Nesser ungeduldig. In der Tür erschien eine Frau, deren Gesicht Ed vage bekannt vorkam.

»Entschuldigung, ich hoffe, ich störe nicht?«

»Was können wir für Sie tun? Wie Sie sehen, sind wir gerade in einer Besprechung. In fünf Minuten?« Nesser versuchte sie lächelnd wieder aus dem Raum hinauszukomplimentieren. Doch sie blieb selbstbewusst im Türrahmen stehen.

»Sie hatten versucht, mich zu erreichen. Mein Name ist Florence Wülfer.«

Mit einem Gesichtsausdruck, der zwischen Verzweiflung und Wut wechselte, schaute Florence Wülfer zwischen

Nesser, Friedericke und Ed hin und her. Sie saßen auf den ausgeblichenen orangefarbenen Kunststoffstühlen aus den späten siebziger Jahren im Besprechungsraum des Polizeireviers, der kaum größer oder charmanter war als eine Besenkammer. Auf dem angestoßenen Tisch vor ihr stand ein Becher Kaffee.

»Wo ist mein Bruder? Und wer hat meine Großmutter überfallen?«, fragte sie scharf. Vor Anspannung rieb sie sich unaufhörlich die Hände.

»Wir wissen es nicht, Frau Wülfer. Weder wissen wir zurzeit, warum Ihre Großmutter überfallen wurde, noch von wem. Und auch, wo sich ihr Bruder derzeit aufhält, können wir noch nicht sagen.«

Ed registrierte, dass Nesser bei seiner Antwort sehr genau darauf achtete, im Präsens über ihren Bruder zu sprechen.

»Aber vielleicht können Sie uns helfen, damit wir ihn möglichst schnell wohlbehalten wiederfinden.«

Trotz des trostlosen Ambientes des Besprechungsraums und Florence Wülfers offensichtlicher Verzweiflung bemühte sich Nesser darum, eine vertrauensvolle Gesprächsatmosphäre zu schaffen.

»Wann haben Sie Ihren Bruder das letzte Mal gesehen oder mit ihm gesprochen?«, fuhr er fort.

»Wir haben vor einer Woche telefoniert. Er hat mich in Hamburg angerufen und von Sylt erzählt. Von Hinnerks Haus mit dem tollen Ausblick auf die Wattseite der Insel, von dem traumhaften Sommerwetter und davon, dass er einer großen Sache auf der Spur sei, bei der er gut vorankomme.«

»Welcher großen Sache …«, begann Nesser nachzufragen.

»… das hat er mir nicht erzählt«, fiel Wülfer ihm ins Wort. »Fred erzählt nie etwas über seine aktuellen Storys.

Zumindest so lange, bis er sie ganz durchdrungen hat und genau weiß, wo es langgehen wird. An diesem Punkt war er aber offenbar noch nicht. Trotzdem ...«

Wülfer hielt inne.

Während sie sprach, wurde sie langsam ruhiger. Ed hatte den Eindruck, als würde sie innerlich noch einmal in das Gespräch mit ihrem Bruder hineinhorchen.

»... dieses Mal war etwas anders als sonst. Er machte zwar wieder auf geheimnisvoll und ein Riesengedöns, aber seine Stimme klang irgendwie ...« Sie unterbrach sich erneut.

Die Polizisten ließen ihr die Zeit, die sie brauchte, um sich zu sammeln, und schauten sie erwartungsvoll an.

»Er klang irgendwie ungewöhnlich. Aufgeregt? Ängstlich? Ich kann es gar nicht genau beschreiben. Anders halt. Weniger in sich ruhend also sonst vielleicht. Weniger nach Fred.«

»Welchen Grund das hatte ...«, setzte Nesser erneut an.

Wieder fiel Wülfer ihm ins Wort.

»... das kann ich Ihnen leider nicht sagen. Ehrlich gestanden ist es auch eher ein Gefühl, dass etwas in seiner Stimme mitschwang. Ich habe die ganz Fahrt hier auf die Insel nachgegrübelt. Vielleicht ist es auch nur Einbildung. Bestimmt hätte ich gar nicht weiter darüber nachgedacht, wenn er nicht verschwunden wäre.«

Florence Wülfer schaute erschöpft durch das ungeputzte Fenster.

»Ist Ihr Bruder schon einmal für längere Zeit verschwunden, ohne Ihnen Bescheid zu geben?«, schaltete sich Friedericke in das Gespräch ein.

Wülfer schüttelte den Kopf.

»Nein. Wenn er für ein paar Tage nicht erreichbar war, dann hat er mir das angekündigt. Allein schon wegen Oma.

Sehen Sie, wir beide haben eine sehr enge Beziehung. Wir haben unsere Eltern früh verloren. Das hat uns zusammengeschweißt.«

Nesser nickte.

»Ist es denn schon einmal vorgekommen, dass Ihr Bruder aufgrund seiner Recherchen eingeschüchtert oder bedroht wurde?«

Wülfers Blick wandelte sich von nachdenklich zu entsetzt.

»Nein. Ich meine … Nein. Natürlich nicht! Davon hätte er mir sicher erzählt. Aus welchem Grund hätte er bedroht werden sollen? Und von wem? Nein.«

»Umweltthemen sind umstritten. Sie können schnell zu schweren Interessenskonflikten führen«, gab Ed zu bedenken.

»Über etwas streiten und jemanden bedrohen, das ist zweierlei«, erklärte Wülfer kategorisch.

»Natürlich«, lenkte Nesser ein. »Es ist für uns nur wichtig, dass wir ein vollständigeres Bild von der Arbeit Ihres Bruders erhalten. Ob er sich Feinde gemacht hat.«

Wülfer schaute die beiden Polizisten herausfordernd an.

»Fred wollte sich in den nächsten Tagen mit jemandem auf der Insel treffen. Und um Ihre Frage vorwegzunehmen: Nein, er hat mir weder gesagt, mit wem er sich treffen wollte, noch, worum es bei diesem Gespräch gehen sollte.«

»Könnte es persönliche Gründe für das Verschwinden Ihres Bruders geben?«

»Persönlich? Ich verstehe nicht …«

Wülfer schaute fragend zu Nesser.

»Vielleicht brauchte er eine Auszeit, hatte jemanden kenngelernt …«

Wülfer stöhnte auf.

»Sie meinen, nur weil mein Bruder schwul ist, huscht er jedem Mann hinterher?«

»Nein, das meine ich ganz und gar nicht«, antworte Nesser sichtlich getroffen.

»… und deshalb ist es auch nicht so wichtig, ihn zu finden, oder was?«

Ed sah Nesser an, wie verletzt er angesichts dieser Unterstellung war. Doch bei seiner Antwort blieb er vollkommen ruhig.

»Um das klarzustellen. Die sexuelle Orientierung von Menschen interessiert mich nicht, und sie hat auch keinerlei Einfluss auf die Intensität unserer Ermittlungsarbeit.«

So kamen sie im Moment nicht weiter, entschied Nesser. Stattdessen versuchte er, Frau Wülfer auf ein anderes Terrain zu ziehen, um über einen Umweg vielleicht mehr über ihren Bruder zu erfahren.

»Womit befassen Sie sich in Ihrem Beruf als Meeresbiologin?«, fragte er.

»Was hat das mit meiner Großmutter und meinem Bruder zu tun?«, antwortete sie patzig. Ed verkniff sich mühsam die Bemerkung, dass alles mit allem zu tun habe. Das mochte zwar auf den ersten Blick flapsig klingen, doch Ed war davon zutiefst überzeugt.

»Wir müssen uns ein genaueres Bild vom Umfeld Ihres Bruders machen«, erläuterte Ed. »Darin spielen Sie doch eine zentrale Rolle, nicht wahr? Sie haben auch schon gemeinsam an Projekten gearbeitet, oder?«

»Das haben wir tatsächlich. Eine von Freds Reportagen zum Küstenschutz ging auf ein Forschungsprojekt zurück, an dem ich beteiligt bin. Aber das hat doch wirklich nichts mit Freds Verschwinden zu tun und schon gar nicht mit dem Überfall auf meine Großmutter.«

»Vielleicht doch?«, gab Ed zu bedenken.

Wülfer seufzte resigniert. »Also gut. Sie können sich ja vorstellen, dass der Klimawandel auch für Sylt eine Rolle spielt. Nicht nur, aber vor allem aufgrund des weltweit steigenden Meeresspiegels. Allerdings gibt es bereits heute zahlreiche Inseln, die noch weit bedrohter sind, weil diese Inseln nur ganz knapp über dem heutigen Meeresspiegel liegen. Oft nur wenige Meter. Das gilt besonders für einige Inseln im Pazifik. Steigt dort der Meeresspiegel an, dann besteht die Gefahr, dass sie versinken. Oder, dass die Böden versalzen und man dort nichts mehr anbauen kann, sofern man keine Schutzmaßnahmen ergreift. Nun könnte man sagen, gut, dann müssen wir halt dafür sorgen, dass der Meeresspiegel nicht steigt. Das sicherzustellen ist allerdings nicht so leicht. Also muss man nach weiteren Möglichkeiten suchen, diese Inseln trotzdem irgendwie zu retten. Das ist noch viel schwieriger.«

Je tiefer Wülfer in ihr Fachgebiet eintauchte, desto lebendiger wurde ihr Vortrag.

»Es kommt noch etwas anderes hinzu: Wissenschaft funktioniert nicht nach dem simplen Stecker-Dose-Prinzip. Meistens sind ziemlich komplexe Zusammenhänge zu beachten. Jeder noch so minimale Eingriff kann eine ganze Reihe spezifischer Konsequenzen nach sich ziehen. Deshalb haben wir uns einige dieser Inseln näher angeschaut. Wir haben uns gefragt, ob es außer der offensichtlichen Gefährdung durch den steigenden Meeresspiegel dort noch zusätzliche Gefährdungsfaktoren geben könnte. Das ist wichtig, damit unsere Handlungskonzepte auf einer breiten Wissensgrundlage aufbauen. Wenn wir nämlich Faktoren übersehen oder unberücksichtigt lassen, können daraus neue Gefahren für die Inseln erwachsen. Das darf auf keinen Fall geschehen, denn dort geht es schließlich im wahrsten Sinne ums Überleben.«

Interessiert stellte Ed fest, dass von Wülfers anfänglichem Widerwillen, über ihre Arbeit Auskunft zu geben, nichts mehr übrig war. Im Gegenteil. Geschickt zog sie ihre Zuhörer in ihren Bann.

»Auf internationalen Konferenzen hatten politische Vertreter einer Insel beispielsweise stets behauptet, allein der steigende Meeresspiegel bedrohe sie, und daraus erhebliche Ansprüche auf internationale Förderungen abgeleitet. Tatsächlich stellt der Meeresspiegel dort eine unleugbare Bedrohung dar. Aber eben nicht die einzige. Zu unserer Überraschung haben wir nämlich anhand unserer Daten herausgefunden, dass der Bau eines Hafens auf jener Insel vor einigen Jahren dazu beigetragen hatte, dass sich die Strömungsverhältnisse des Wassers veränderten. Anstatt wie bisher Sand an Land anzuspülen, durch den die Insel langsam immer weiter emporwächst und sich vor dem eigenen Untergang selbst schützt, spült die durch den Hafenbau veränderte Strömung verkürzt gesagt den Sand auf einmal weg und verschärft so das Problem des steigenden Meeresspiegels.«

»Und aufgrund dieses Forschungsvorhabens hat sich Ihr Bruder dem Küstenschutz auf Sylt zugewandt?«

»Nicht nur auf Sylt, sondern an der ganzen Nordseeküste. Jede Maßnahme muss ja ein Teilstück einer ganzen Strategie sein, um nicht andernorts schädliche Nebenwirkungen zu verursachen. So wie beispielsweise im Fall dieser Pazifikinsel. Dazu muss man die Systeme immer in ihrer Gesamtheit verstehen und behandeln.«

»Klingt komplex«, bekannte Ed.

»Ist es auch«, bestätigte Wülfer. »Aber ich verstehe nicht, was das mit dem Überfall auf meine Omi zu tun hat.«

»Wo speichern Sie Ihre Daten?« Nesser überging Wülfers Einwand.

»Kommt darauf an. In der Regel sind die Forschungsdaten auf unserem Institutsserver abgelegt. Da sind sie allen zugänglich, damit wir gemeinsam am jeweiligen Projekt weiterarbeiten können. Sensible Daten werden zusätzlich über Passwörter gesichert.«

»Warum sind das sensible Daten?«

»Wer frühzeitig weiß, welcher Teil der Welt eher untergeht als ein anderer, der könnte daraus enorme wirtschaftliche Vorteile ziehen. Zudem haben wir bei unseren internationalen Forschungen hohe Datenschutzrichtlinien einzuhalten.«

»Gab es da schon einmal Probleme? Sicherheitslücken oder Ähnliches?«, fragte Nesser nach.

»Nicht, dass ich wüsste, aber dafür bin ich die falsche Ansprechpartnerin. Das machen unsere ITler.«

»Sie nehmen also nie Ihre Daten auf einem Stick mit nach Hause, um daran weiterzuarbeiten?«

»Im Normalfall nicht. Wie gesagt, ein solches Forschungsvorhaben ist eine Gemeinschaftsarbeit von hochspezialisierten Fachleuten mit unterschiedlichen Schwerpunkten, die alle gemeinsam Zugriff haben.«

»Und dass auf einem solchen Server auch mal Sachen versteckt werden?«, fragte Nesser.

Wülfers Gesicht nahm einen roten Farbton an, als hätte sie zu viel Mittagssonne abbekommen.

»Wie meinen Sie das?«, fragte sie schroff.

»Ich glaube, Sie wissen sehr genau, worauf ich hinauswill, Frau Wülfer.«

Sie schwieg hartnäckig.

»Wer ist bei Ihnen für die IT zuständig?«

»Jens Weber«, lautete die kurze Antwort.

Ed notierte sich den Namen.

»Nur mal angenommen, Frau Wülfer – und daran ist ja auch nichts Schlimmes, jemand würde auf Ihrem Server seine Daten zwischen Ihren Forschungen verstecken.«

»Wie kommen Sie darauf?«

»Nur mal angenommen.«

»Ja, und?«

»Wäre das möglich?«

Wülfer fixierte Nesser. Ed hatte den Eindruck, den Ring-
kampf zweier ebenbürtiger Gegner zu verfolgen. Beiden
perlte der Schweiß auf der Stirn, und das nicht nur aufgrund der sommerlichen Temperaturen.

»Möglich wäre das«, gab Wülfer zu.

»Auch die Daten Ihres Bruders?«, hakte Nesser nach.

»Möglich.«

»Nur möglich?«

Wülfer blickte auf die Uhr.

»In zehn Minuten geht die nächste Bahn Richtung Niebüll. Die würde ich gerne bekommen. Ich möchte bei meiner Großmutter in Flensburg sein, wenn sie aufwacht.«

»Das verstehe ich gut, Frau Wülfer«, antwortete Nesser und stand auf. Friedericke und Ed taten es ihm gleich.
»Wenn Ihnen noch etwas einfällt, dann melden Sie sich
bitte unbedingt bei uns. Vielen Dank, dass Sie vorbeigekommen sind.«

»Ich habe Freds Backup nicht«, murmelte sie leise. »Sie
irren sich, Herr Kommissar.«

Sie begleiteten Wülfer bis zum Eingang des Reviers.

Vor der Tür leuchtete der warme Küstensommer in hellen Farben.

»Finden Sie meinen Bruder. Bitte. Ich sorge mich um
ihn.«

Ihre Stimme hatte alle Begeisterung eingebüßt. Sie war
auf einmal dünn und brüchig.

»Eins noch, Frau Wülfer. Interessiert sich Ihr Bruder für
Japan?«, fragte Ed.

»Wie kommen Sie darauf?«, fragte sie erstaunt. »Aber ja,

er plant für den Herbst tatsächlich eine Reise nach Fuku-
shima. Und ich plane, ihn zu begleiten.«

»Neben seinem Bett in Braderup lag der Roman eines ja-
panischen Schriftstellers.«

Wülfer lächelte liebevoll. »So ist Fred. Wenn er sich einem
Thema widmet, dann verfolgt er nicht nur einen einzelnen
dünnen Faden. Fred studiert immer das ganze Knäuel und
drösel es anschließend vollständig auf.«

Ed reichte ihr die Hand.

»Alles Gute für Ihre Großmutter.«

Wülfer bedankte sich. Dann lief sie quer über den trube-
ligen Vorplatz zum Westerländer Bahnhof.

10

Was denkt ihr?«, fragte Nesser, als sie in den kleinen Besprechungsraum zurückkehrten. Fenster und Tür standen weit offen, sodass die frische salzige Meeresluft durch den Raum ziehen konnte.

»Wir werden alle untergehen«, verkündete Ed.

»Erzähl mir etwas Neues. Bin ich künftig in Hörnum eigentlich sicherer als ihr auf dem Rest der Insel?«, fragte Friedericke.

»Der Arbeitsweg wird wohl beschwerlicher für dich werden.«

»Wieso das?«

»Die Prognosen besagen, dass die Insel auf Höhe von Rantum in zwei Teile zerbrechen wird. Dann musst du nach Westerland immer erst übersetzen, wenn du von Hörnum kommst.«

»Nicht schlimm. Dann mache ich eben mein eigenes Polizeirevier in Hörnum auf.«

»Jetzt bitte mal ernsthaft, Leute«, funkte Nesser dazwischen. »Hat Fred Wülfer seine Daten bei seiner Schwester abgelegt? Zumindest als Sicherheitskopie. Auch wenn sie davon nichts zu wissen scheint, bin ich mir ziemlich sicher. Aber Fred Wülfer muss sie ja auch sonst noch greifbar haben. Auf irgendeiner Cloud?«

»Sylter Küstenschutz und japanischer Atommüll. Was für ein Spektrum«, stellte Ed fest. »Ich würde ja eher vermuten, dass jemand Wülfer aufgrund des zweiten Themas unter Druck setzt.«

»Klingt plausibel«, bestätigte Nesser. »Übrigens pfiffig von dir, sie nach Japan zu fragen. Also. Was machen wir? Ich werde versuchen, uns einen Weg zu den Servern des Instituts von Florence Wülfer zu bahnen. Auf unsere bloße Vermutung hin wird das schwierig genug werden. Du schaust auf deiner Tour nach Kiel beim Küstenschutz vorbei, Ed.«

»Und ich schau mal, was unseren ITlern in Kiel noch so einfällt, wie wir an Wülfers Daten rankommen können«, schloss Friedericke.

Ed trat auf dem Weg Richtung Keitum mit gleichmäßigem Rhythmus in die Pedale. Mit jedem Meter, den er vorankam, fiel der Muff des Polizeireviers von ihm ab. Der Fahrtwind, der nach trockenem Rasen und Sommerblüten duftete, tat ihm gut. Selbst die Freizeitradler, die in breiter Front vor ihm fuhren, störten ihn nicht. Wie war das? Sylt würde über kurz oder lang durch den steigenden Meeresspiegel untergehen? Oder könnte zuvor noch auseinanderbrechen? Florence Wülfers Bericht über die Insel im Pazifik, die vom Anstieg des Meeresspiegels bedroht war, aber zugleich unter den Folgen eines unbedachten Hafenbaus litt, hatte ihn beeindruckt. Über das konkrete Beispiel hinaus besaß sie für ihn eine symbolische Dimension. Selbst wenn manche Dinge auf den ersten Blick völlig eindeutig erschienen, verfügten sie auf den zweiten Blick oft über weitere Facetten. Das machte die Suche nach Problemlösungen nicht einfacher. Es galt, stets alle Aspekte zu berücksichtigen, um künftige Fehlentwicklungen zu vermeiden. Man musste die Ursachen suchen und zugleich Lösungswege abwägen. Sie waren in einer Welt angelangt, in der es keine einfachen Lösungen mehr gab, auch wenn sich viele Menschen gerade nach solchen einfachen Lösungen sehnten.

Ed hatte Glück. Die Ampel an der Kreuzung, an der die

Straße nach Tinnum abzweigte, stand auf Grün. So musste er nicht abbremsen, nahm seinen Schwung auf den nächsten Abschnitt der Fahrt mit.

Andererseits, versenkte er sich wieder in seine Gedanken, waren Stürme und Hochwasser nichts Neues für die Küstenregionen in Schleswig-Holstein. Dramatische Landverluste eingeschlossen. Ed lächelte still in sich hinein. Er erinnerte sich an das vertraute Gespräch mit Elsa im Winter. Damals hatten sie einander verliebt an der Strandpromenade in den Armen gehalten. Während sie gemeinsam auf das dunkle Meer schauten, dachten sie daran, dass sie vor ein paar tausend Jahren noch von Sylt aus über die Festlandverbindung des *Doggerlands* zu Fuß nach London hätten laufen können. Zumindest, wenn es London damals schon gegeben hätte.

London!

Ob aus ihrer gemeinsamen Reise dorthin jemals etwas werden würde?

Über Eds Kopfhörer surrte das Telefon.

»Hallo, Ed«, meldete sich Hinnerk.

»Leider nein …«, antwortete Ed, noch ehe Hinnerk überhaupt eine Frage gestellt hatte.

»Woher …«, setzte der Journalist erneut an.

»Du wolltest doch erfahren, ob wir etwas Neues über Fred Wülfer wissen. Die Antwort lautet: leider nein. Aber vielleicht kannst du uns weiterhelfen, Hinnerk. Hast du eine Idee, wie wir an Wülfers Notizen und Daten kommen könnten? Wir müssen unbedingt erfahren, womit er sich gerade befasst.«

Ed hörte Hinnerk seufzen.

»Keine Ahnung«, antwortete der Journalist missmutig. »Irgendetwas mit Sylt wird es schon gewesen sein, sonst wäre er ja nicht hergekommen.«

»Das ist mir schon klar, dass es ihm hier nicht um die Alpen ging. Offenbar recherchierte er zum Thema Küstenschutz«, erklärte Ed, ohne das Gespräch mit Wülfers Schwester zu erwähnen.

»Na los, Hinnerk«, forderte Ed ihn auf. »Schick dein journalistisches Rechercheherz auf die Jagd.«

»Du nervst, Eduard«, sagte Hinnerk kühl und legte auf.

Dann eben nicht, dachte Ed.

Weshalb wollte Hinnerk so dringend erfahren, wo Wülfer abgeblieben war? Aus einem diffusen Gefühl der Verantwortung für den Kollegen heraus? Oder doch aus journalistischer Neugier? Oder mehr? Unsicher, welche Antwort zutraf, wartete Ed am Kreisverkehr vor Keitum, bis sich eine Kolonne von Jung- und Oldtimern mit großziffrigen Startnummern an den Seitentüren eingefädelt hatte, um in Richtung Morsum weiterzufahren. Schräg gegenüber lächelte ihm im strahlenden Licht der Turm von Sankt Severin entgegen.

Nur Geduld, dachte Ed. Die Lösung des Falls wird sich ergeben. Und die Autos werden auch irgendwann die Straße freigeben. Also wartete Ed und genoss es sogar ein bisschen, als gleich hintereinander drei »schöne Isabellas« von Borgward an ihm vorbeifuhren, gefolgt von einem vw Karmann-Ghia in dunklem Bordeauxrot mit schwarzem Dach und einem seiner Lieblingsautos, einem vw Porsche in leuchtendem Zitronengelb. Siebziger Jahre pur!

Dann fand er endlich eine Lücke und konnte weiterfahren.

Entspannt glitt er durch das alte Kapitänsdorf Keitum, vorbei an Reetdachhäusern, Cafés und teuren Boutiquen. Urlauber mit kurzen Hosen und Poloshirts schlenderten an blühenden Heckenrosen entlang. Der Sommer auf der

Insel war einfach herrlich! Eine Gruppe Reiterinnen auf ihren Pferden setzte sich zum Ausritt in Bewegung. Die jungen Frauen quatschten ausgelassen. Fast am Ende des Dorfes rollte er langsam aus und wollte gerade abbiegen, als ihn zwei E-Biker mit hohem Tempo überholten. Kurz darauf sah er sie vor dem Schaufenster der Keitumer Buchhandlung wieder. Sollte er ihnen erklären, dass eine angemessene Fahrweise mit reduzierter Geschwindigkeit im Dorf auch für E-Biker galt, nicht nur für Autofahrer? Doch er entschied sich, seinen Dienstausweis stecken zu lassen. Er hatte jetzt keine Lust auf einen Disput mit den beiden. Stattdessen schloss er sein Rad an und schlüpfte schnell in den Buchladen. Überrascht blickte er die Frau an, die hinter der Kasse stand.

»Nanu, Sie sind neu, ich habe Sie hier noch nie gesehen.« Ed stockte. »Aber wir kennen uns irgendwoher, oder?«

Die Buchhändlerin lachte.

»Die erste Frage höre ich derzeit dauernd. Kurze Antwort: Ja, ich bin die neue Eigentümerin. Die zweite Frage würde ich für die plumpste und blödeste Anmache der Welt halten, wenn ich nicht genau wüsste, dass wir uns wirklich kennen.«

»Aha«, stotterte Ed, dem sein impulsiver Ausbruch peinlich war. »Aber woher nur? Ich komme gerade nicht darauf …«

»Paris.«

»Kann nicht sein.« In Paris war er seit Jahren nicht mehr gewesen.

»Café Paris, Hamburg«, ergänzte die Buchhändlerin.

Plötzlich erinnerte sich Ed an ihre Begegnung im Frühjahr.

Nach einem Termin in der Nähe hatte er sich im Café Paris nahe dem Rathaus ein Mittagessen gegönnt. Damals war ihm eine Frau am Nebentisch aufgefallen, die trotz des Mittagslärms im Café ungestört las.

»William Boyd«, schoss es aus ihm hervor.

»Gut erinnert, Herr Kommissar. Haben Sie seine Geschichte inzwischen gelesen?«

»Leider nein. Allerdings war es mir bis eben auch völlig entfallen. Ebenso wie Ihr Name. Bitte entschuldigen Sie.«

»Kein Problem. Wittlich, Alexandra Wittlich«, antwortete sie, während sie in das Regal hinter sich griff und ihm das Buch mit dem roten Einband entgegenhielt, das sie damals gelesen hatte. »Wollen Sie es jetzt nachholen?«

»Oh, sehr gerne, vielen Dank. Allerdings bin ich noch wegen eines anderen Buchs da, das ich über das Internet bestellt hatte.«

»Auf welchen Namen war das gleich? Ich erinnere mich zwar an den belesenen Polizisten, aber Ihren Namen habe ich auch vergessen …«

»Eduard Koch.«

»Na, dann schaue ich mal nach.«

Sie verschwand kurz im hinteren Teil der Buchhandlung, wo die bestellten Bücher lagerten.

»Ah, auch interessant«, stellte sie fest und reichte ihm ein schmales Taschenbuch. »Murakami, *Gefährliche Geliebte.* Haben Sie schon einmal etwas von ihm gelesen oder hat Sie der Titel verlockt?«

»Nein, nein«, antwortete Ed etwas zu hastig. »Also, eigentlich wollte ich nur wegen eines aktuellen Falles in das Buch schauen.«

»Ach so. Trotzdem keine schlechte Wahl. Mögen Sie Murakami?«

»Ich habe noch nicht so viel von ihm gelesen.«

»Na dann, auf jeden Fall ein guter Einstieg in die japanische Gegenwartsliteratur«, erklärte die Buchhändlerin. »Was kennen Sie denn von Murakami schon?«

»Es war ein seltsames Buch mit einem ebenso seltsamen Titel: *Kafka am Strand.*«

»*Derjenige, der aus dem Sandsturm kommt, ist nicht mehr derjenige, der durch ihn durchgegangen ist*«, zitierte Wittlich.

Ed nickte beeindruckt. »Also gut, Boyd und Murakami. Das wird mir für die nächsten Wochen reichen.«

»Tatsächlich?«, antwortete Wittlich mit einem Unterton, der keinen Zweifel daran ließ, dass diese zwei Bücher für sie bestenfalls ein Wochenpensum an Lektüre waren.

Eds Telefon klingelte.

Es war Muri.

»Wo bist du?«

»In Keitum, in der Buchhandlung.«

»Dann schwing dich bitte auf dein Rad. Sieh zu, dass du fix zum Siel ans Deichkreuz des Rantumbeckens kommst.«

Muris Stimme klang angespannt.

»Was gibt's?«, fragte Ed.

»Wir haben wahrscheinlich Fred Wülfer gefunden.«

»Wie geht's ihm?«

Muri stöhnte. »Nicht gut. Er ist tot. Komm her und schau dir das selber an.«

Jetzt atmete auch Ed tief durch. »Klingt so, als ob es gut war, dass ich noch nichts gegessen habe?«

»Ich fürchte, ja«, bestätigte Muri.

»Ich bin gleich da«, erklärte Ed und steckte sein Handy ein. Wülfer war tot. Hinnerks Sorgen waren also nur allzu berechtigt gewesen.

Hätte ich nach seinem ersten Anruf etwas anders machen müssen?, schoss es Ed durch den Kopf. Ist mir am Ende ein fataler Fehler unterlaufen, der Wülfer das Leben gekostet hat?

Er sammelte sich.

»Das mit den Büchern müssen wir leider verschieben. Ich kann sie im Moment nicht mitnehmen. Würden Sie sie mir bitte zurücklegen? Ich komme in den nächsten Tagen wieder vorbei.«

»Natürlich«, antwortete Wittlich kurz.

Eds Gesichtsausdruck machte ihr deutlich, dass jetzt keine Zeit zum Scherzen war. Die ausgelassene Stimmung des Augenblicks war verflogen.

»Dann können Sie mir auch erzählen, wie es Sie von Hamburg hierher verschlagen hat. Natürlich nur, wenn Sie mögen«, versuchte Ed die angespannte Situation wieder zu lockern.

»Sehr gerne«, rief sie ihm hinterher.

Doch da hatte Ed bereits das Schloss an seinem Fahrrad geöffnet.

11

Mühsam bahnte sich Ed seinen Weg durch den Menschenauflauf, der sich vor den rot-weißen Absperrbändern mit der Aufschrift *Polizei* gebildet hatte. Spaziergänger, Radfahrer, Schaulustige hatten sich versammelt, um ein paar Brocken Sensation aufzuschnappen. Handys waren gezückt. Instagram und Twitter liefen in Echtzeit voll.

Eds Kollegen hatten den Fundort der Leiche großräumig abgesperrt. Um den Gaffern die Sicht zu nehmen, hatten sie zusätzlich Planen gespannt, die nun in der Sommerbrise flatterten. Davor stand ein Notarztwagen. Überall am Deich blinkten Blaulichter. Inmitten der Menschenansammlung standen Schafe und grasten unbeeindruckt weiter. Die Szenerie besaß eine skurrile Note. Von der friedlichen Stimmung während Eds Joggingrunde um das Rantumbecken vor ein paar Tagen war nichts mehr zu spüren. Neben einem der Einsatzfahrzeuge unweit des Siels, über das der Wasserstand des Rantumbeckens reguliert wurde, entdeckte Ed seine Kollegen. Die Erschütterung stand ihnen in die Gesichter geschrieben. Ed erinnerte sich, dass er genau dort gestoppt hatte, um sich zu dehnen. Ob Wülfer da schon tot gewesen war? Neben einem Geländer lag die Leiche des Journalisten auf dem gepflasterten Boden. Unter dem weißen Tuch, mit dem man ihn bedeckt hatte, zeichneten sich die Konturen seines Körpers ab.

Ed fröstelte trotz der sommerlichen Wärme. Neben Nesser und Muri stand eine junge Ärztin.

»Der Todeszeitpunkt ist schon länger her. Genaueres später«, erklärte sie. »Ich tippe auf zwei, drei Tage, allein schon die Bissspuren von Tieren lassen darauf schließen.«

Sie schaute zu Ed.

»Wollen Sie auch noch einen Blick auf den Toten ...«

Muri schüttelte energisch den Kopf.

»Lass lieber. Wir haben die Fotos, ich denke, das reicht dem Kollegen ...«

»Vermutlich besser so«, bestätigte die Ärztin. »Kein schöner Anblick.«

»Zwei, drei Tage liegt er bereits hier?«, fragte Ed nach.

»Gut möglich. Genaueres weiß ich wie gesagt noch nicht.«

»Dann war Wülfer bereits tot, als Hinnerk mich anrief und ihn als vermisst gemeldet hat?«

Nesser nickte.

»Dann wäre ich bei meiner Joggingrunde an ihm vorbeigelaufen ...«

Seine Kollegen schauten ihn betroffen an.

Ed schlug sich mit der Hand gegen die Stirn.

»Es kann sogar sein, dass mir der Täter begegnet ist«, sagte Ed erschrocken.

Nesser horchte auf.

»Wie das?«

»Als ich vom Siel weitergelaufen bin, habe ich einen Spaziergänger überholt.«

»Ed, das kann jeder gewesen sein.«

»Möglich, aber ich habe mich noch gefragt, wieso er so zügig läuft, fast gehetzt.«

»Vielleicht, weil er nach Hause wollte?«

»Wahrscheinlich«, gestand Ed ein. Doch er war sich dessen ganz und gar nicht sicher.

»Ist dir sonst etwas an ihm aufgefallen?«, fragte Nesser.

»Überhaupt nichts. Ich könnte dir nicht einmal sagen, was er angehabt hat. Jeans? Helle Hose? So ein Ärger. Ich habe nicht drauf geachtet.«

»Warum auch, Ed?«, versuchte ihn Nesser zu beruhigen. »Du konntest nicht wissen, dass es relevant werden könnte.«

»Trotzdem«, antwortete Ed, unzufrieden mit sich selbst. »Wie wurde Wülfer gefunden?«

»Ein Hund hatte sich losgerissen und ist in dem Siel verschwunden. Er war gar nicht mehr zu beruhigen. Als sein Besitzer ihn endlich herausgezogen hatte, hatte er sich in irgendetwas festgebissen.«

Ohne konkreter zu werden, richtete Nesser seinen Blick auf den Toten. Ed atmete schwer.

»Aber ist es denn einwandfrei sicher, dass es sich um Wülfer handelt?«, fragte Ed.

Irgendetwas in ihm hoffte auf einen Irrtum. Natürlich wäre ein anderer Toter nicht weniger furchtbar. Doch Hinnerks Hilflosigkeit, der Überfall auf die alte Frau Wülfer und das Gespräch mit Florence Wülfer am Morgen hatten in Ed eine Nähe zu dem Journalisten entstehen lassen.

»Seine Schwester wird ihn noch identifizieren müssen. Trotzdem, es besteht kein Zweifel.«

»Irgendwelche Spuren?«

»Wie sollten die jetzt noch aussehen?«, fragte Muri, auch wenn die Kollegen derzeit die Umgebung akribisch untersuchten. »In den letzten zwei, drei Tagen sind hier Dutzende Spaziergänger vorbeigekommen. Dann der Regen und schlussendlich das Gerangel bei der Auffindung der Leiche. Ich mach mir da keine großen Hoffnungen.«

»Gut, dann warten wir ab, was die gerichtsmedizinische Untersuchung ergibt. Die Hundestaffel wurde schon von der Insel abgezogen«, resümierte Nesser.

»Gibt es etwas Neues von der alten Frau Wülfer?«, fragte Ed.

»Nein. Ich habe gerade mit den Kollegen in Flensburg gesprochen. Sie werden Florence Wülfer informieren.« Nesser wies mit dem Kopf zur Gruppe der Schaulustigen. »Dahinten steht Hinnerk.«

Ed atmete erneut tief durch.

»Ich spreche mit ihm. Muri, nimmst du mein Rad mit zur Wache?«

Hinnerk stand völlig erstarrt hinter dem Absperrband. Reglos schaute er zum Fundort der Leiche. Was wohl gerade durch seinen Kopf ging? Ed wunderte sich jedenfalls, dass der Journalist nicht einmal einen Versuch unternahm, zur Fundstelle vorzudringen. Sicher, es wäre vergeblich gewesen. Aber davon hatte sich Hinnerk bisher noch nie abschrecken lassen.

»Bist du mit dem Wagen hier?«, fragte Ed.

Hinnerk deutete mit dem Kopf in Richtung Parkplatz bei der Müllstation, an der Ed neulich sein Rad abgestellt hatte.

»Komm, wir gehen ein paar Schritte«, forderte Ed ihn auf.

Doch Hinnerk reagierte nicht. Er blieb einfach stehen, als habe er Ed nicht gehört.

Die Szenerie auf dem Deich war bizarr. Friedlich breitete sich das sommerliche Rantumbecken vor ihnen aus. Doch unmittelbar vor ihnen hatte sich eine Tragödie ereignet. Ed schien es, als würde die Welt in diesem Moment in Einzelteile zerfallen. Ahnungslos fuhren fröhliche Touristen auf ihren Fahrrädern an den Absperrungen vorbei, nahmen nicht weiter Notiz und plauderten ausgelassen miteinander. Andere blieben neugierig stehen. Wunderten sich, was da los sei, und tuschelten. Ungerührt von alledem schwebten die Möwen über allem.

Fred Wülfer war tot.

Er dürfte sogar schon tot gewesen sein, als Ed das erste Mal in seinem Zimmer bei Hinnerk gewesen war. Bleischwer lag Ed dieser Gedanke im Magen. Doch alles Grübeln half im Moment nichts. Sanft zog Ed Hinnerk am Arm.

»Komm. Komm weg hier.«

Hinnerk schüttelte Ed ab.

»Ich will hierbleiben. Bei Fred. Das bin ich ihm schuldig.«

Ed wusste, wie wichtig es war, den mittelbar von einem Verbrechen Betroffenen die Zeit zur Trauer zu geben. Doch ebenso wichtig war es, ihnen möglichst früh auch einen Weg zur Verarbeitung des Erlebten zu eröffnen. Die nächsten Tage und Wochen würden für Hinnerk nicht leicht werden. Beharrlich griff Ed erneut nach Hinnerks Arm. Dieses Mal hatte er Erfolg. Der Journalist schloss sich ihm an. Vorbei an den grasenden Schafen liefen sie auf der Deichkuppe nebeneinanderher zu Hinnerks Auto. Sie waren schon ziemlich dicht am Parkplatz, als Hinnerk das Schweigen brach.

»Ich überlege die ganze Zeit, was ich falsch gemacht habe, was ich noch hätte machen sollen …« Hinnerks Stimme stockte. »Ob ich Schuld habe.«

»Woran sollst du Schuld haben, Hinnerk?«

»Dass Fred verschwunden ist.«

»Warum glaubst du, dass du Schuld haben könntest?«

Wieder verfiel Hinnerk in Schweigen, ehe er antwortete.

»Vielleicht habe ich ihn zu sehr bedrängt.«

»Und weil du dich um ihn bemüht hast, wurde er erschlagen, meinst du?«

Hinnerk blieb mit tränenüberströmtem Gesicht stehen.

»Natürlich nicht«, schluchzte er.

»Hast du ihn erschlagen?«

Ed war sich der Härte und Tragweite seiner Frage durchaus bewusst. Gleichwohl musste er sie stellen. Schließlich lief er nicht als Therapeut neben Hinnerk her. Zumindest nicht ausschließlich. Er war Polizist. Und er hatte einen Mord aufzuklären.

»Natürlich auch nicht«, hauchte Hinnerk schluchzend. »Ich habe ihn geliebt.«

Ed musterte den Journalisten konzentriert, während er weiter auf dem schmalen Grat zwischen Verhör und tröstendem Gespräch balancierte. Immer bemüht, nicht auf eine Seite abzurutschen.

»Und Fred?«

Hinnerk zuckte mit den Schultern.

»Hat er dich auch geliebt?«

Unerfüllte Liebe gehörte zu den häufigsten Mordmotiven. Offenbar war Hinnerk so tief in den Schlaufen seiner Gedanken und seiner Trauer gefangen, dass er nicht einmal ahnte, dass er sich mit seinem Liebesgeständnis selbst zum Verdächtigen machte. Anderseits war Hinnerk bestimmt kein Mörder. Auf keinen Fall. Da war sich Ed sicher. Doch kaum hatte er sich festgelegt, da nagte auch schon wieder der Zweifel an ihm. Was, wenn Fred Hinnerk abgewiesen hätte? Wenn es zu einem Streit zwischen den Männern gekommen war? Falls sich, wie Hinnerk selbst befürchtete, Fred von ihm bedrängt gefühlt hatte?

Sie mussten nach Zeugen suchen, die im Tatzeitraum am Becken unterwegs gewesen waren. Und sie mussten sämtliche Überwachungskameras der Umgebung überprüfen. Am Campingplatz, an der Müllverladung, im Rantumer Hafen. Das waren die Orte, die Ed auf Anhieb einfielen. Nicht gerade üppig. Außerdem galt es, die Daten der Funkzellen auszuwerten. Vielleicht ließ sich so ermitteln, ob Hinnerk zum Zeitpunkt der Tat am Rantumbecken unterwegs gewesen war. Immer vorausgesetzt, dass der Fundort der Leiche überhaupt der Tatort gewesen war.

Während sie weiterliefen, tippte Ed eine schnelle Mail an Nesser.

»Ich weiß es nicht.«

Hinnerks unvermittelte Antwort ließ Ed vom Handy aufblicken. Kurz musste er überlegen, worauf sich Hinnerk damit bezog. Offenbar hatte er die ganze Zeit über Eds Frage nachgegrübelt, ob Fred ihn ebenfalls geliebt hatte.

»Fred war ganz von seiner Geschichte gefangen. Etwas Großes, hat er gesagt. Ein Knüller, wenn sich das bestätigen würde«, fuhr er fort und lächelte liebevoll. »Aber womit er sich befasste, damit wollte er partout nicht rausrücken. Ich habe ihn damit geneckt. ›Du Geheimniskrämer‹, habe ich gesagt. Doch Fred hat darüber nur gelacht. ›Wart's ab‹, hat er gesagt. ›Das wird was. Nur ein paar Tage noch!‹«

Am Parkplatz wollte Hinnerk zunächst selbst fahren. Doch er ließ sich schließlich überzeugen, dass es in seinem Zustand wohl besser wäre, wenn Ed führe. Insgeheim genoss Ed es, dass sich ihm so die Gelegenheit bot, selbst einmal am Steuer eines Mercedes Pagode zu sitzen. Vorsichtig fädelte er sich auf die Straße ein, die von Hörnum kommt, und bog kurz darauf nach Westerland ab. Ein paar Minuten später rollte er die Zufahrt zur Tiefgarage unter dem Kurzentrum hinab und parkte den Pagode auf Hinnerks Stellplatz. Widerstandslos ließ sich Hinnerk von Ed durch die Strandstraße ins Wellhørn führen. Ed bestellte zwei Flat White bei Lisa und schob Hinnerk an einen Tisch in die hinterste Ecke des Cafés. Das sommerliche Treiben vor der Tür drang nur wie durch einen dicken Filter zu ihnen.

Nicht Lisa, sondern Lotte brachte ihnen die Kaffees. Auf dem kleinen Tablett standen zusätzlich zwei Gläser, doppeldaumenhoch mit einer bernsteinfarbenen Flüssigkeit gefüllt.

»Lisa meinte, ihr seht so aus, als bräuchtet ihr vielleicht noch etwas Stärkeres als einen Kaffee«, erklärte sie und plauderte ungezwungen weiter. »Das ist unser neuer ›Double W‹, der Wellhørn Whisky. Ihr gehört zu den Allererersten, die ihn verkosten dürfen. Und falls er dir schmeckt, Hinnerk, darfst du natürlich sehr gerne auch im *Tageblatt* darüber schreiben. Zum Beispiel, dass er golden und verführerisch im Glas leuchtet wie ein Sylter Sonnenuntergang am Meer. Dass er nach Abenteuer schmeckt, kräftig und doch mild und nicht zu rauchig. So in etwa.«

Hinnerk konnte nicht anders, als trotz allem zu lachen.

»Willst du meinen Job übernehmen, Lotte?«

»In ein paar Jahren, warum nicht?«, gab sie selbstbewusst zurück.

Hinnerk kostete den Whisky.

»Nicht schlecht«, befand er. »Produziert ihr euren ›Double W‹ auf der Insel?«, fragte er und war für einen Moment ganz Journalist.

»Natürlich. Nur in kleinen Tranchen. Lisa und ihr Freund haben gerade erst damit angefangen. Komm doch einfach die Tage einmal vorbei. Dann kannst du einen Blick auf die Produktion in Hörnum werfen.«

Ed schaute etwas skeptisch.

»Los, koste mal. Ist wirklich gut«, forderte Hinnerk ihn auf.

Der scharfe Alkohol schien bei Hinnerk unmittelbare

Wirkung zu entfalten. Im Stillen lobte Ed Lisa für ihren Einfall und Lotte für ihre unterhaltsame Präsentation des Whiskys. Vorsichtig nippte er an seinem Glas. Der Alkohol brannte ihm in der Kehle. Aber ja. Er schmeckte verdammt gut.

Während Hinnerk gleich einen zweiten Schluck nahm, stellte Ed sein Glas wieder ab. Es galt, einen klaren Kopf für die Ermittlungen zu behalten. Hinnerk rieb sich das Gesicht, als könnte er so allen Gram der letzten Stunden wegwischen.

»Also«, sagte er mit fester Stimme. »Was wissen wir, und wie gehen wir jetzt vor?«

Ed freute sich, dass sich Hinnerk für den Moment gefangen zu haben schien.

»Wir werden jetzt ermitteln, was genau geschehen ist. Das ist unser Job. Und dazu gehört auch, dass wir dich noch einmal vernehmen. Dir ist schon klar, dass wir wissen müssen, was du am Sonntagnachmittag genau gemacht hast?«

»Du verdächtigst mich immer noch?« Hinnerk klang zornig.

»Nein, das tue ich nicht, Hinnerk. Trotzdem müssen wir wissen, wo du warst. Das nennt man ein Alibi haben.«

Bei der Erinnerung an den Sonntag füllten sich Hinnerks Augen erneut mit Tränen.

»Es war ein wunderbarer Tag.« Er schnäuzte sich, ehe er fortfuhr. »Morgens war ich noch in der Redaktion. Fred hat mich dort mit dem Fahrrad abgeholt, und wir sind anschließend gemütlich nach Süden geradelt.«

»Über seine Story hat er dir nichts erzählt?«

Hinnerk schüttelte den Kopf.

»Das habe ich dir doch schon gesagt. Wir sind an der Wattseite nach Hörnum runter, haben in den Dünen angehalten, die Sonne genossen und den Vögeln zugeschaut. Es war ...« Er atmete schwer. »Es war wunderschön. Am Hafen haben wir Muscheln gegessen. Es hat sich angefühlt, als wären wir Touristen. Auf dem Rückweg habe ich Fred noch St. Thomas oben auf der Düne gezeigt. Es war zauberhaft, die strahlend weiße Kirche, wie ein hohes Segel vor dem blauen Sommerhimmel.«

Versonnen schaute Hinnerk auf das Glas in seiner Hand und trank den letzten Schluck Whisky. Ed schob ihm sein Glas hin.

»Auf dem Rückweg ist Fred dann an der Eidum Vogelkoje abgebogen. Er sei noch verabredet.«

»Er wollte zur Vogelkoje?«

»Wo genau er hinwollte, weiß ich nicht. Er hat mir nur gesagt, er wäre verabredet. Daher mussten wir etwas auf die Zeit achten.«

»Und danach ist er nicht mehr nach Braderup gekommen?«, fragte Ed nach.

»Nein, das ist es ja ...«

»Das heißt, sein Fahrrad ist auch verschwunden?«

»Mein Fahrrad. Ich hatte ihm eines meiner Räder geliehen, nichts Dolles, aber für so eine Tour reicht das allemal.«

Ed griff nach seinem Handy.

»Muri? Seid ihr noch am Tatort?«

»Ich wollte gerade los. Was gibt's?«

»Fahrt bitte am Recyclinghof vorbei und schaut dort nach, ob neben dem Eingangstor ein Fahrrad am Zaun angeschlossen ist.«

Muri versprach, sich umgehend zu melden.

»Was hast du anschließend gemacht?«, fuhr Ed fort.

»Ich bin kurz noch einmal in die Redaktion, um zu sehen, ob es etwas Wichtiges gibt. War aber nichts.«

»Und dann?«

»Na was schon, ich bin nach Hause. Hab geduscht und mich dann mit einem Glas Wein auf die Terrasse gesetzt und gewartet, dass Fred kommt.«

»Der nicht kam. Um wie viel Uhr war Fred denn verabredet?«

»Am späten Nachmittag.«

Eds Telefon klingelte. Muri.

»Hier stehen mehrere Fahrräder.«

»Schick mir bitte mal ein Foto«, forderte Ed ihn auf und zeigte Hinnerk das Bild, das kurz darauf bei ihm eintraf.

»Das rechts ist meins«, bestätigte Hinnerk.

Gut möglich, dass es dasselbe Rad war, neben dem er am Sonntag seines angeschlossen hatte, überlegte Ed. Sicher war er sich allerdings nicht. Immerhin sprach nun viel dafür, dass der Fundort der Leiche wohl auch der Tatort war.

»Sorge bitte dafür, dass das Rad kriminaltechnisch untersucht wird«, bat er Muri.

»Mit wem sich Fed Wülfer getroffen hat ...«, wandte er sich erneut an Hinnerk.

»Wie gesagt, keine Ahnung«, antwortete Hinnerk genervt. »Reicht es jetzt langsam mal mit deiner Fragerei?«

»Du musst bitte umgehend auf die Wache gehen, damit deine Aussage schriftlich aufgenommen wird.«

»Wozu denn das noch? Ich habe dir schon alles erzählt.«

»Vielleicht fällt dir ja noch etwas ein, wenn du scharf nachdenkst?«

»Du kleiner Scheißer«, platzte es unvermittelt aus Hinnerk heraus. »Tust so, als würdest du dich freundlich um mich kümmern, füllst mich mit Whisky ab und schiebst mir dabei den Mord an Fred unter. Ich fasse es nicht.«

»Hinnerk, nichts davon stimmt, außer, dass ich versucht habe, mich um dich zu kümmern. Und sobald du wieder klar denken kannst, wirst du das auch selbst erkennen.«

»Anstatt mit dir hier irgendwelchen Whisky zu trinken und in meinem Selbstmitleid zu ersaufen, werde ich mich jetzt an meine Arbeit machen.« Hinnerks verquollene Augen glühten jetzt fiebrig. »Du hast dich nicht um Freds Verschwinden gekümmert. Ihr habt mich allesamt nur beschwichtigt und damit so ein Verbrechen überhaupt erst möglich gemacht. Ihr seid mitschuldig an Freds Tod. Ich werde seinen Mörder suchen. Und ich werde ihn finden, wenn ihr euch zu dämlich anstellt. Ihr habt ja nicht mal Fred finden können.«

Hinnerks ganze Verzweiflung brach sich Bahn. Aufgebracht erhob er sich.

Seine Vorwürfe hatten Ed getroffen. Er atmete schwer durch und zwang sich, ruhig zu bleiben.

»Verrenn dich nicht, Hinnerk«, mahnte er. »Was du da gerade erzählst, ist Unsinn. Du gehst bitte umgehend auf die Wache, um dort zu Protokoll zu geben, wo du am Sonntagnachmittag warst und was du gemacht hast.«

Die beiden Männer gaben sich nicht mehr viel Mühe, die Contenance zu bewahren. Rede und Gegenrede wechselten in rascher Folge, der Ton war scharf. Weder der eine noch der andere versuchte eine verbindliche Miene aufzusetzen. Ed fühlte sich, als hätte er diese Szene mit Hinnerk bereits einmal durchlebt. Ein Déjà-vu? Doch dann fiel ihm ein, dass er eine ganz ähnliche Szene erst vor Kurzem in einem Kriminalroman mit Kommissar Maigret gelesen hatte.

Ohne ein weiteres Wort an Ed zu richten, drehte sich Hinnerk um und verließ das Wellhørn. Hätte die gläserne Ladentür keinen Dämpfer gehabt, wäre sie wohl zersplittert, so kräftig, wie Hinnerk sie zugeknallt hatte, dachte Ed.

»Was war denn auf einmal los?« Lotte stand neben ihrem Vater und schaute ihn besorgt an. »Alles in Ordnung mit Hinnerk?«

»Nein, ich fürchte, mit ihm ist derzeit gar nichts in Ordnung«, antwortete Ed und bezahlte seine Rechnung, nicht, ohne seiner Tochter ein großzügiges Trinkgeld zuzustecken.

Hinnerk war nicht nur verzweifelt, er war auch wütend. Das war zwar verständlich, doch seine Verfassung konnte für ihre Ermittlungen gefährlich werden. Gut möglich, dass sich Hinnerk im *Tageblatt* in abstrusen Vorwürfen verstieg. Kurz erwog Ed, Frau von Schlinsky anzurufen. Doch er verwarf die Idee. Noch hatte Hinnerk ja nichts geschrieben. Stattdessen holte Ed sein Fahrrad von der Wache ab und fuhr ans Meer.

12

Die Nordsee war so spiegelglatt wie die Hamburger Binnenalster. So ganz ohne Seegang war es allerdings nur eine Frage weniger Tage, bis eine Quallenplage Sylt heimsuchen und den Badespaß beeinträchtigen würde. Zwar machte Ed das Baden ohne Wellen nur halb so viel Freude, dafür konnte man ohne Brandung aber richtig schwimmen. Eine Gruppe Kinder planschte in einem Priel und versuchte so vergnügt wie vergebens, das auflaufende Wasser der Flut mit aufgeschütteten Sandwällen einzuhegen. Lächelnd ließ sich Ed ins Meer fallen und tauchte sofort unter. Das frische Wasser spülte die Erinnerung an Hinnerks Ausbruch und das Drama der Wülfers für einen Moment von ihm ab. Nesser hatte ihm mitgeteilt, dass Eds Anhörung in Kiel verschoben worden war. Gut so. Die Ermittlungen im Mordfall Wülfer hatten jetzt Vorrang. Ohne anschließend weiter nach Kiel fahren zu müssen, konnte Ed so morgen im Amt für Küstenschutz in Husum versuchen, mehr über Wülfers Recherche zu erfahren. Vorbei an einer Gruppe Stand-Up-Paddler schwamm er weiter hinaus. Das war zwar unvernünftig, denn auch ohne Seegang besaß die Nordsee eine ordentliche Strömung, doch das Risiko, hinausgetrieben zu werden, ging er gerne ein. Als wolle er ihn vor seinem Leichtsinn warnen, tauchte auf einmal ein Schweinswal mit seiner zackigen Schwanzflosse vor ihm auf. Neugierig schlug das Tier einen Bogen um den Besucher in seinem Revier. Gerade als sich Ed wieder zurück zum Ufer wandte, zog ein stechender Schmerz durch sein Bein. Er fluchte. Die Quallen waren also schon da. Der Faden einer Feuerqualle hatte ihn an der Wade erwischt. Nicht schlimm, aber das Nesselgift war eben schmerzhaft. Vielleicht hatte ihn der kleine Wal auch davor warnen wollen? Mit einem Lächeln bedankte Ed sich bei dem Tier, das bereits weitergezogen war. Etwas Essig oder Rasierschaum würden nachher das Brennen am Bein lindern.

Zu Hause wartete eine Überraschung auf Ed. Vor seiner Haustür stand ein Karton mit den Büchern aus Keitum. Dazu eine ausgeblichene Postkarte mit der alten Strandpromenade von Wenningstedt aus den siebziger Jahren.

Literaturlieferung für lesende Polizisten nach dem Einsatz. Herzlich, Alexandra Wittlich. ps: *Bezahlung irgendwann später*, stand in schwungvoller Handschrift auf der Rückseite.

Ed schmunzelte. Sehr nett, dachte er und stellte den Karton auf den Esstisch.

Lotte war noch nicht wieder daheim. Ed schmierte etwas Rasierschaum auf den knallroten Streifen an seiner Wade, den er anschließend abschabte, in der Hoffnung, damit das Nesselgift von der Haut zu entfernen.

Während er unter lauwarmem Wasser das Meersalz abduschte, kam ihm in den Sinn, welche Frage sie Florence Wülfer am Morgen nicht gestellt hatten. War ihr Bruder wirklich der einsame Wolf, der nur für sich arbeitete? Gab es wirklich keinen Kollegen, mit dem er sich austauschte? Niemanden, dem er vertraute?

Dass Wülfer dem inselweit als Plaudertasche bekannten Hinnerk nicht auf die Nase band, an welcher Geschichte er gerade arbeitete, war verständlich. Weniger verständlich war es, dass er Annette von Schlinsky nichts sagte. Als Auftraggeberin sollte sie ein Interesse daran haben, über die Recherchen ihres Mitarbeiters Bescheid zu wissen. Entweder misstraute Wülfer ihr, oder er wollte sie schützen. Doch wovor? Ed fragte sich, ob seine Gedanken einen Sinn ergaben. Konnte ein Journalist wirklich immer allein arbeiten? Ohne jedes Feedback, bis die komplette Geschichte fertig recherchiert und geschrieben war? Dazu gehörte eine bemerkenswerte mentale Stärke und Disziplin, befand Ed.

Er rieb sich die Haare trocken, schlüpfte in T-Shirt und Jogginghose und griff nach dem Telefon. Als hätte sie auf seinen Anruf gewartet, ging Florence Wülfer nach dem ersten Klingelton ran.

»Kommissar Koch hier. Mein Beileid, Frau Wülfer.«

Wülfer atmete schwer.

»Ach, Sie sind's. Vielen Dank, Herr Koch.«

»Es tut mir sehr leid, Sie jetzt behelligen zu müssen. Aber ich habe eine wichtige Frage. Mich würde sehr interessieren, ob es nicht doch Kollegen oder Mitarbeiter gab, mit denen sich Ihr Bruder austauschte oder die ihm zuarbeiteten?«

»Nein. Und falls es welche gab, dann bin ich ihnen nicht begegnet. Nein, ich bin mir sicher, dass es da niemanden gibt. Ab einem gewissen Stadium der Story haben wir uns ausgetauscht. Mal mehr, mal weniger.« Wülfer stockte. »Er war …«

»… wirklich ein einsamer Wolf?«

Wülfer lachte verzweifelt auf.

»Entschuldigung«, sagte sie und schnäuzte sich die Nase. »Ja, wahrscheinlich. Sie sind nicht der Erste, der das meint. Fred war misstrauisch. Nicht menschenscheu, aber es war schon sehr schwer, wirklich sein Vertrauen zu gewinnen.«

»Ist das überhaupt jemandem gelungen?«

Ein schmerzhaftes Schweigen legte sich auf das Gespräch.

»Meiner Großmutter ... Mir ... vielleicht. Ich weiß es nicht«, flüsterte Wülfer.

»Noch einmal mein herzliches Beileid, Frau Wülfer. Vielen Dank für Ihre Auskunft. Das hilft uns weiter.«

Ohne noch etwas zu erwidern, legte Florence Wülfer auf. Ed kam sich vor, als wäre er mit seinen Fragen unrechtmäßig auf verbotenes Gelände vorgedrungen. Aber wenn es tatsächlich keine Mitarbeiter oder Vertrauten gab, war es umso wichtiger, Wülfers Dateien ausfindig zu machen.

Eds Telefon klingelte.

Ohne auf die Nummer zu schauen, nahm er den Anruf an, in der Erwartung, dass Florence Wülfer noch etwas eingefallen war, das sie ihm mitteilen wollte.

Doch es war nicht Wülfer.

Elsa war am Apparat.

»Scheint eine endlose Sommersonne über unserer Lieblingsinsel?«, fragte sie mit heiterer Stimme.

»Sie scheint«, antwortete Ed. Sein Herz schlug ihm bis zum Hals. »Elsa«, schob er überrascht nach. Er sah ihre verschmitzt lächelnden Augen vor sich. »Ich wollte dich auch anrufen ...«

»Ich weiß. Hast du aber nicht.«

»Nein, habe ich wohl nicht. Entschuldige bitte.«

»Du hast viel zu tun, oder? Wir haben alle viel zu tun.«

»Trotzdem ...«

»Ja, trotzdem hättest du dich melden können. Aber ich weiß, dass du traurig bist und wütend und enttäuscht und verwirrt. Und deshalb hast du mich lieber nicht angerufen. Denn du weißt ja nicht so genau, ob du jetzt eher traurig oder wütend oder enttäuscht oder verwirrt sein sollst. Oder alles zusammen.«

»Im Augenblick bin ich einfach nur froh, deine Stimme zu hören.«

»Und ich deine.«

Beide schwiegen für einen Moment. Doch es war ein völlig anderes Schweigen als jenes, das gerade noch bei seinem Telefonat mit Florence Wülfer geherrscht hatte. Es war ein mildes Schweigen. Abwartend und wohlwollend.

»Was machen Lotte und Lasse?«

»Von Lasse höre ich wenig zurzeit. Er ist in Hamburg, befasst sich mit seinen Studienvorbereitungen. Hoffe ich zumindest. Lotte wohnt jetzt übrigens auch bei mir in Robs Haus. In den Ferien jobbt sie im Wellhørn.«

»Schön, dass Lotte jetzt bei dir wohnt. Das wird euch guttun. Und schön, dass es das Wellhørn immer noch gibt.«

»Na, so lange bist du auch noch nicht fort von der Insel, dass es so schnell Pleite machen könnte.«

»Wirklich? Mir kommt es vor wie eine Ewigkeit. Dinge ändern sich. Manchmal von jetzt auf gleich.«

»Da kannst du mal sehen, Frau Vize-Polizeipräsidentin«, antwortete Ed, ohne weiter darauf einzugehen.

»Und bei dir?«, schob Elsa nach.

Wie ruhig ihre Stimme klang. Plötzlich wurde Ed klar, wie sehr er sie vermisste. Ein Schauder lief ihm über den Rücken.

»Ich war gerade im Meer.«

»Baden in der eiskalten Nordsee?«

»Eiskalt? Das Wasser hat bestimmt über zwanzig Grad. Ist doch herrlich.«

»Eiskalt, sag ich doch«, beharrte Elsa. »Ich war heute übrigens auch am Meer.«

»Warst du schwimmen?«

»Leider nein. Vielleicht sollte ich das nachher noch tun. Eine gute Idee. Nein, wir mussten heute mit dem Polizeiboot rausfahren, um eine Suchaktion zu begleiten. Stell dir vor, wir haben sogar Delphine gesehen.«

»Und ich einen Schweinswal«, freute sich Ed. »Wen habt ihr denn gesucht?«

»Ivo war verschwunden. Wieder einmal. Aber dieses Mal schien es ernst zu sein. Heute früh war sein Enkel zu uns ins Präsidium gekommen, Andrea. Der Junge ist, glaube ich, zehn oder zwölf Jahre alt. Sein Großvater sei verschwunden, erklärte er. Zunächst wollte niemand auf ihn hören. Ivo ist schließlich schon öfters fort gewesen. Aber der Junge blieb hartnäckig. Er mache sich große Sorgen. Er wolle mit der Polizeipräsidentin sprechen. Also hat man mich angerufen und gefragt, ob ich den Jungen beruhigen könne oder ob man ihn wegschicken solle.«

Im Geiste lief Ed durch die Straßen von Pula, das er noch nie besucht hatte, und setzte sich zu Elsa ins Büro, das er nicht kannte. Er schaute ihr zu, wie sie den Hörer des Telefons hielt, beobachtete ihre Augen, ihre Gesten, im Zwielicht der halb geschlossenen Fensterläden.

»Wie auch immer«, fuhr sie fort. »Andrea war so unglücklich und so sicher, dass sich sein Großvater möglicherweise etwas antun wollte, dass wir gemeinsam zum Hafen runtergelaufen sind, um die anderen Fischer zu fragen, ob sie Ivo gesehen hätten. Aber niemand wusste, wo er war. Sein Boot war weg. Ivo war verschwunden. Was hättest du gemacht, Ed?«

»Daran gezweifelt, ob der Junge nicht übertreibt, und dann hätte ich trotzdem nach dem alten Mann gesucht. Habt ihr ihn denn gefunden?«

»Ganz genauso ging es mir auch.« Elsas Stimme klang warm. »Wir haben die Küstenwache alarmiert. Niemand hatte Ivos Boot gesehen. Auf Funkrufe hat er nicht reagiert. Bei der Luftüberwachung der Küste war auch nichts aufgefallen. Die Kollegen haben gerade ein besonderes Auge auf Schmuggler. Es wäre ja durchaus denkbar, dass Ivo mit ihnen gemeinsame Sache machte und versuchte, sein karges Budget aufzubessern. Jedenfalls wurde Andrea immer verzweifelter. Am Nachmittag kam dann die Meldung von der Fähre nach Venedig, dass man ein steuerloses Boot gesichtet habe, das auf dem Meer trieb.«

»Ivos Boot.«

»Inzwischen hatte die Küstenwache das Boot ebenfalls gesichtet. Ivo lag in der kleinen Kajüte. Dehydriert und völlig erschöpft. Der Tank war leer. Ivo phantasierte, dass er in der Nacht zuvor einen riesigen Kraken gefangen hätte. Stundenlang habe ihn das Tier durch das Meer gezogen. Er habe schon die Lichter Venedigs gesehen, behauptete er. Es muss ein epischer Kampf gewesen sein zwischen dem Tier und dem Fischer, wenn er denn wirklich stattgefunden hat.«

»Habt ihr den Kraken denn gefunden?«

»Nein, keine Spur. Das Boot war völlig leer. Kein einziger Fisch. Allerdings war auch kein Netz mehr da. Wer weiß, was er damit gemacht hat.«

»Immerhin habt ihr ihn gefunden. Gut vor allem für Andrea.«

»Ja, vor allem für Andrea. Manchmal haben wir Glück. Das sind die wunderbaren Momente«, erklärte Elsa.

Ed schwieg.

»Wir hatten hier auch einen Vermissten«, sagte er dann. »Aber leider ist die Geschichte nicht so glücklich ausgegangen wie bei Ivo.«

»Ist euer Vermisster tot?«

»Leider. Es war ein Kollege von Hinnerk, der vorübergehend bei ihm gewohnt hat. Er war für eine Recherche auf der Insel. Allerdings wissen wir noch nicht genau, wonach er gesucht hat. Er war seit ein paar Tagen verschwunden. Heute wurde er im Siel am Rantumbecken tot geborgen.«

»Woran ist er gestorben? Ein Unfall?«

»Wir vermuten ein Tötungsdelikt. Morgen wissen wir mehr.«

»Manchmal ist morgen zu spät«, sagte Elsa nachdenklich.

»Ich mache mir Vorwürfe, dass ich Hinnerks erste Bedenken nicht ernster genommen habe. Ich bin nicht gleich mit der Küstenwache aufgebrochen.«

»Ach, Ed. Lass gut sein. Das kannst du jetzt nicht mehr ändern. Und vermutlich hättest du auch so nichts ändern können. Dinge passieren. Schreckliche und wunderbare.«

Ed lauschte in den Hörer. Ein leises Summen, ein entferntes Knattern. Er bildete sich ein, die Stimmen eines anderen Gesprächs zu hören.

Du fehlst mir, wollte er sagen. Und schwieg.

»Und sonst?«, nahm Elsa den Gesprächsfaden wieder auf.

»Sonst ist auf der Insel alles wie immer. Nur, dass du nicht mehr hier bist.«

»Wenn es nichts Schlimmeres ist.«

Ed hatte keine Lust von seinem andauernden Zwist mit Mara zu erzählen. Nicht einmal von Robs neuer Bilderserie. Schmerzlich spürte er, dass die selbstverständliche Vertrautheit zwischen Elsa und ihm zu schwinden drohte. Oder war sie nur verschüttet?

»Halt mich auf dem Laufenden, was mit eurem Vermissten passiert ist, ja?«, bat ihn Elsa.

»Sehen wir uns dieses Jahr noch einmal?«, brach es aus Ed hervor.

»Ich dachte schon, du fragst nie.« Elsas Stimme klang erleichtert. »Du bist jederzeit willkommen in Pula.«

Dam dam dam dam, dam di da da dam.

Ed stöhnte.

Dam dam dam dam, dam di da da dam.

Der Morgen schwappte gerade in die Nacht.

Dam dam dam dam, dam di da da dam.

Ed schaute auf die Uhr.

Halb zwei.

Dam dam dam dam, dam di da da dam.

Die Nummer von Muri.

Mitten in der Nacht.

Brannte es irgendwo?

Ed setzte sich im Bett auf, irgendwo zwischen schlaftrunken und hellwach.

»Ja.«

»Mach mal die Tür auf, du Murmeltier«, brubbelte Eds Kollege.

»Moment.«

»Mach schon.«

Barfuß und in Shorts tapste Ed ins Erdgeschoss.

Vor der Haustür stand Muri. Neben ihm Lotte mit bedripstem Gesicht.

»Alles in Ordnung?«, fragte Ed.

»Fast«, antwortete Muri und schob Lotte sanft ins Haus, schloss die Tür und ging in die Wohnküche vor.

»Du hast ja einen gesegneten Schlaf. Die Türklingel hast du jedenfalls nicht gehört.«

»Wozu auch? Lotte hat einen Schlüssel.«

»Der hätte uns nicht geholfen.«

Ed schaute irritiert.

»Was …«

Muri schaute zu Lotte.

»Muri hat uns festgenommen«, stotterte sie hervor.

»Uns? Festgenommen?« Ed war immer noch verwirrt.

»Wir haben containert.«

»Wer, wir?«

»Boy und ich.«

Ed seufzte.

»Und dabei seid ihr erwischt worden, und nun gab es eine Anzeige wegen schweren Diebstahls«, ergänzte er ihre Erzählung.

Lotte nickte.

»Moment mal.«

Zwei Stufen auf einmal nehmend, sprang Ed die Treppe hoch und kam gleich darauf mit T-Shirt und Jogginghose bekleidet zurück.

»Möchte jemand einen Kaffee?«

»Jo mei, do sog i ned noi«, bayerte es aus Muri hervor. Ed startete die Espressomaschine. Kurz darauf sprudelte der wohlduftende Espresso in zwei Tassen.

»Lotte?«

Lotte schüttelte den Kopf. »Hat mir auf den Magen geschlagen.«

»Verstehe ich. Was genau ist passiert?«, fragte Ed gähnend.

»Wie waren auf dem Hof vom großen Supermarkt. Ich meine, das muss man sich einmal vorstellen! Da kaufen tagsüber die Promis zu abenteuerlichen Preisen ein, und alles, was nicht mehr so megaschick und Doppel-Eins-A aussieht, wandert in die Tonne. Das sind Lebensmittel. Keine Wegwerfmittel. Aber wenn wir die Salate, Tomaten und Joghurts aus der Tonne befreien, wird aus dem vermeintlichen Müll wieder ein kostbares Gut, das man auf gar keinen Fall mitnehmen darf, weil das dann ja Diebstahl sei! Ist doch schizophren!«, ereiferte sich Lotte.

»Ihr seid nicht bei der Weltrevolution entdeckt worden, sondern beim Containern, und Poulsen hat euch daraufhin angezeigt.«

Muri grinste schief. »Hast du noch etwas Zucker für den Espresso?«

Ed reichte ihm Löffel und Zuckertüte aus dem Küchenschrank.

»Ja. Aber wir haben recht mit dem, was wir machen ...«

Lottes Stimme schwankte zwischen bockig, frustriert und ängstlich.

»Ich dachte mir, dass ich sie lieber bei dir vorbeibringe als bei Mara«, erklärte Muri, der wieder zurück ins Hochdeutsch gefunden hatte. »Ich hoffe, das ist dir recht.«

Ed nickte. Das würde ihn zwar nicht vor dem anstehenden Streit mit Mara bewahren, aber wenigstens würde der nicht heute Nacht stattfinden.

»Sie ist's halt noch minderjährig.«

»Sprich nicht von mir, als wäre ich nicht mit am Tisch«, brauste Lotte auf.

»Lotte!«, ermahnte Ed seine Tochter. »Nicht in dem Ton.«

»Stimmt doch aber«, rechtfertigte sich Muri, der sich in seiner Haut nicht recht wohlfühlte. »Du bist nun mal noch minderjährig. Ich meine, ich kann nichts machen, wenn Poulsen euch anzeigt. Es ist halt ein Diebstahl. Also juristisch gesehen.«

»Wofür soll ein solches Gesetz gut sein? Ich meine, das sind Lebensmittel, die jederzeit noch verwendet werden könnten! Sie sind gut.«

»Was wolltet ihr denn mit den Sachen machen?«, fragte Ed nach.

»Paps, das ist es eben. Es sind nicht einfach Sachen. Es sind Lebensmittel! Mittel, um zu über-leben. Selbst auf dem superschönen, superteuren, superreichen Sylt gibt es Menschen, die nicht genug Geld für ihr täglich Brot haben.«

Ed entging die Anspielung auf das »Vater unser« nicht.

»Wir wollten das nicht für uns. Wir wollten die Lebensmittel morgen früh bei der Tafel abgeben, als Spende für Bedürftige. Ich meine, wir sind ja nun wirklich in keiner Weise bedürftig.«

Mit weiter Geste wies Lotte um sich.

Ed stimmte ihr zu. Natürlich hatte sie recht. Es war absurd, dass Lebensmittel überall weggeschmissen wurden, weil sie kleine Dellen hatten, ihr Mindesthaltbarkeitsdatum verstrichen war oder sie einfach nicht mehr so aussahen, dass sie gekauft wurden, während sich manche Menschen die immer teureren Lebensmittel nicht mehr leisten konnten, sich schlecht ernährten oder gar hungerten.

Trotzdem brachte ihn Lotte mit dieser Aktion in Teufels Küche.

Mara würde außer sich sein. Ed war seiner Aufsichtspflicht nicht nachgekommen. Er hatte das Kind vernachlässigt. Seinetwegen würde es auf die schiefe Bahn geraten. Lotte würde kriminell werden. Im Kopf hörte er Maras Vorwürfe bereits in einer Dauerschleife.

»Ich mach mich mal wieder auf den Weg«, erklärte Muri.

Ed begleitete ihn zur Tür.

»Danke.«

»Aber die Anzeige gibt es trotzdem. Und die geht an Lottes Meldeadresse.«

»Ich weiß, aber so habe ich wenigstens ein bisschen Zeit gewonnen.«

»Also, bis nachher«, verabschiedete sich Muri.

Als Ed ins Wohnzimmer zurückkehrte, war Lotte bereits verschwunden.

Im Bad rauschte das Wasser.

Für eine Standpauke war Ed ehedem viel zu müde, und er fand sie auch nicht sinnvoll. Stattdessen schaltete er die Espressomaschine aus und legte sich hin, um noch ein paar Stunden Schlaf zu bekommen.

13

Mit halb geschlossenen Augen nahm Ed kaum wahr, wie der Zug vorbei an Watt und Lahnungen über den Hindenburgdamm in Richtung Hamburg zuckelte. Weder für die Weite der Landschaft noch für das Sommerlicht konnte Ed sich im Moment begeistern. Selbst die Tatsache, dass alle Plätze besetzt waren und ein lärmiger Trubel im Zug herrschte, hielt ihn nicht davon ab, immer wieder einzudösen. Nach dieser Nacht hatte er Nachholbedarf. Lotte hatte noch geschlafen, als er am Morgen aufbrach. Das klärende Vater-Tochter-Gespräch musste warten. Vermutlich würde es darin auch weniger um Recht und Unrecht des Containerns gehen. Vielmehr galt es, angesichts der Anzeige gegen Lotte eine angemessene Strategie zu finden, die sie gegenüber Mara verfolgen konnten. Als Vertreter der Exekutive hatte Ed die Prinzipien des Rechtsstaates zu verteidigen. Doch das bedeutete nicht, dass ihm nicht immer wieder Zweifel an der Sinnhaftigkeit mancher Gesetze kamen – oder zumindest an ihrer Zeitgemäßheit. Die Gesellschaft war im Wandel. Immer schon. Also musste sich auch der rechtliche Rahmen ändern. Für Ed bedeutete das, dass Gesetze nicht immer nur kleinteiliger, ja spitzfindiger und bevormundender werden durften. Sie mussten auch korrigiert werden, wenn sich Dinge als kontraproduktiv oder falsch erwiesen. Und Lebensmittel in einer Welt des Hungers wegzuwerfen, war falsch. Diese Lebensmittel anderen zur Verfügung zu stellen, erschien ihm daher nicht als schwerer Diebstahl, sondern zumindest als moralisch vertretbar.

Ed seufzte.

Da war es wieder. Das alte Thema der Moral, das ihn immer wieder beschäftigte. Wie oft hatte er mit den Kindern am Abendbrottisch über die Notwendigkeit diskutiert, moralisch zu handeln. Immer wieder hatten sie ihn mit ihren Ansichten aus seiner Wohlfühlzone hinauskomplimentiert, hatten ihn gezwungen, seine Argumentationen zu schärfen und sich hin und wieder auch selbst zu korrigieren. Er fragte sich, ob er immer noch jenem inneren Kompass folgte, den ihm seine alte Deutschlehrerin Frau Wellershusen mit Kants kategorischem Imperativ eingepflanzt hatte. Und sollte er eigentlich noch einen Einfluss auf den Meinungsbildungsprozess seiner erwachsenen Kinder ausüben? Waren sie überhaupt offen für seine Sicht auf die Welt? Oder hatten sie sich längst in der Weltsicht ihrer Altersgruppe verankert? Sei es bei der Wohnungsnot auf der Insel, beim Verzehr von Fleisch oder jetzt beim Containern. Themen gab es genug. Wobei es nicht schwer war, ihn von der moralischen Legitimität des Containerns zu überzeugen. Einen Kasten Joghurt im Wareneingang zu klauen war für Ed eindeutig Diebstahl. Denselben Kasten ein oder zwei Wochen später aus dem Müll zu fischen, dafür hatte er Verständnis, auch wenn es rechtlich gesehen ein Diebstahl blieb.

Alles war eine Frage des *Kairos*.

Ed lächelte.

Mara hätte über solch eine Bemerkung bloß genervt aufgestöhnt. Elsa hingegen hätte vermutlich gelächelt und einen lustvoll philosophischen Austausch über die Bedeutung des *Kairos* für das Leben mit ihm entfacht. Oder bildete er sich diese Reaktionen der beiden Frauen nur ein? Ed gähnte herzhaft. Kurz bevor sie in Husum hielten, überquerte der Zug das Hafenbecken. Die Kutter an der Hafenmole saßen auf dem Schlick. In der grauen Stadt am Meer, wie sie Theodor Storm beschrieben hatte, herrschte Ebbe.

Am Morgen hatte Muri den reichlich zerknautscht aussehenden Ed mit einem mitleidigen Hochziehen der Augenbrauen auf der Wache begrüßt. Weiterer Kommentare enthielt er sich, wofür Ed ihm dankbar war. Auch Nesser ging nicht auf den nächtlichen Vorfall ein. Wenn er denn überhaupt schon davon wusste. Die morgendliche Besprechung hielt er jedenfalls betont knapp, eröffnete sie aber mit einer Bombe.

»Fred Wülfer wurde nicht erschlagen. Seine Kopfverletzungen, die ihm wahrscheinlich mit einer Stange beigebracht worden sind, waren nicht tödlich. Wülfer hatte Wasser in der Lunge. Er lebte also noch, als er in den Siel geworfen wurde. Dort hat er sich an einem Gitter verfangen und ist ertrunken.«

Alle schauten betreten. Unter allen hässlichen Todesarten gewiss eine besonders grausame. Ed hoffte inständig, dass Wülfer bewusstlos gewesen war, als er ertrank.

»Daraus lassen sich meines Erachtens zwei mögliche Schlussfolgerungen ziehen«, fuhr Nesser fort. »Zum einen, dass der Fundort auch der Tatort war. Dafür spricht auch das angeschlossene Fahrrad von Hinnerk, das Fred benutzt hat. Die Stange, mit der ihm die Verletzungen zugefügt wurden, haben die Kollegen übrigens bisher nicht finden können.« Nesser machte eine kurze Pause. »Zum anderen spricht aus dieser Konstellation viel für eine Tat im Affekt. Das bedeutet, dass wir eine Beziehungstat nicht ausschließen können, dass sich Täter und Opfer also kannten. Enttäuschte Liebe wäre ein Tatmotiv.«

Erneut hielt Nesser inne.

»Wir alle kennen Hinnerk. Und auch wenn wir es uns kaum vorstellen können, bleibt doch die Möglichkeit bestehen, dass er der Täter ist. Zumindest bis das Gegenteil bewiesen ist.«

Er griff nach der aktuellen Ausgabe der Inselzeitung.

Sylter Polizei versagt. Könnte vermisster Journalist noch leben?, lautete die Schlagzeile.

»Sein heutiger Angriff gegen uns und seine Behauptung, wir hätten die Suche nach dem vermissten Wülfer verschleppt und dadurch seinen Tod befördert, spricht zwar auf den ersten Blick nicht für diese These. Es könnte aber auch ein Ablenkungsmanöver sein. Den uns bisher bekannten Fakten nach ist Hinnerks Behauptung sachlich falsch. Offenbar war Wülfer bereits tot, als sich Hinnerk an Ed wandte. Ich bitte euch bei den Ermittlungen daher um äußerstes Fingerspitzengefühl! Aber lasst euch bitte auch nicht davon beeinflussen, dass ihr Hinnerk seit Jahren kennt. Bei unseren Ermittlungen müssen wir wie immer absolut objektiv sein, und sie müssen ausschließlich an der Sache orientiert erfolgen. Persönliche Befindlichkeiten haben darin keinen Platz.« Für einen Moment nahm er Ed in den Blick. Dann fuhr er fort: »Die Auswertung der Videokameras vor allem an der Müllstation hat bisher nichts ergeben. Max, das ist dein Job heute, die Videos noch einmal Bild für Bild durchzuschauen, ob wir nichts übersehen haben. Friedricke und Muri nehmen sich noch einmal gründlich Hinnerks Haus vor. Ich spreche mit der Staatsanwaltschaft, ob ein Haftbefehl gegen Hinnerk ausgestellt werden muss. Meines Erachtens ist dazu die Beweislage zu dünn, aber ich möchte mich absichern. Die Kollegen in Glücksburg fahren mit der Auswertung von Wülfers Unterlagen aus seinem Büro fort. Vielleicht ergeben sich dort

Hinweise auf die Story, an der er aktuell arbeitete. Am Zustand der alten Frau Wülfer hat sich bisher nichts geändert, aber zum Glück hat er sich auch nicht verschlechtert.«

Nesser wandte sich Ed zu.

»Du nimmst wie besprochen umgehend mit dem Küstenschutz in Husum Kontakt auf. Vielleicht hat Wülfer ja dort Gespräche geführt, die uns auf die Spur seiner Geschichte bringen.«

Ed hatte beschlossen, sich gar nicht erst auf eine lange Telefonkonferenz mit Husum einzulassen. Solche Gespräche waren am besten von Angesicht zu Angesicht zu führen. Kurzerhand verabredete er sich mit der Leiterin des Küstenschutzes vor Ort. Zehn Minuten später brach er mit der nächsten Bahn zum Festland auf. Eine gute Stunde später erreichte er Husum. Vom Bahnhof war es nur ein kurzer Fußweg zum neuen Rathaus am Hafen, das vor ein paar Jahren an der Stelle einer ehemaligen Werft entstanden war. Aus der lichten gläsernen Treppenhalle, die die beiden Flügel des Hauses verband, sah man auf das lang gestreckte Hafenbecken und die ehemalige Slipanlage, über die früher die Schiffe aus dem Wasser an Land gezogen worden waren.

Ed schmunzelte.

Ein wenig fühlte er sich hier, als würde er in einem sonntäglichen *Tatort* mitspielen. In einem der Kieler Krimis war Kommissar Borowski durch das Husumer Rathaus gelaufen, das als Polizeipräsidium gedient hatte. Zwar hatte sich Ed gefreut, das schöne Gebäude in einem Krimi wiederzusehen. Andererseits irritierte es ihn immer, wenn in Filmen Nutzungen von Gebäuden behauptet wurden, für die sie in Wirklichkeit gar nicht dienten. Dann prallte für Ed die Schlüssigkeit der Geschichte gegen die Realitäten. Dem ließe sich doch eigentlich leicht aus dem Weg gehen, fand Ed. Aber was wusste er als einfacher Kriminalbeamter am Brandenburger Strand von Westerland schon davon, wie man eine ordentliche Geschichte erzählte? Wo endete der Realismus und wo begann die Phantasie? Und wie weit durften beide einander überlappen? Für seine Ermittlungen gaben jedenfalls die Fakten den Ton an und nicht die Phantasie. Obwohl auch Verbrechern nicht ohne die Vorstellungskraft der Ermittler auf die Spur zu kommen war. So viel war sicher.

Während Ed noch darüber nachgrübelte, welche Handlung der Husumer *Tatort* damals gehabt hatte, kam eine Frau auf ihn zugeschritten und begrüßte ihn freundlich.

»Moin. Sie müssen Eduard Koch sein, richtig?«

»Moin. Dann sind Sie Astrid Gadau. Wir haben vorhin telefoniert.«

Sie schüttelten einander die Hände.

»Kommen Sie. Ich habe uns ganz vorne im Tagungstrakt ein Zimmer gebucht. Von dort hat man einen schönen Blick auf den Hafen. Kennen Sie Husum?«

»Für mich ist Husum seit der Kindheit ein Fall für den klassischen Wochenendausflug. Meine Tante ist gerne samstags mit mir hierhergefahren. Erst ging es ins Kaufhaus, dann vollbeladen mit Tüten am Hafen eine Kutterscholle zu Mittag essen und anschließend entweder ins Nissenhaus, ins Schloss vor Husum oder zu Storm. Manchmal auch in die Kirche oder doch lieber gleich Kaffee trinken, ehe es dann am späten Nachmittag mit dem Zug zurück auf die Insel ging.«

Gadau lachte herzlich.

»Klingt nach traumhafter Jugend. Mein Beileid. Gab es zur Belohnung wenigstens einen ordentlichen Eisbecher? Zum Glück war ich in dem Alter schon Hockeyspielerin und immer gut im Land unterwegs. Vor allem an den Wochenenden. Da bestand die Gefahr für solche Ausflüge glücklicherweise nicht. Obwohl – bei uns hätten die ja eher von Husum nach Sylt geführt. Und der Insel haftete *do ja schon man so 'n bisschen was Verruchtes an, nech?* Da wollte man als junges Mädchen schon gern mal mitmischen. Kaffee?«

Ed winkte ab. Lieber würde er sich nachher am Hafen noch einen Espresso genehmigen, als jetzt einen deutschen Behördenfilterkaffee zu trinken.

»Sagt Ihnen der Name Fred Wülfer etwas?«, lenkte Ed das Gespräch auf den Grund seines Besuchs.

»Selbstverständlich. Er ist ein prima Journalist. Tolle Storys, gut recherchiert und geschrieben. Da kann man auch als Fachfrau nicht meckern. Mehr solche Leute, und der Welt würde es besser gehen.«

»Kennen Sie ihn persönlich?«

»Natürlich. Wülfer hat schon mehrfach zu Umwelt- und Küstenthemen mit uns Kontakt aufgenommen. Er hört sehr genau zu, stellt die richtigen Fragen. Er ist übrigens auch historisch interessiert. Beispielsweise hat er ein spannendes Stück über Kooge gemacht, die im ›Dritten Reich‹ entstanden sind. Thema ›Landgewinnung für den Führer‹.«

»Hatten Sie in den letzten Wochen Kontakt mit ihm?«

Gadau nickte.

»Allerdings nur indirekt. Er wollte sich gründlicher mit den Küstenschutzmaßnahmen in Nordfriesland befassen. Es gibt dazu seit einigen Jahren von der Landesregierung eine neue Strategie, die die unterschiedlichen Aspekte aus Natur- und Umweltschutz zu vereinen versucht. Vor allem das Thema Sandvorspülungen hat Wülfer interessiert. Ist ja auch spannend. Ein wichtiger und knapper Rohstoff, der Sand! Was Fred genau machen wollte und für wen, weiß ich allerdings nicht. Ob das nur ein Stück für das Flensburger Blättchen war oder für ein internationales Magazin? Keine Ahnung. Fred hatte mir jedenfalls eine E-Mail geschrieben. Ich habe sie an meinen Mitarbeiter weitergeleitet, der direkt mit dem Thema befasst ist. Das ist noch gar nicht so lange her. Ich müsste mal nachschauen, wann genau das war.«

Sie stockte, fuhr sich mit der linken Hand durch die kurzen sonnengeblichenen blonden Haare.

»Tatsächlich hat mir Sebastian, das ist mein Mitarbeiter, Sebastian Kühn, auch nichts weiter dazu erzählt. Aber wieso wollen Sie das alles wissen, Herr Koch?«

Anstatt zu antworten, schob Ed eine weitere Frage nach.

»Ist Herr Kühn heute im Haus?«

Gadau schaute auf den digitalen Kalender auf ihrem Handy.

»Leider nein.« Sie lachte. »Da haben Sie den ganzen Weg vergebens gemacht. Kühn können Sie diese Woche auf Sylt in unserer Außenstelle treffen.«

»Ist Ihr Mitarbeiter regelmäßig auf der Insel?«

»Selbstverständlich. Er ist unter anderem für die Vorspülung dieses Jahr auf Sylt zuständig. Da muss man schon hin und wieder vor Ort sein, um alles im Blick zu behalten, zu schauen, wie die Fortschritte sind und ob alles so klappt wie vereinbart. Sandvorspülungen sind zwar eine seit Jahrzehnten eingeübte Routine für uns. Trotzdem kann immer mal eine Frage auftauchen. Außerdem müssen die Maßnahmen vorbereitet, überwacht und abgenommen werden. Schließlich setzen wir die Arbeiten ja nicht selbst als Behörde um, sondern schreiben das europaweit aus. Europäisches Vergaberecht, ich sag Ihnen …« Gadau rollte mit den Augen. »Ganz ehrlich. Ich bin ein Riesenfan von Europa. Aber wie uns Brüssel und Berlin inzwischen mit

Ausführungsvorschriften zuschmeißen, das ist erstickend. Im Namen der Transparenz wird so viel ausgeschrieben und dokumentiert, dass man damit den halben Tag befasst ist. Durch die ganze Transparenz wird am Ende alles völlig intransparent. Und das Ergebnis? Wer bei einer Ausschreibung nicht zum Zuge kommt, klagt erst mal. Das zieht schnell eine jahrelange Verzögerung nach sich.«

Gadau redete sich in Rage.

»Ich sag Ihnen, im nächsten Leben studiere ich Jura und mach einen Reibach mit diesem gesetzlichen Irrsinn.«

Vielleicht liegt Lasse mit seinem Jurastudium ja wirklich richtig, dachte Ed erneut.

»Egal. Meckern hilft so und so nicht. Wenn Sie wissen wollen, was Fred zu den Sandvorspülungen recherchiert hat, müssen Sie mit Kühn sprechen.«

Gadau tippte auf ihrem Handy, und gleich darauf ploppte auf Eds Handy die Telefonnummer ihres Mitarbeiters auf.

»Schließen Sie sich einfach direkt mit ihm kurz.«

Ed gefiel die unkomplizierte Art von Gadau ebenso wie ihre Sicht auf den Verwaltungs- und Regulierungsirrsinn, dessen Auswüchse sich seit Jahren auch auf seinem Schreibtisch immer höher stapelten und immer mehr Zeit fraßen.

»Aber warum Sie das alles wissen wollen, haben Sie mir noch immer nicht erzählt«, hakte Gadau nach.

Ed senkte kurz den Blick. Dann schaute er ihr in die Augen.

»Fred Wülfer ist tot.«

Unwillkürlich schlug sich Astrid Gadau die Hand vor den Mund.

»Tot? Was ist denn passiert? Er war doch nicht älter als wir. Also mal so geschätzt, dass wir annähernd gleich alt sind.«

Gadau lächelte schief.

»Weder Jugend noch Alter schützen davor, ermordet zu werden«, antwortete Ed.

»Ermordet? Fred? Wer macht so etwas? Warum? Ich meine, Fred …«

Sie schüttelte den Kopf und ließ den Satz unvollendet.

»Das versuchen meine Kollegen und ich gerade zu ermitteln. Möglich, dass Wülfers aktuelle Nachforschungen eine Rolle spielen.«

Gadau schaute ihn immer noch tief getroffen an.

»Sie kannten Wülfer näher, oder?«

Sie nickte stumm.

Ed spürte, dass er ihr einen Moment Zeit lassen musste, damit sie sich fassen konnte. Vielleicht würde er dann mehr über den Journalisten und seine Arbeit erfahren, als er vermutet hatte.

Vor dem Fenster spazierten Touristen am Hafenbecken entlang, schossen Fotos oder kehrten in eines der zahlreichen Restaurants ein, die sich in jenen Häusern angesiedelt hatten, in denen zu Storms Zeiten noch Fischer lebten.

»Fred war …«, Gadau holte tief Luft und versuchte ihre aufkommenden Tränen zurückzudrängen, »ein wunderbar einfühlsamer Mensch.«

Im Sonnenlicht tanzten die Staubpartikel unbeeindruckt von der Schwere des Augenblicks weiter umher.

Langsam schien Gadau sich wieder zu fangen. Ein trauriges Lächeln legte sich auf ihr Gesicht.

»Fred war ein phantastischer Zuhörer. Vor ein paar Jahren ging es mir nicht so gut. In der Zeit war er gerade mit der Recherche zu den Koogen befasst. Wir haben oft noch abends miteinander telefoniert und gelegentlich auch am Meer Spaziergänge unternommen. Irgendwie …«

Sie stockte, und der Ausdruck ihres Lächelns wandelte sich, schien friedlicher zu werden.

»... konnte ich ihm auf einmal Dinge erzählen, die ich sonst niemandem erzählen konnte. Dafür bin ich ihm sehr dankbar. Es gibt wenige Menschen, denen man sich derart öffnen kann. Fred gehörte dazu.«

Für einen Moment versank sie erneut in Schweigen.

»Wie ist Fred umgekommen?«, fragte sie dann.

Ed hatte die Frage erwartet und sich eine Antwort zurechtgelegt, die die Wahrheit wiedergab, aber doch etwas abmilderte.

»Wir vermuten, dass er nach einem Streit im Affekt umgebracht wurde.«

»Ein Streit? Mit Fred?«

»So sieht es aus.«

»Seltsam. Mit Fred konnte man großartig diskutieren, aber mit ihm streiten? Ich weiß nicht. Nun ja, vielleicht kennt man einen Menschen auch nie wirklich vollständig.«

Gadau stand auf.

»Wenn ich Ihnen noch bei etwas helfen kann, lassen Sie es mich gerne wissen. Ansonsten weiß Kühn vermutlich am besten, wonach Fred gesucht hat. Ich müsste jetzt zurück in mein Amt. Das liegt zwar gleich am Bahnhof, aber ich dachte, hier im Rathaus haben wir es schöner, oder?«

»Gute Idee«, bestätigte Ed.

»Und grüßen Sie mir Elsa, wenn Sie mit ihr sprechen.«

»Elsa?«

Sie musterte ihn mit einem wohlwollenden Ausdruck.

»Es gibt eben solche Menschen, durch die sich das eigene Leben verändert, wenn man sie trifft, und es gibt andere, an denen läuft man einfach vorbei ...«

Es schien Ed, dass sie noch etwas ergänzen wollte. Doch dann machte sie nur eine vage Handbewegung.

»So ist es halt. *Kann man nichts moken, nech?*«, schloss sie in melancholischem Tonfall.

Ed nickte.

Ja, da konnte man wohl nichts machen.

»Hat mich sehr gefreut, Frau Gadau.«

»Astrid, bitte. Wir sind hier doch im Norden.« Sie zwinkerte ihm zu.

»Gerne. Also dann – Ed«, antwortete er.

14

Nachdenklich schlenderte Ed am Hafenbecken entlang. Gadaus Offenheit hatte ihn ebenso beeindruckt wie das Bild, das sie von Wülfer gezeichnet hatte. Er bedauerte, ihn nicht persönlich kennengelernt zu haben. War Fred Wülfer tatsächlich dieser Mensch ohne schlechte Eigenschaften, als den ihn alle darstellten? Liebenswürdig, klug, zugewandt und fachlich überzeugend? Ein guter Zuhörer obendrein? Nur Sonnen-, keinerlei Schattenseiten? Hinzu kam, dass Wülfer trotz der Zurückhaltung, ja der Geheimniskrämerei, die er um seine Arbeit machte, ein Charisma besaß, das ihm im Umgang mit anderen Menschen manches erleichterte.

Langsam lief im Husumer Hafenbecken das Wasser wieder auf und umspülte bereits die Kiele der Kutter. Doch bis sie wieder frei im Wasser schwimmen würden, um auszulaufen, würde es noch einige Zeit dauern.

Ed schaute auf sein Handy.

Hinnerk hatte ihm auf Band gesprochen.

»Was denkt ihr euch eigentlich? Ohne mich hättet ihr gar nicht gewusst, dass Fred vermisst wurde. Und du hast mich nicht ernst genommen. Hast mich beschwichtigt und alles bagatellisiert. Ich werde euch und eure Schlampigkeit bei den Ermittlungen in Grund und Boden schreiben. Ich bin dermaßen enttäuscht von dir, Ed, ich werde …«

Die Aufnahme brach ab.

Ed entschied, nicht zurückzurufen.

Offenbar hatte Hinnerk den Besuch von Muri und Friedericke nicht gut aufgenommen. Dabei sollte er doch wissen, dass die Kollegen nur ihre Arbeit machten. Sie taten also letztlich genau das, was er ihnen absprach. Aber um diesen Widerspruch in seinem Denken zu erkennen, fehlte ihm derzeit die Klarheit.

Knapp informierte Ed Nesser über das Gespräch mit Gadau. Im Gegenzug erfuhr er, dass Hinnerk ausgerastet war, als die Polizei in seinem Haus auftauchte. Er habe über die Verletzung der Pressefreiheit schwadroniert, seinen Anwalt angerufen und war auch durch von Schlinsky nicht zu beruhigen gewesen, die mit ihm telefoniert hatte.

»Mir hat er auch auf Band gesprochen«, erklärte Ed.

»Sehr unerfreulich. Aber er wird sich wieder einkriegen«, meinte Nesser.

»Willst du schon Kontakt mit Sebastian Kühn aufnehmen?«, fragte Ed.

»Nein, mach du das ruhig, wenn du wieder da bist. Weißt du, ob er morgen noch auf der Insel sein wird?«

»Das kläre ich gleich.«

Doch als Ed die Nummer wählte, die Gadau ihm gegeben hatte, sprang nur das Band an. Ed nannte seinen Namen und bat um Rückruf. Er würde es später auch selbst noch einmal versuchen.

Ed gönnte sich einen kurzen Blick auf die ferienentspannte Heiterkeit, die die Hafenpromenade umfloss. Nordseesommer wie in einer Vorabendserie. Der Himmel zeigte dieses herrliche Blau, über das lichte kleine Wölkchen wanderten wie die grasenden Schafe über die Deiche. In Gedanken kehrte Ed zu Astrid Gadau zurück. Woher sie Elsa wohl kannte? Interpretierte er mehr in den Blick hinein, den sie ihm zum Abschied zugeworfen hatte, als da wirklich gewesen war? Er würde bei nächster Gelegenheit bei ihr nachfragen. Aber da war noch ein weiterer Punkt, der ihn beschäftigte. Gadau hatte vom »Rohstoff Sand« gesprochen. Das erinnerte Ed daran, was ihnen Florence Wülfer zum Küstenschutz erzählt hatte. War Sand wirklich ein derart wichtiges und kostbares Gut? Sand gab es doch sprichwörtlich wie Sand am Meer.

Und nicht nur dort. Sand gab es auch in den Wüsten. Die Sahara war voll davon. Wieso sollte es sich um einen *knappen und wichtigen* Rohstoff handeln?

Ed suchte sich einen Platz auf der Terrasse des kleinen Bistros am Ende der Hafenpromenade, das gleich neben der spektakulären Klappbrücke lag, über die er vorhin mit dem Zug gefahren war. Dahinter erhoben sich die Silotürme, als wären es kleine Hochhäuser, und setzten einen Kontrapunkt zur schnuckeligen Husumer Innenstadt.

Zur Zeit der Husumer Wochenendausflüge mit seiner Tante hatte es das Bistro noch nicht gegeben. Sonst hätte Ed darauf bestanden, dort einzukehren, um auf Hafen und Bahn zu schauen. Aber zu jener Zeit war er auch noch nicht Ed gewesen, sondern »Eduard«. So hatte seine Tante ihn stets in strengem Ton zur Ordnung gerufen, wenn er sich nicht so benahm, wie sie es wünschte.

Er bestellte sich einen Matjessalat mit Pellkartoffeln und wählte die Nummer von Astrid Gadau.

»Das ging aber flott«, begrüßte sie ihn fröhlich.

Ed war verwirrt.

»Wieso flott?«

»Nur so, ich dachte du würdest mich bestimmt irgendwann fragen, woher Elsa und ich uns kennen. Aber dass du schon fünf Minuten später anrufst …«

»Tatsächlich … ja … also …«, stotterte er. »Das interessiert mich natürlich sehr.«

»Aber deswegen rufst du gar nicht an?«, fragte Gadau enttäuscht.

»Ehrlich gestanden nicht. Mich interessiert, wieso du von Sand als Rohstoff gesprochen hast.«

»Na, du bist ja fast wie Fred. Immer die richtigen Fragen stellen. Allerdings brauchst du dafür ein bisschen länger als er.«

»Vielen Dank für das Kompliment.«

»Spaß beiseite. Sand ist tatsächlich ein wichtiger und zunehmend knapper Rohstoff. Der Strand auf eurem teuren Sandhaufen Sylt ist schließlich nicht nur zum Sonnenbaden für Sommergäste da. Er ist ein Biotop unterschiedlicher Lebensformen. Und vor allem sorgt er als Wellenbrecher dafür, dass die Dünen und das Land dahinter nicht bei der nächsten stärkeren Flut weggespült werden. Deshalb unsere Sandaufspülungen. Hast du schon mit Kühn telefoniert?«

Ohne auf Eds Antwort zu warten, fuhr sie im Vortragsmodus fort.

»Ich meine, du würdest dich wundern, wofür man Sand sonst noch so benötigt! Für Zahnpasta, Putzmittel, selbst für Chips und natürlich für Glas. Es ist enorm. In erster Linie aber braucht man Sand zum Bauen. Ohne Sand kein Beton.«

»Aber Sand ist doch im Überfluss vorhanden«, wandte Ed ein.

»Ja und nein. Du hast natürlich vollkommen recht. Es gibt unendlich viel Sand. Aber der Sand, von dem es so viel gibt, ist durch den Wind glattgeschliffen. Etwa in der Wüste. Dieser Sand ist zum Bauen unbrauchbar. Dafür braucht man anderen Sand. Grobkörnigen, kantigen Sand. Das führt zu der absurden Situation, dass etwa Länder auf der arabischen Halbinsel, die aus kaum etwas anderem als Sand bestehen, Sand importieren müssen, weil sie selbst nur den falschen Sand haben. Sand ist in den letzten Jahren eine immer wertvollere Ressource geworden. Insofern macht es schon Sinn, wenn nicht nur wir als amtliche Küstenschützer genau hinschauen, was mit ihm geschieht, sondern auch unabhängige Instanzen wie Fred.«

»Sand«, sagte Ed und ließ das Wort dabei langsam durch seinen Geist rieseln.

»Überrascht?«

»Ehrlich gestanden schon. Ich meine, die Sandvorspülungen sind ein alter Hut. Die kenne ich schon ewig. Aber so richtig tiefergehende Gedanken über Sand habe ich mir noch nie gemacht. Mit ist nur aufgefallen, dass ich mir bei diesem neuen, gröberen Sand von den Vorspülungen immer schnell eine Blase unter der großen Zehe laufe, wenn ich barfuß am Meer spaziere.«

»Da siehst du es. Der ist halt viel gröber und scharfkantiger als der Zuckersand, wie wir den feinen Sand als Kinder genannt haben. Aber wie gesagt. Kühn weiß da gut Bescheid.«

Ed bedankte sich. Erneut hatte Gadau ihn überrascht.

»Und woher kennst du nun Elsa?«

»Na, nun man nech alles auf einmal. Man hört sich. Ich maile dir noch ein paar Artikel zum Thema Sand zu«, antwortete sie und legte auf.

Ed schaute auf den Matjessalat, der vor ihm auf dem Tisch stand. Der Fisch war in schmale Streifen geschnitten, deren Oberseite silbrig und deren Unterseite zart rosa leuchteten. Die frische Gurke, die wirklich nach Gurke schmeckte, und der süß-säuerliche Apfel waren in kleine Stückchen gewürfelt. Ed tippte auf Elstar. Abgerundet wurde der Salat durch fein gehackte Frühlingszwiebeln, dazu etwas Dill, etwas Koriander. Die Pellkartöffelchen hatten genau die richtige Größe, waren bissfest und mit frischer

Petersilie bestreut. Während seines Telefonats waren die bekrönenden Butterflöckchen langsam geschmolzen und umschmeichelten nun gelblich schimmernd die Kartoffeln. Den Grauburgunder, den Ed dazu gerne getrunken hätte, versagte er sich. Stattdessen beschloss er sein Essen mit einem doppelten Espresso. Währenddessen gab er in eine Suchmaschine auf seinem Handy das Thema Sand ein. Er stieß auf verlorene Strände und Kriminalität allerorten. Ein Video zeigte, wie ungeeigneter Sand illegal abgebaut und für den Hausbau verwendet wurde, woraufhin die Häuser einstürzten. Ed sah ein Horrorszenario vor sich. In Zeitlupe rutschte die Küstenlinie seiner Insel langsam abwärts ins Meer. Reetdachhäuser und Champagnerflaschen versanken in der Flut wie einst das legendäre Rungholt, während der Himmel erfüllt war vom Brausen der Helikopter, die die Katastrophe in Echtzeit auf die Bildschirme der ganzen Welt übertrugen.

Ein Frösteln schüttelte Ed.

Er zahlte.

Es war Zeit, zurück auf den *Sandhaufen* zu fahren.

Auch Eds zweiter Versuch, Sebastian Kühn zu erreichen, blieb erfolglos. Knapp wiederholte Ed auf dem Revier den Kollegen Inhalt und Einschätzung seines Gesprächs mit Astrid Gadau. Mit schräg gelegtem Kopf schaute ihn Muri an.

»Da ist noch mehr, was dich umtreibt, oder?«

Viel mehr, dachte Ed. Da war die Sandgeschichte, die sich ihm in ihrer ganzen Dramatik unvermittelt aufgetan hatte. Da waren Lottes Containern, Astrids Bekanntschaft mit Elsa und vor allem seine wie ein Ostinato stetig aufwallende Sehnsucht nach seiner ehemaligen Chefin.

»Du hast recht, Muri«, bestätigte Ed. »Ich habe mich in

Husum gefragt, wie es sein kann, dass ein Mensch von allen derart positiv wahrgenommen wird wie Fred Wülfer. Als wäre er ein Ritter der moralischen Tafelrunde. Einer ohne jeden Fehl und Tadel.«

»Neidisch?«, fragte Friedericke.

»Vielleicht, aber eigentlich eher verwirrt. Kennt ihr jemanden, der so perfekt ist?«

»*De mortuis nihil nisi bonum?*«, warf Muri in den Raum.

»Nee, da steckt mehr dahinter«, war sich Ed sicher.

»Also mir fällt niemand ein«, griff Friedericke seine Frage auf. »Allerdings bin ich unsicher, ob wir Fred Wülfer überhaupt schon wirklich kennen. Insofern ist es für deine Frage vielleicht noch zu früh?«

»Berechtigter Einwand«, gab Ed zu. »Ich weiß es nicht.«

Nesser drehte sich zu der Wand, an der sie die Informationen zu dem Fall sortiert hatten.

»Wir sollten Eds Hinweise nicht aus den Augen verlieren. Es könnte sich auf unsere Ermittlungen auswirken. Im Moment gehen wir alle immer davon aus, dass Wülfer ›nur‹ das Opfer ist. Und wir suchen den Täter. Was aber, wenn die Dinge weniger eindeutig wären? Was, wenn Wülfer Täter *und* Opfer wäre?«

»Entschuldigung«, wandte Friedericke ein. »Aber das ist reine Spekulation. Derzeit weisen keinerlei Indizien darauf hin, dass Wülfer Dreck am Stecken hat. Wir kennen den Grund nicht, warum Wülfer starb. Dabei liegt er für mich auf der Hand. Ihr alle habt ein viel zu enges Verhältnis zu Hinnerk, um ihm einen Mord zuzutrauen. Dabei spricht viel dafür, dass er Wülfer aus unerwiderter Liebe im Affekt umgebracht hat.«

Ed zog die Stirn kraus. »Welche Indizien sprechen denn dafür?«

»Zum Beispiel, dass Hinnerk kein Alibi hat«, sprang

Nesser Friedericke bei und spielte den Advocatus Diaboli.

»Er kannte Wülfer. Der wohnte sogar bei ihm, und Beziehungstaten sind überproportional häufig Gründe für einen Mord.«

Ed blickte zweifelnd in die Runde.

»Möglich, ja«, sagte er zögerlich. »Aber nein. Das überzeugt mich nicht.«

»Mich auch nicht. Noch nicht«, erklärte Nesser. »Zudem wird Friederickes Gedanke bisher weder durch die Auswertung der Video- noch der Mobilfunkdaten gestützt. Es ist reine Spekulation. Aber gerade das ist hilfreich, denn daraus ergibt sich unser Vorgehen: Friedericke, du suchst Indizien, die deine Hypothese stützen, dass Hinnerk der Täter ist. Ed, du bleibst an Wülfers Recherche dran. Und versuch, diesen Kühn zu sprechen. Muri und Max, ihr seid im Kontakt mit den Kollegen in Flensburg. Und ich bin ab morgen wieder in Kiel.«

Das Wellhørn war gut besucht. Vor dem Café saßen die Gäste an Holztischen. Heckenrosenblüten schwammen in gläsernen Schalen. Lisa hatte ein feines Händchen dafür, einen stimmigen Ort mit wenigen Accessoires noch schöner zu machen, ohne dass es ins Kitschige kippte.

Am Tresen kaufte Ed eine kleine Flasche Double W.

»Kannst du mir die bitte einpacken?«

Lisa schlug einen kleinen Bogen Packpapier um die Flasche, band eine Schleife aus Bast und steckte eine Heckenrosenblüte und etwas Strandhafer dazu.

»Perfekt«, bedankte sich Ed.

»Wolltest du Lotte abholen? Sie hat gleich Schluss.«

»Das trifft sich gut. Kann ich noch ein schnelles Glas Hahnenwasser bekommen?«

»Du Sparfuchs.«

Lisa grinste und reichte ihm ein großes Glas Leitungs-wasser.

Gadau hatte ihm wie versprochen eine Mail mit mehre-ren Links zum Thema Sand zukommen lassen. Das würde ein lesereicher Abend werden.

»Paps, was gibt's?«

Lotte hatte ihre blau-weiß gestreifte Schürze abgelegt, auf der in der Mitte der Schriftzug des Wellhørn prangte, sowie sein Logo: eine mit der Spitze leicht schräg nach rechts oben weisende Wellhornschnecke.

»Hast du Lust auf eine kleine Sommerradtour?«

Ed schaute auf die Uhr.

»Ich wollte nach Keitum in die Buchhandlung.« Er hob die Papiertüte mit der eingepackten Flasche hoch. »Ich muss mich noch bedanken.«

»Wow, die Rückkehr der Naturalienwirtschaft«, verkün-dete Lotte ironisch. »Geht doch, Paps, du machst Fort-schritte.«

»Also, was ist? Kommst du mit?«, fragte er seine Tochter, ohne auf deren kleine Spitze einzugehen.

»Gerne. Ciao, Lisa. Bis morgen.«

Anders als neulich radelte Ed ganz gemächlich neben sei-ner Tochter her. Die Tüte hatte er in Lottes Fahrradkorb platziert. Die meisten Sommergäste, denen sie begeg-neten, kehrten gerade vom Strand zurück. Ihre Gesich-ter waren rot von der vielen Sonne, die sie abbekommen hatten. Schwer beladen mit Handtüchern, Schippen und Bällen, schleppten sie sich heimwärts. Hunde zerrten an den Leinen. Die kleineren Kinder trapsten müde hinter den Erwachsenen her oder wurden gleich auf den Arm ge-nommen, damit man ein wenig schneller vorankam. Die größeren aber tobten mit sandverkrusteten Beinen und einer scheinbar nie versiegenden Energie vor ihnen her. Andere Urlauber liefen derweil mit Körben, Weingläsern oder Bierflaschen ausgestattet in Richtung Strand, um noch eine Weile dem milden Sommerlicht über dem Meer hinterherzuträumen.

Was für ein Glück, dachte Ed, arbeiten zu dürfen, wo andere Urlaub machen.

Ganz egal, dass sich deshalb nicht jeder Tag auf Sylt für ihn wie ein Urlaubstag anfühlte. Aber die Stimmung und der Rhythmus der Insel erschienen ihm immer wieder besonders, gerade im Hochsommer.

Sie kamen eben noch rechtzeitig in Keitum an. Alexandra Wittlich räumte bereits die Tische mit den Zeitungen und den reduzierten Büchern in den Laden und rollte dann die Markise mit einer langen Handkurbel auf.

»Wie nett«, freute sie sich, als Ed nicht nur die Bücher bezahlte, sondern ihr auch das kleine Präsent überreichte.

»Darf ich es aufmachen?«, fragte sie.

»Natürlich. Und vielen Dank fürs Vorbeibringen der Lektüre.«

»… auch wenn Sie vermutlich noch keine Seite gelesen haben«, ergänzte sie.

»Stimmt leider«, antwortete Ed.

Wittlich packte den Whisky aus, stellte ihn neben die Kasse und verschwand für einen Moment im hinteren Teil des Ladens. Gleich darauf kehrte sie mit drei Gläsern und einer kleinen Schale mit Eiswürfeln zurück.

»Wie wär's?«, fragte sie.

Ed schaute zu Lotte.

»Warum nicht?«, sagte Lotte.

»Richtig so«, bestätigte Wittlich. »Meine Devise lautet: Irgendwann ist jetzt.«

Sie schloss den Laden ab und führte ihre beiden Gäste

auf die Gartenseite des Hauses, von wo aus sich ihnen ein malerischer Blick über das Watt öffnete.

Vorsichtig nippte Wittlich an dem Whisky.

»Ausgezeichnet«, befand sie.

»Freut mich. Wir vertreiben den Whisky in unserem Café in Westerland …«, erläuterte Lotte.

»… und du meinst, ich könnte mir auch ein paar Flaschen echten Sylter Double W Wellhørn Whisky in den Buchladen stellen? ›Wer Bücher liest und Whisky nippt, kann so ein schlechter Mensch nicht sein‹«, vollendete Wittlich den berühmten Satz und wechselte dabei kurzerhand vom formellen Sie ins legere Du.

»Alexandra«, sie hob ihr Glas und stieß mit Lotte und Ed an.

Amüsiert blickte Ed zu den beiden Frauen. Er freute sich einerseits über das abgewandelte Zitat von W. C. Fields, das Lotte nicht erkannte, und zugleich über das geschäftstüchtige Engagement seiner Tochter.

»Bist du eigentlich auch eine Leserin? Ich meine, wenn dein Vater William Boyd liest und Murakami, dann wäre das zu erwarten.«

Lotte schmunzelte. »Keine Chance, nicht zu lesen. Mit der Schule und so einem Vater, das bedeutet die volle Doppelprägung.«

»Schullektüre …«

»Das klingt abwertend …«, wandte Lotte ein.

»Da hast du recht. Meine Erfahrung ist leider, dass etlichen Jugendlichen die Lust am Lesen durch die falschen Bücher ausgetrieben wird, die sie in der Schule vorgesetzt bekommen.«

»Eher durch die falschen Lehrer«, behauptete Lotte.

»Folgender Deal: Ich stelle mir hier sehr gerne ein paar von euren Whiskys hin. Das Zeug schmeckt nämlich wirklich verdammt lecker. Dafür präsentiert ihr das Buch des Monats, das ich euch jeweils vorschlage und verkauft es bei euch in Westerland. Jeden Monat ein anderes.«, sagte Wittlich.

Lotte strahlte.

»Beides zusammen können wir auf Social Media bewerben, und wenn ich jeweils vorab ein Leseexemplar des Buchs vom kommenden Monat bekomme, dann kann ich den Gästen sogar ein wenig dazu erzählen.«

»Und ich dachte, du gehst nächsten Monat wieder in die Schule«, merkte Ed an.

Doch Lotte und Alexandra ignorierten seinen Einwand und stießen vergnügt auf die neue Geschäftsbeziehung an.

»Noch fit?«, fragte Ed, als sie sich eine Viertelstunde später von Alexandra verabschiedet hatten und bei ihren Rädern standen.

»Wieso fragst du?«

»Wir könnten noch am Watt entlang bis Morsum fahren. Was meinst du?«

»Recht hast du, Paps. Man muss diese Sommertage auskosten bis zum letzten Tropfen. Auf geht's.«

Hinter den beiden Hünengräbern Tipkenhoog und Harhoog endete Keitum, und die Insel bot sich ihnen in ihrer ganzen stillen Weite dar. Vereinzelt grasten Galloways auf den salzigen Wiesen, die durch knarzige Holzpfeiler und Elektrozäune abgeteilt wurden. Rechts und links des Radwegs verliefen breite Entwässerungsgräben, in die die schmalen Furchen zwischen den Wiesen mündeten.

Sie genossen den samtig surrenden Sommertag. Mückenschwärme tanzten in der Luft. Weit draußen über dem Watt hob und senkte sich ein Schwarm von Pfuhlschnepfen. Mal bildeten die Zugvögel eine schwarze Wolke, mal waren sie gegen den Abendhimmel kaum auszumachen und schienen darin einer geheimen Dramaturgie zu folgen. Ed und Lotte ließen Morsum rechts liegen und radelten weiter am Watt entlang zum Kliff. Hohes Schilf flankierte den schmalen Pfad, umwunden von rosa blühenden Ackerwinden. An einem Hinweisschild schlossen sie ihre Räder an und liefen ein Stück zu Fuß durch das Naturschutzgebiet. In der Abendstimmung begegnete ihnen keine Menschenseele auf der sonst beliebten Spazierrunde. Sie führte entlang der Steilküste, mit einem spektakulären Farbwechsel von Rot zu Ocker und Weiß – je nachdem, ob der Sand Quarz, Eisen oder Glimmer enthielt. Vor Tausenden Jahren waren die Schichten während der Eiszeit in ihre Schräglage nebeneinander hochgedrückt worden und erodierten nun langsam vor sich hin. Vor den Höhlen, die die Uferschwalben in das weiche Gestein gepickt hatten, herrschte flatternder Hochbetrieb.

»Frau Wittlich ist sympathisch«, sagte Lotte.

»Ja, und du bist ausgesprochen geschäftstüchtig. Ich hoffe, Lisa weiß, was sie an dir hat.«

Lotte lachte. »Man tut, was man kann. Woher kennst du sie? Aus der Buchhandlung?«

»Etwas länger. Wir sind uns durch Zufall im Winter in Hamburg begegnet.«

»Ah«, antwortete Lotte knapp.

Dieser vermaledeite vergangene Winter. Damals musste Ed bei seinen Ermittlungen zu den Brandstiftungen auf Sylt mehrmals nach Hamburg fahren. Und dann war Lasses Freundin Clara von einem Hamburger Immobilienmakler auf Sylt überfahren worden.

Sie liefen schweigend ein Stück weiter nebeneinanderher.

»Dir ist klar, dass wir mit deiner Mutter wegen der Geschichte heute Nacht reden müssen?«, fragte Ed nach einer Weile.

»Hm«, brummte Lotte schmallippig.

»Sie wird nicht sonderlich begeistert sein.«

»Hm.«

»Und vermutlich wird sie sagen, dass es meine Schuld war, weil ich nicht richtig auf dich aufgepasst habe.«

»Hm.«

»Kannst du noch etwas anderes sagen außer ›Hm‹?«

»Ja, Dad, das kann ich. Allerdings nur, wenn du mir nicht dauernd Sachen sagst, die ich ohnehin schon weiß«, brauste Lotte auf. »Ich werde schon zu Mum hingehen und ihr sagen, dass du nichts dafür kannst, dass ich für eine gerechtere Welt eintrete.«

In Sekundenschnelle verwandelte sich die eben noch weltgewandte Lotte in eine trotzige Pubertistin.

»Es geht übrigens nicht darum, ob ich das Containern gut finde oder doof. Ich verstehe dich vollkommen in diesem Punkt. Mir geht es darum, dass wir das mit deiner Mutter gut geregelt bekommen. Mein Vorschlag wäre, dass wir auf dem Rückweg von Morsum bei ihr vorbeifahren und mit ihr sprechen. Was denkst du?«

»Hm.«

»Heißt?«

Lotte wandte sich zu Ed um. »Danke, Paps. So machen wir es. Ich besorge uns mal ein bisschen Nervennahrung.«

Und damit lief sie an den Rand des Ufersaums, knipste mit Zeigefinger und Daumen ein paar hellgrüne Quellerspitzen ab und bot sie Ed auf der flachen Hand an. Der Queller war wunderbar knackig und schmeckte frisch und salzig. Hinter dem Kliff, wo hohe Heuballen lagerten und bald das Reet geschnitten werden würde, drehten sie um und schlenderten schweigend zurück. Sie würden ihre Kräfte noch brauchen für die Rückfahrt und für ihr Gespräch mit Mara.

Lotte hatte sich längst in den Schlaf geweint, da saß Ed noch in seinem Ausguck unter dem Dach und zählte die Sternschnuppen. Nachdem er mit halber Aufmerksamkeit alle Berichte überflogen hatte, die ihm Gadau zum Thema Sand gemailt hatte, hatte er sich dorthin unter das Himmelszelt zurückgezogen.

Leise murmelte die Waschmaschine in der Küche.

Die Möwen schliefen. Die Stille tat gut.

Ed war hundemüde, aber innerlich so aufgewühlt, dass er noch nicht schlafen wollte.

Wie gut hätte ihm jetzt ein Austausch mit Elsa getan. Aber er wollte sie aus der Distanz nicht mit seinen Sorgen belasten. Welches Recht hätte er auch dazu gehabt?

So blieb er unter dem weiten Sternenhimmel allein zurück mit den Gedanken an das unerfreuliche Gespräch bei Mara.

Erstaunt hatte ihnen Maras neuer Freund Fiete die Tür zu Eds alter Bleibe geöffnet.

»Eduard, Lotte, was gibt's?«, hatte er gefragt und keine Anstalten gemacht, sie hereinzubitten.

»Ist Mara da? Wir würden sehr gerne mit ihr sprechen.«

»Hattet ihr denn Bescheid gegeben, dass ihr mit ihr sprechen wollt?«, fragte er, als würden sie in einem Bürgeramt vorstellig werden.

»Nein, hatten wir nicht«, antwortete Ed bereits mit einem Anflug von Verärgerung. Das war schließlich immer noch sein Haus. Zumindest zur Hälfte.

»Und? Ist Mara da?«

»Ich weiß nicht, ob sie jetzt Zeit für euch hat. Ist ja schon

ziemlich spät«, bockte Fiete weiter und schien es zu genie-
ßen, den Hausherrn zu spielen, während er demonstrativ
auf seine Armbanduhr schaute.

»Mum«, rief Lotte, der das alles zu blöd wurde. Sie schob
Fiete zur Seite und ging in den Flur.

»Kein guter Start«, dachte Ed und befürchtete das
Schlimmste.

»Lotte, was gibt's denn?«, antwortete Mara honigsüß
und kam ihnen aus dem Wohnzimmer entgegen. Als sie Ed
sah, gefror ihr Blick.

»Kommt doch rein.«

Maras Stimme klang schlagartig gequält.

»Ähm, wir müssen mit dir reden, Mami.«

»Jetzt?«, fragte sie. »Wisst ihr, wie spät es ist? Wollen wir
das nicht lieber morgen in Ruhe machen?«

Angesichts des misslungenen Auftakts war Ed bereit,
sich lieber wieder zurückzuziehen und das klärende Gespräch auf den nächsten Tag zu verschieben. Doch ehe er
etwas sagen konnte, hatte Lotte bereits mit überraschender
Heftigkeit geantwortet.

»Nein.« Herausfordernd schaute sie zu Fiete. »Wir würden gerne mit Mum sprechen.«

Fiete schaute pikiert zu Mara.

»Worum es auch immer geht, Fiete kann gerne bei uns
bleiben. Er gehört zur Familie.«

Ed schluckte einen Kommentar hinunter, während Lotte
ihre Mutter durchdringend anschaute.

»Wenn du meinst. Also. Boy und ich waren gestern zusammen containern. Blöderweise hat jemand die Polizei
gerufen, und Muri hat uns aufgesammelt. Poulsen hat uns
angezeigt. Das war's.«

Mara blickte entgeistert zwischen Lotte und Ed hin und
her. Insgeheim freute sich Ed über die zwar undiplomati-

sche, aber mutige Eröffnung seiner Tochter. Er würde sie erst später dafür loben, um die brenzlige familiäre Situation nicht weiter zu verschärfen.

»Du wurdest festgenommen? Und wirst angezeigt?«, rief Mara mit einer affektierten, sich überschlagenden Stimme.

Na prima, dachte Ed, du hattest eine reelle Fünfzig-zu-fünfzig-Chance, um das Gespräch mit Lotte zu deeskalieren. Ihr Rückhalt zu geben statt Konfrontation. Leider hast du dich für die falschen fünfzig Prozent entschieden.

»Ich denke, dass es so kommen musste …«, setzte Fiete an.

Doch er konnte den Gedanken nicht weiter ausführen. Lotte stand jetzt unter Strom.

»Niemanden hier interessiert, was du denkst. Bitte halt dich da raus, Fiete«, fuhr sie ihn an.

»Du redest nicht in diesem Ton mit mir«, konterte Fiete. Auf einmal war er ganz der Lehrer, der meinte, einer unbotmäßigen Schülerin die Grenzen aufzeigen zu müssen. Nur dass Fiete hier nicht als Lehrer stand und Lotte nicht seine Schülerin war.

»Lotte, das ist ja furchtbar«, schürte Mara das Feuer weiter. »Ich weiß gar nicht, was ich sagen soll …«

Lotte setzte erneut zu einer Erwiderung an, doch diesmal war Ed schneller. Mit ruhiger, aber deutlicher Stimme ging er dazwischen.

»Es scheint mir, dass wir so nicht weiterkommen. Es war Lotte und mir wichtig, dass du gleich erfährst, was passiert ist, damit wir Lotte jetzt unsere ganze Unterstützung geben können.«

Vielleicht wäre das katastrophale Gespräch noch zu einem guten Ende gekommen, wenn nicht just in diesem Augenblick Eds Diensthandy geklingelt hätte. Es war

Kühn. Nicht abzuheben war also keine Option. Doch obwohl das Telefonat keine halbe Minute dauerte und er nur darum bat, später zurückrufen zu dürfen, war die Situation endgültig gekippt.

Mara lachte schrill auf.

»Du kannst dir deine klugen Reden sparen, Eduard. Es hilft niemandem, dass du ja immer weißt, was zu tun ist und wo es langgeht, wenn du im selben Augenblick durch dein Telefon oder sonst was abgelenkt bist. Deine Arbeit! Immer deine Arbeit. Du bist ja so wichtig. So toll. Nur du zählst und deine Arbeit. Darunter leiden wir schon seit Jahren. Alle. Ich, Lasse, Lotte. Denk mal darüber nach! Da müssen die Dinge ja so entgleiten, dass deine Tochter mit Boy ins kriminelle Milieu abgleitet …«

»Mum«, brüllte Lotte jetzt ihre Mutter an, während ihr die Tränen über die Wangen strömten. »Lass Boy da raus. Er ist nicht kriminell. Ich liebe Boy!«

Sie drehte sich um und stürmte ohne ein weiteres Wort aus der Tür hinaus zu den Fahrrädern.

Ed seufzte.

»Vielen Dank«, flüsterte er ironisch. Das »Gut gemacht«, das ihm noch auf der Zunge lag, schluckte er hinunter und verließ ohne einen weiteren Gruß ebenfalls das Haus. Er beeilte sich, zu Lotte aufzuschließen, die bereits losgeradelt war.

Vor der Friesenkapelle gegenüber dem Wenningstedter Dorfteich holte er sie ein.

Mehrmals musste er bitten, ehe sie anhielt.

Ohne ein Wort zu sagen, nahm er seine Tochter in den Arm und drückte sie sanft an sich. Langsam ließ ihr Zittern und Schluchzen nach.

»Taschentuch?«, stieß sie hervor.

»Leider nein«, antwortete Ed.

Geräuschvoll zog Lotte daraufhin die Nase hoch und schnäuzte sich am Ärmel ihres Poloshirts.

»Ich glaub, das muss nachher in die Wäsche«, sagte sie und dabei mischte sich ein schüchternes Lächeln zwischen ihre Tränen.

15

Ed schloss sein Fahrrad am Dünenübergang gegenüber der Nordseeklinik an. Mit dem ruhigen Sommerwetter waren die nervigen Gewittertierchen zurückgekehrt und krochen ihm in alle Poren. Auch das noch! Er war noch müde von der nächtlichen Grübelei und frustriert von dem ewigen Gestreite mit Mara. Ed spürte, wie eine tiefe Erschöpfung mit Kopfschmerzen drohend hinter seinen Augen pochte. Noch am vergangenen Abend hatte er Sebastian Kühn zurückgerufen und sich für den Vormittag mit ihm am aktuellen Vorspülungsgebiet zwischen Westerland und Wenningstedt verabredet. Vom Dünenkamm aus beobachtete Ed die Schiffe, die den Sand aufsammelten, der anschließend über Rohre zum Spülgebiet transportiert wurde. Hinweistafeln am Strand forderten die morgendlichen Spaziergänger auf, einen weiten Bogen um die Rohre zu machen und stattdessen am Rand der Vordünen herumzulaufen. Die meisten Touristen nahmen den kleinen Umweg auf sich. Andere kletterten lieber über die rostige Rohrleitung. Dort, wo der Bagger am Strand auf die nächste Fuhre des Wasser-Sand-Gemischs wartete, blieben etliche Sommergäste stehen, begutachteten die Rohre und hofften wohl, es würde bald mit der Vorspülung losgehen. Doch noch waren die beiden Schiffe weit draußen auf der See mit der Sandentnahme beschäftigt.

Ed schaute auf seine Armbanduhr, wischte sich die Gewittertierchen vom Arm und hielt nach Kühn Ausschau. Mit rasanter Fahrt preschte ein Geländewagen vom Übergang beim kleinen Restaurant Seenot durch den Sand. Missbilligende Blicke der Strandbesucher folgten ihm. Ed konnte in Gedanken die empörten Stimmen hören, die sich darüber beschwerten, dass hier überhaupt ein Auto fuhr.

»Moin«, rief Kühn, während er in Shorts und T-Shirt aus dem Wagen stieg, den er am Dünensaum geparkt hatte.

»Sie sind Kommissar Koch? Bin gleich bei Ihnen, muss nur kurz mit Baggerführer sprechen.«

Und schon war er an Ed vorbeigeeilt.

Fünf Minuten später kam er zurück.

»Entschuldigung«, rief er, während er die letzten Meter zu Ed durch den weichen Sand stapfte. »Was wollen Sie wissen?«

»Wir ermitteln zum Tod von Fred Wülfer.«

»Schreckliche Sache«, erklärte Kühn. Aber es klang nicht sonderlich betroffen. »Was ist ihm denn eigentlich genau zugestoßen?«

»Das versuchen wir zu klären. Sie hatten sich mit ihm getroffen?«

»Mehrfach. Auch hier an der Vorspülung.«

»Und was wollte Wülfer von Ihnen erfahren?«

Kühn zuckte mit den Schultern.

»Alles rund um die Vorspülungen. Wie oft wir das machen, seit wann, mit wem wir zusammenarbeiten, wie viel Sand benötigt wird und wo der herkommt.«

»Na, dann schießen Sie mal los«, forderte Ed ihn auf. »Sie haben mich neugierig gemacht.«

»Gerne. Sagen Sie Bescheid, wenn ich erzähle, was Sie schon längst wissen.« Kühn lachte. »Es kommen in letzter Zeit dauernd Journalisten und Filmteams vorbei, die sich für die Vorspülung interessieren. Das finde ich insofern erstaunlich, als die ganze Geschichte der Vorspülungen schon fast fünfzig Jahre läuft. Scheint viele aber immer noch zu faszinieren.«

»Also alles Routine?«, hakte Ed nach.

»Ja und nein«, antwortete Kühn. »An der Grundidee hat sich seit den siebziger Jahren nicht viel verändert.« Kühn verfiel in einen Dozententon, als stünde er vor einer Truppe Studenten. »Grundsätzlich gilt, dass etwas dagegen unternommen werden muss, dass mit den Gezeiten der Strand weggespült wird. Verschärft wird das Ganze durch den Klimawandel, häufigere Extremwetterereignisse und den steigenden Meeresspiegel. Das Konzept sieht vor, durch die Aufspülung am Strand ein Sanddepot zu schaffen, das dann nach und nach vom Meer wieder aufgefressen wird. Das soll es auch, denn das eigentliche Ziel ist es, den Dünengürtel dahinter zu schützen, der wiederum das Hinterland sichert.«

»Vor allem bei Sturmfluten«, warf Ed dazwischen.

»Ja, aber nicht nur«, erklärte Kühn. »Hier auf Sylt sind es eher die regelmäßigen Gezeiten und Strömungsverhältnisse, die an der Insel knabbern. Hat etwas mit der Geomorphologie zu tun. Es sind ja auch nicht alle Bereiche der Insel gleichermaßen gefährdet. Grundsätzlich ist das Verfahren so, dass die Schiffe aus den Sandentnahmegebieten vor Westerland das Sand-Wasser-Gemisch abholen und vom Übergabepunkt auf dem Meer über die so genannte Dükerleitung bis an den Strand bringen. Hier wird das Gemisch dann von Baggern verteilt. Dazu brauchen wir eine einigermaßen ruhige See. Sind die Wellen zu hoch, also über einen Meter zwanzig, müssen wir aufhören. Deshalb funktioniert die Aufspülung auch nur in der günstigen Jahreszeit, also grob nach den Winter- und vor den Herbststürmen.«

Kühn schaute zum Meer.

»Es kann an etwa hundert Tagen im Jahr aufgespült werden. Wie gesagt, alles wetterabhängig. Dann muss natürlich auch die Crew ab und an gewechselt werden oder die Schiffe repariert. Das gibt sechs, sieben Ladungen Sand pro Schiff und Spültag. Hängt auch etwas davon ab, ob sie nun in Hörnum vorspülen oder hier in Wenningstedt. Dementsprechend brauchen die Schiffe vom Sanddepot aus etwas kürzer oder länger. Macht aber auch nicht so rasend viel aus. So, da vorne kommt die *Paula* zurück von der Sandentnahmestelle zur Übergabe. Hier wird es also gleich losgehen. Dann können Sie sich das mal live anschauen.«

Ed kannte die regelmäßigen Aufspülungen am Sylter Strand und hatte gelegentlich zugesehen, wie mit einer mächtigen Fontäne das Wasser-Sand-Gemisch aus dem Rohr sprudelte. Mit dem Bagger aufgeschobene »Deiche« aus Sand begrenzten das Vorspülfeld, innerhalb dessen sich die Erhöhung des Sandreservoirs am Strand abspielen sollte, ehe die Rohre ein Stückchen weiter transportiert wurden, um am nächsten Strandabschnitt aufzuspülen.

In diesem Moment sprudelte das Wasser hervor.

»Na bitte, wie bestellt«, freute sich Kühn.

Zunächst schien es so, als würde das sandige Wasser einfach wieder die Uferböschung hinab zurück ins Meer fließen. Doch je länger der Strom aus der Röhre gespeist wurde, desto deutlicher wurde, dass sich der schwere Sand nach und nach am Strand ablagerte.

»Sie haben von einer Dükerleitung gesprochen?«, fragte Ed nach.

Kühn nickte. »Das ist die Rohrleitung, die von der Übergabestation auf dem Meer bis an den Strand führt. Sie kann schwimmen und wird dann jeweils auf den Meeresgrund abgesenkt. Letztlich ist es nichts anderes als ein flexibles Stahlrohr. Das Gute ist, dass das Rohr so von den Schiffen in Position gezogen werden kann, wenn an einem anderen Strandabschnitt aufgespült werden soll.«

»Klingt jetzt alles nicht so übermäßig kompliziert«, meinte Ed.

Kühn lachte. »Nein, ist es technisch auch nicht. Aber das ganze Drumherum hat sich in den letzten Jahrzehnten immer mehr zu einem bürokratischen Ungeheuer entwickelt. Wie fast alles. Allein die Umweltverträglichkeitsprüfungen, ich sage Ihnen! Das zieht sich. Schon die artenschutzrechtliche Prüfung mit ihren Einzelgutachten für Seevögel, Schweinswale, Seehunde und so weiter. Und dann erst die Ausschreibungen. Die müssen alle paar Jahre europaweit erneut erfolgen. Daraufhin schicken alle Firmen ihre Angebote, die solche Maßnahmen ausführen können. Und auch etliche Firmen, die behaupten, dass sie es ebenfalls könnten. In Wirklichkeit können sie überhaupt nichts, aber das sind häufig die günstigsten Angebote. Und wir müssen dann erst einmal nachweisen, dass diese Firmen weder über die Kompetenz noch die notwendigen Materialien verfügen, um die Aufträge auszuführen. Erst dann dürfen Sie eine der teuren Fachfirmen beauftragen, von denen Ihnen aufgrund der Expertise schon vorher klar war, dass sie den Job gut erledigen. Das alles ist zwar sehr europäisch, aber es ist auch extrem bürokratisch und zeitaufwändig.«

Kühn winkte ab, ehe er mit beiden Händen eine meterdicke Akte andeutete.

»Und welche Firma hat den Auftrag bekommen?«, unterbrach Ed Kühns Lamento.

»Die Gustafsson AG. Dänen, die in Esbjerg und Kopenhagen sitzen. Der alte Gustafsson führt solche Aufträge weltweit aus. Für den ist Sylt nur eine kleine Geschichte. Aber gut. Das Angebot hat gestimmt. Ob sich das für die rechnet, das muss die Firma selbst entscheiden«, erklärte er.

»Selbst die Unterwassergeräusche, die bei der Sandaufspülung entstehen, werden gemessen«, ereiferte er sich weiter über den Aufwand, der im Rahmen der Aufspülungen betrieben werden musste. »Schließlich bedeutet das Abbaggern des Sandes einen massiven Eingriff in die Natur. Da gilt sogar das Bergrecht! Unsere Sandentnahmen müssen naturschutzrechtlich mit so genannten Kompensationsflächen abgegolten werden.«

»Was versteht man denn unter Kompensationsflächen?«, fragte Ed nach.

»Das Bundesland kauft beispielsweise Grundstücke und macht daraus Naturschutzgebiete. Man kann aber auch Informationstafeln aufstellen, die ahnungslosen Städtern erklären, welche Tiere hier leben oder wann und warum welche Vögel brüten. Das ist auch eine Möglichkeit. Das ist ein bisschen wie der mittelalterliche Ablasshandel, denn es hat ja keine unmittelbare positive Auswirkung auf die Natur. Oder hier auf Sylt. Da haben wir die ganzen verflixten alten Buhnen aus dem Wasser geholt, die für die Schwimmer gefährlich sind und kontraproduktiv für den Küstenschutz. Wusste man halt früher nicht.«

»Hat sich außer dem bürokratischen Aufwand und dem veränderten Umweltbewusstsein in den letzten Jahren noch etwas geändert?«, fragte Ed nach.

Kühn schaute einen Moment auf das Wasser-Sand-Gemisch, das inzwischen ruhiger aus der Rohrleitung austrat. Inzwischen hatte sich eine ansehnliche Sandablagerung auf dem Aufspülfeld gebildet. Der Baggerfahrer war gut damit beschäftigt, den neuen Sand gleichmäßig zu verteilen.

»Das hat mich der Journalist auch gefragt«, sagte Kühn.

»Und was haben Sie ihm geantwortet?«

»Nun ja, seit einigen Jahren spülen wir nicht nur den

Strand auf, sondern schaffen auch künstliche Sandbänke, vor der Insel.« Kühn wies zum Meer. »Das eigentliche Ziel der Maßnahme ist ja nicht, den Sand von hier nach dort zu bringen, sondern durch die Sanddepots die Kraft der Brandung zu verringern und dadurch den Verlust befestigten Landes zu verhindern.«

Er schaute noch immer auf das Meer, als würde ihm von dort eine Antwort zuwehen.

»Und sonst?«, fragte Ed nach.

Kühn zuckte mit den Schultern.

»Das ist es im Grund genommen. Reicht ja auch, oder?« Seine Stimme hatte einen müden Klang angenommen.

Ed drückte die nackten Füße in den warmen Sand. Es ribbelte herrlich zwischen seinen Zehen. Obwohl sie sich für ihr Gespräch extra abseits an den Dünenrand gestellt hatten, waren einige Strandbesucher neben ihnen stehen geblieben und hatten Kühns Ausführungen zu den Aufspülungen mit angehört.

Warum sollten sie auch nicht?, hatte sich Ed gesagt und war nicht eingeschritten. Nichts von dem, worüber sie sprachen, war geheim. Vermutlich hatte Kühn das alles schon hundertfach wiederholt. Nicht nur gegenüber Wülfer. Und Kühn hatte es spannend erzählt. Vieles war Ed nicht bekannt gewesen, obwohl die Aufspülungen vor seiner Haustüre stattfanden.

Interessant erschien Ed aber auch, worüber Kühn nicht sprach.

So schien ihn der Tod Wülfers kaum zu berühren. Ed dachte an sein Gespräch mit Gadau zurück. Obwohl es darin um das gleiche Thema gegangen war, hatte es einen völlig anderen Grundton gehabt. Bei Kühn ging es um die kleinteilige Praxis, bei Gadau um das große Ganze. Bloßer Zufall? Ed bezweifelte, dass sich Wülfer mit Kühns Standardinformationen zufriedengegeben hatte. War es das, was ihn wirklich interessierte? War das bereits die *große Geschichte*, an der er recherchierte?

Die Sonne stach inzwischen kräftig vom Himmel. Es war Zeit, sich ein schattiges Plätzchen zu suchen. Zur Not in der Wache. Ed würde sicher noch einmal mit Kühn sprechen. Aber für den Moment ließ er es gut sein und bedankte sich. Kühn lächelte kurz, wandte sich dann dem Baggerführer zu.

Der Wasserstrahl wurde zusehends dünner. Die Paula hatte ihre Fracht verspült. Auf dem Strand breitete sich eine weißlich schimmernde Schicht neuen feuchten Sandes aus, deutlich höher als der benachbarte Strand. Immer mehr Möwen flogen herbei, angelockt von den Muscheln und Seesternen, die mit dem Sand aufgespült worden waren. Ein schnelles Festmahl. Trotzdem zeterten und zerrten die gierigen Vögel um jeden Bissen, schlugen wild mit den Flügeln, obwohl doch genug für alle da war. Jede Möwe wollte den ganzen Kuchen für sich allein, statt sich mit einem Teil zufriedenzugeben.

Im Revier herrschte eine hochsommerliche Dämmerstimmung. Irgendwie schien sich nach dem ersten Trubel, den der Fund von Wülfers Leiche verursacht hatte, eine unerwartete Ruhe breitzumachen. Ed kannte das und wusste, wie sehr der Eindruck täuschte. Die intensive Arbeit, in die sich alle vertieft hatten, hinterließ nach außen hin kaum Spuren. Von dort aus betrachtet mochte es den Anschein erwecken, es stecke Sand im Getriebe der Ermittlungen. Doch es brauchte einfach Zeit, um die Unterlagen in Wülfers Büro gründlich zu sichten, Gespräche mit seinen Redaktionskollegen zu führen, nach der digitalen Ablage Wülfers zu forschen. Schnelle Erfolge waren zwar immer möglich und natürlich sehr willkommen. Wahrscheinlich aber waren sie nicht. Stattdessen waren Beharrlichkeit und Präzision gefragt.

Nachdenklich saßen Muri und Ed im Besprechungsraum. Jeder hatte einen Becher Kaffee vor sich, die diesmal Muri im Wellhørn besorgt hatte.

»Wusstest du eigentlich, dass es im Wellhørn inzwischen auch einen eigenen Whisky gibt? Deine Tochter …«

Ed winkte amüsiert ab.

»Und außerdem liegt dort jetzt auch ein Stapel mit Büchern aus. *Das Rätsel der Sandbank.* Schon mal gehört?«, ergänzte Muri.

Das war wirklich flott gegangen. Alexandra Wittlich ließ nichts anbrennen.

»Was das Lesen und Schreiben betrifft, macht mir Hinnerk derzeit mehr Sorgen«, erklärte Ed.

Mit seiner polarisierenden Berichterstattung auf allen digitalen und gedruckten Kanälen wirbelte er jede Menge Staub auf. So bestand die Gefahr, dass sich der oder die Täter hinter diesem Staub gut verstecken konnten. Am Ende würde Hinnerk mit seinem medialen Lärm genau das Gegenteil von dem erreichen, was er beabsichtigte – Fred Wülfers Mörder möglichst zügig dingfest zu machen.

»Soll ich noch einmal versuchen, mit Frau von Schlinsky zu sprechen?«, schlug Muri vor.

»Versuch es. Ich glaub allerdings nicht, dass sie Hinnerk einfangen kann und will. Er verfolgt seine Mission und sorgt dabei auch noch für Auflage.«

»Solange seine Mission nicht lautet, von der eigenen Fährte abzulenken …«

Ed zögerte. »Glaubst du das wirklich, Muri?«

»Nein«, gab er zu.

»Wir dürfen ihn trotzdem nicht …«, begann Muri.

»Haben Max und Friedericke denn etwas in seinem Haus gefunden? Hat er sich in Widersprüche verwickelt? Reicht es für einen Haftbefehl?«, unterbrach ihn Ed.

Muri schüttelte den Kopf.

»Nichts von alledem«, stellte er fest.

Übermütiges Fahrradklingeln und Kindergelächter klang von der Straße herauf.

»Und dein Gespräch mit Sebastian Kühn?«, fragte Muri und nahm wohlig schlürfend einen Schluck Kaffee.

»Sehr freundlich. Ein Fachmann. Weiß alles über seine Themen der Sandaufspülung und des Küstenschutzes. Ich verschone dich mal mit den Details. Und er ist total genervt von der stetig wachsenden Bürokratie.«

»Das ist nicht überraschend. Da kenne ich noch ein paar tausend Kollegen«, ergänzte Muri. »Aber Sandvorspülungen sind kein Motiv für einen Mord, zumindest nicht an einem Journalisten.«

»Stimmt schon«, antwortete Ed nachdenklich, ohne auf Muris blassen Scherz einzugehen. »Aber über das Gespräch mit Wülfer hat er erstaunlich wenig gesagt.«

»Vielleicht gab es da ja auch wenig zu sagen?«

»Hm«, machte Ed und schaute nachdenklich in den lichtblauen Himmel vor dem Fenster.

»Wülfers Schicksal schien Kühn nicht sonderlich zu interessieren. Ich meine, du sprichst mit einem Menschen, und ein paar Tage später ist dieser Mensch tot. Mich erschüttert das jedes Mal aufs Neue zutiefst, wenn es passiert.«

»Du bist halt ein Sensibelchen«, scherzte Muri.

»Hm«, machte Ed erneut abwesend, während in ihm der Entschluss reifte, sich möglichst bald erneut mit Sebastian Kühn zu unterhalten. Aber dieses Mal würde das Gespräch nicht in entspannter Strandatmosphäre stattfinden, sondern ganz offiziell auf der Wache.

»Jedenfalls werde ich als Nächstes mit der Firma sprechen, die die aktuelle Sandvorspülung vornimmt.«

»Wer ist das?«

Zusammen recherchierten sie die Firma Gustafsson AG und klickten sich durch deren Seite. Hochglanzvideos dokumentierten die bisherigen Projekte der Firma. Kühn hatte recht gehabt. Gustafsson war global unterwegs.

»Kennst du eigentlich Fynn Dahl?«, fragte Muri.

»Nie gehört. Däne?«

»Ein sehr freundlicher Kollege in Esbjerg. Wir hatten vor einigen Jahren Kontakt. Warte. Ich rufe ihn mal an.«

Nach einer Viertelstunde des gemütlichen Austauschs zwischen dem Bayern Muri und dem Dänen Dahl reichte Muri den Telefonhörer an Ed weiter.

»Hej, du bist also Ed, der Kollege von Muri?«

»Hej, Fynn. Ja, schön dich kennenzulernen. Ihr habt euch ja eine Menge zu erzählen«, stellte Ed amüsiert fest.

»Na ja, wir haben schon so lange nicht einander gesprochen«, erklärte Fynn mit spitzem »S«.

»Dein Deutsch ist hervorragend, Fynn, wie kommt es?«

»Ne ne, des is gar nich so gut. Aber danke schön. Ich habe zwei Semester an der Uni in Hamburg studiert. Lange, lange her.«

»Ich muss mich nur entschuldigen, dass ich im Gegenzug leider gar kein Dänisch kann.«

»Das ist doch nicht slimm. Wenn du langsam sprichst, kann ich Deutsch sehr gut verstehen.«

Ed beschloss, das freundliche Geplänkel zu beenden und zu seinem eigentlichen Anliegen zu kommen.

»Fynn, wir haben hier auf Sylt einen ermordeten Journalisten und ermitteln nun unter anderem, ob es einen

Zusammenhang gibt zwischen seinen Recherchen zum Thema Küstenschutz und dem Mord.«

»Mord für den Küstenschutz.« Fynn klang amüsiert. »Das wäre ja komisch, wenn es nicht so tragisch wäre. Und eine Spur führt euch nach Dänemark?«

Ed verkniff sich die Anspielung auf jenen klassischen dänischen Drama-Prinzen Hamlet, bei dem Tragik und Komik ebenfalls dicht beieinanderlagen.

»So ist es. Die Spur führt ganz konkret zu dir nach Esbjerg. Kennst du die Firma Gustafsson AG, die Sandvorspülungen ausführt?«

»Ja, *selvfølgelig*. Der ist sehr bekannt hier bei uns und in ganz Danmark. Fördert die Kultur und tritt selbst in Talkshows auf. Ein *blændende forretningsmand*. Wie sagt man ...« Fynn überlegte. »... ein blendender Geschäftsmann.«

Ed war überrascht. Damit hatte er zuletzt gerechnet.

»Nur um das noch einmal zu betonen, Fynn«, sagte er. »Wir ermitteln derzeit in alle Richtungen. Wir können auch andere Gründe für den Mord nicht ausschließen. Gustafsson in Esbjerg ist nur eine Spur, und wir wissen keineswegs, ob sie nicht im Sande verläuft, wenn ich das mal so formulieren darf.«

»Ja, das darfst du.« Fynn lachte. »Ich glaube, du passt ganz gut zu Muri, Ed. Ihr habt einen ähnlichen, wie sagt man, Witz? ... nein, Humor glaube ich ... Also Ed, darf ich dich einen Vorschlag machen?«

»Sehr gerne.«

»Am allerbesten ist es, wenn du einfach bei uns in Esbjerg vorbeikommst. Das ist ja nicht so weit weg von Sylt. Dann können wir in Ruhe reden und auch zusammen den Chef der Firma persönlich besuchen. Was meinst du?«

Ed brauchte nicht lange nachzudenken. Während Muri

die Stirn bedenklich kraus zog, verabredete Ed sich mit seinem Kollegen in Esbjerg.

»Du kannst es nicht lassen, oder?«, stellte Muri nach dem Telefonat fest.

»Was denn?«, fragte Ed unschuldig.

»Das weißt du ganz genau. Die Anhörung in Kiel ist nur verschoben. Sie wird noch stattfinden, vergiss das nicht. Aber du sorgst schon wieder für neue Reisekosten! Lass dir deine Tour nach Esbjerg wenigstens von Nesser absegnen.«

Wahrscheinlich hatte Muri recht, vermutete Ed.

»Willst du nicht mitkommen, um deinen alten Freund zu besuchen?«, fragte er.

»Lass mal«, Muri winkte ab. »Es reicht, wenn sich einer von uns beiden dauernd aus dem Staub macht. Oder aus dem Sand? Ich halte die Fahne hoch auf unserer Sandburg.«

»Sandburgen sind streng verboten. Die schlimmsten Feinde der Sandaufspülung«, dozierte Ed mit professoraler Miene. »Erhöhen nur die Angriffsfläche für Wind und Wellen.«

»Schade eigentlich. Hob i dir oigentlich mal erzählt hobt, wi mir als Kinder oinmal von Bayern hierher g'fohren sen?«

»Bayern am Meer? Das kann ja nicht gut gehen«, frotzelte Ed.

»Mir hatten zwoi Tage Sonne, da hom mir an Sandburg baut hobt. I sogs dir! Die Wieskirchen wor a nix dogegen.«

Muri zog einen Flunsch, ehe er hochdeutsch fortfuhr: »Zur Strafe hat's den restlichen Urlaub geregnet.«

Ed lächelte milde. Er selbst hatte es auch geliebt, mit den Kindern am Strand Burgen zu bauen. Ganze Labyrinthe und Städte, mit Mauern und getröpfelten Bäumen aus feuchtem Sand, die nach ein paar Stunden entweder wieder ausgetrocknet in sich zusammenfielen oder vom Meer fortgespült wurden.

»Noch etwas anderes, Ed.« Muris Stimme klang weder bayerisch noch forsch, sondern nachdenklich.

»Hast du es dir überlegt und willst doch mit nach Esbjerg?«

Muri winkte ab. »Die Stelle von Elsa.«

»Ja, was ist damit?«

»Ich weiß, dass du dich dafür beworben hast. Ich habe mich aber auch beworben.«

Ed nickte. »Das habe ich mir schon gedacht. Weißt du, Muri, außer Elsa könnte ich mir keinen besseren Vorgesetzten vorstellen als dich.«

»Du bist nicht sauer?«

Ed schüttelte den Kopf. Nein, wer die Wache künftig leiten würde, darüber machte sich Ed derzeit keinen Kopf. Vielleicht würde ja auch jemand ganz Neues kommen. Außerdem hatte er jetzt ganz andere Baustellen, auf denen er mehr als genug gefordert war.

16

Von der Reling aus genoss Ed den malerischen Blick auf die Sylter Nordspitze mit ihren beiden rot-weiß gestreiften Leuchttürmen, während die Fähre mit gleichmäßig brummenden Motoren durch die Fahrrinne nach Rømø glitt. Eine knappe Stunde dauerte die Überfahrt. Eine weitere Stunde würde die Fahrt nach Esbjerg in Anspruch nehmen. Zu Eds Überraschung hatte Nesser nichts gegen die gemeinsamen Ermittlungen mit den dänischen Kollegen einzuwenden. Im Gegenteil, grenzübergreifende europäische Zusammenarbeit stand auch politisch hoch im Kurs. Wie erforderlich oder erfolgreich sie im Einzelfall war, spielte nur eine untergeordnete Rolle. Die europäische Geste war entscheidend. Doch das war Ed egal. Während ihn der Fahrtwind kühlte, erinnerte er sich etwas wehmütig an den langen Spaziergang mit Rob um List im letzten Winter. Sie hatten vom Meer glattgespülte Holzteilchen gesammelt, die sich so angenehm in die Hand schmiegten und von denen manche bizarr-skulpturale Formen besaßen. Sie hatten über Mara geredet. Über Nathalie, Robs Frau. Und über Elsa. Doch ehe er sich in den Untiefen seiner Gefühle verlieren konnte, musste Ed schon wieder zu seinem Dienstwagen.

»Achte auf die Geschwindigkeitsbeschränkungen in Dänemark«, hatte ihn Nesser noch ermahnt. »Die dänischen Polizisten lieben es, bei deutschen Autofahrern abzukassieren, besonders wenn es Kollegen sind.«

Ed stellte den Tempomat ein und glitt gemächlich durch

den Sommertag. Vorbei an der alten Königsstadt Ribe erreichte er Esbjerg, das seinen Aufstieg vor allem dem Verlust der dänischen Nordseehäfen in der Folge des Deutsch-Dänischen-Kriegs im 19. Jahrhundert verdankte.

Wie die Polizei in Westerland saß auch Fynn Dahls Truppe in einem roten Backsteingebäude.

»*Same, same but different*«, dachte Ed, denn statt in einem Gebäude mit neogotischem Dekor wie in Westerland arbeiteten die Esbjerger in einem skandinavisch nüchternen Backsteinhaus aus den sechziger Jahren mit großen quadratischen Fenstern.

»Wir haben nicht so viel Zeit, Ed«, begrüßte Dahl den überraschten deutschen Kollegen. »Herr Gustafsson persönlich erwartet uns schon in seinem Büro. Ich schlage vor, du lässt dein Auto hier.«

»Weiß Gustafsson, weshalb wir mit ihm sprechen wollen?«

»*Ja og nej*«, antwortete Dahl sibyllinisch.

»Was meinst du damit?«, fragte Ed nach.

»Er weiß, dass wir über die Sandvorspülung in Westerland mit ihm reden wollen.«

»Weiß er von dem toten Journalisten?«

»*Jeg ved det ikke*«, antwortete Fynn und zuckte mit den Schultern. »Das weiß ich nicht. Vielleicht. Es stand ja auch bei uns in die Zeitungen.«

»Na gut. Prima, dass das klappt«, bedankte sich Ed und hoffte, dass ihm seine Zweifel dabei nicht zu deutlich anzuhören waren. Er war sich nicht sicher, ob er Fynns forsches Vorgehen mochte. Lieber hätte er ohne Vorwarnung mit Gustafsson gesprochen. Dieses Überraschungsmoment fiel jetzt weg. Schade. Andererseits handelte es sich ja auch nur um ein Gespräch über die Sylter Sandvorspülung, redete sich Ed ein. Da war die Überraschung vermutlich gar nicht so entscheidend.

»Du hast ohnehin Glück gehabt«, erklärte ihm Fynn, während sie in Richtung Hafen fuhren.

»Wieso?«

»Die meiste Zeit ist Gustafsson überhaupt nicht in Esbjerg. Er lebt eigentlich in Kopenhagen. Und am allermeisten reist er durch die Welt«, erklärte Fynn. »Oder er nimmt gerade wieder mal eine TV-Show auf, in der er den Dänen erklärt, warum er ihre *Indvandring* Politik doof findet.«

»Warum findet er die dänische Einwanderungspolitik denn nicht gut?«

»Nicht gut finden,« wiederholte Fynn schmunzelnd. »Ihr Deutschen habt immer so lustige Worte, die nicht ganz dieses und nicht ganz jenes meinen. Ja, Gustafsson. Vielleicht kann man sagen, weil er gerne mehr günstige Arbeitskräfte aus dem Ausland auf seinen Schiffen anstellen möchte? Da ist die restriktive Politik von Dansk Indvandering nicht so günstig für ihn.«

Verglichen mit dem betulichen kleinen Lister Hafen spielte der Hafen in Esbjerg in einer anderen Liga. Er erstreckte sich als riesige Industrielandschaft vor ihnen, fast so groß wie die Stadt selbst. Container türmten sich auf, Lagerhallen reihten sich aneinander, dazwischen parkten Lastwagenkolonnen. In einem Areal lagen riesige Rotorblätter für Windräder säuberlich nebeneinander, und immer wieder ragten Zylinder der Tanklager über das Gelände. Am eindrucksvollsten erschienen Ed die gewaltigen stählernen Plattformen mit Hubschrauberlandeplätzen, die an der Mole einer Werft im Wasser standen. Dahl kurvte durch das Hafengelände, als wäre es ihm von klein auf bestens vertraut. Eine ideale Location für das nächtliche Finale eines Krimis, befand Ed, und hörte vor seinem inneren Ohr dramatische Musik.

Das Bürogebäude der Gustafsson AG war allerdings alles andere als spektakulär. Ein flacher Schuhkarton am Rand eines der Hafenbecken.

»So, so, Sie sind also der Polizist aus Deut'sland, der mit mir über Sand sprechen möchte. Na dann, guten Tag, Herr Koch. Hoffentlich kann ich Ihnen mit ein paar Körnchen Sandwissen weiterhelfen«, begrüßte ihn Gustafsson und reichte ihm die Hand.

Mit seinen hellwachen Augen, einem präzise getrimmten Vollbart und einer Pfeife in seiner linken Hand entsprach Gustafsson für Ed so überhaupt nicht dem Klischeebild eines Millionärs. Aber wie hatten dänische Millionäre schon auszusehen? Wäre ihm Gustafsson auf der Straße begegnet, er hätte ihn eher für einen Hochschulprofessor gehalten. Vielleicht für Philosophie? Aber möglicherweise gehörte diese Wirkung ja auch zu Gustafssons Geschäftsmodell? Vielleicht wollte er, dass man ihn unterschätzte.

So schlicht das Gebäude von außen war, so provisorisch wirkte auch Gustafssons Büro. Zusammen mit Dahl nahmen sie an einem runden Besprechungstisch Platz. Hier gab es keinen Chef, der am Kopfende saß und präsidierte. Die Runde wirkte dänisch demokratisch.

»Was gibt's, Herr Kommissar, dass Sie extra nach Esbjerg kommen?«

»Danke, dass Sie Zeit für uns gefunden haben. Fynn Dahl hat mir schon erzählt, dass Sie die meiste Zeit unterwegs sind.«

»Jaaa, in Esbjerg bin ich nicht ganz so oft. Aber im Moment gerade doch«, antwortete Gustafsson hintergründig.

»Ihre Firma ist mit der Sandaufspülung auf Sylt beauftragt?«

»Ja, das stimmt. Das sind wir schon seit ein paar Jahren. Ich weiß auch nicht, wie das kommt, aber wir scheinen immer das beste Angebot zu machen und erhalten dann den Auftrag, obwohl wir Dänen sind«, erklärte er mit einem leicht ironischen Unterton, der keinen Zweifel daran ließ, dass er sehr genau wusste, warum sein Unternehmen stets aufs Neue beauftragt wurde.

»Das sind wohl die Segnungen von Globalisierung und einem gemeinsamen europäischen Markt«, bestätigte Ed und ließ sich bewusst auf den scherzhaften Ton des Gesprächs ein.

»Stört es Sie, wenn ich meine Pfeife nicht nur in der Hand halten, sondern auch anstecken würde? Es riecht nicht so schlimm wie Zigarettenqualm. Gar nicht. Eher ein bisschen nach Vanille. Mögen Sie Vanille, Herr Kommissar?«

»Besonders Vanillekipferl.«

»Ja köstlich. Die bäckt mein Sohn mir immer vor Weihnachten, weil er weiß, dass ich die so gerne mag. Köstlich. Es dauert ja auch gar nicht mehr lange, dann kommt das erste Weihnachtsgebäck in die Läden. Anfang September geht es los. Verrückt, oder? Man fragt sich ja, wer das Zeug eigentlich mitten im Sommer kauft, bis man sich selbst dabei erwischt, eine Packung Dominosteine zu knabbern, während die Bäume noch Blätter tragen.«

Ohne Eds Erlaubnis abzuwarten, hielt Gustafsson ein silbernes Feuerzeug an seine Pfeife und zog kräftig an ihr.

»Vanillekipferl sind ja genauso bröselig wie Sand«, fuhr Gustafsson fort.

»Schmecken aber weitaus besser«, erwiderte Ed.

Fynn saß regungslos daneben, ohne sich in das Gespräch einzumischen.

»Was ist das Besondere an den Vorspülungen, die Sie auf

Sylt vornehmen?«, lenkte Ed ihr Gespräch zurück auf sein eigentliches Anliegen.

»Nichts«, antwortete Gustafsson und stieß eine enorme Rauchwolke aus. »Sylt ist nichts anderes als überall auf der Welt, wo wir Sand aufspülen. Wir holen den Sand von hier aus dem Meer und verfrachten ihn nach dort ans Land.«

»Alles Routine?«

»So ist es. Völlig unspektakulär.«

»Aber es lohnt sich? Wirtschaftlich, meine ich.«

»Na ja, das hoffe ich doch sehr.«

Gustafsson drehte sich um und wies auf ein Foto, das eine Reihe von Villen zwischen Palmen an einem malerischen Strand zeigte, über dem sich ein unglaublich blauer Himmel wölbte.

»Das war schon eine größere Herausforderung für uns«, erklärte er. »Da haben wir eine ganze Halbinsel aufgeschüttet in der Form eines Halbmondes, damit anschließend darauf Häuser gebaut werden können. Superschöne Villen. Den Sand für den Bau der Häuser haben wir auch gleich mitgeliefert. Sand ist so vielfältig. Man kann gar nicht genug davon haben. Man glaubt ja gar nicht, wie viel Sand die Welt braucht.« Gustafsson wies erneut auf die Fotografie. »Der Unterschied ist, dass der Sand dort ja auch für immer bleiben soll. Anders als auf Sylt, wo ihn das Meer einfach wegspülen darf.«

»Wie Sand am Meer.«

»Wie Sand am Meer. So ist es, Herr Kommissar. Aber Sand ist nicht gleich Sand, wie Sie sicher wissen. Es gibt glatten Sand und kantigen Sand. Der eine Sand ist nur weich, der andere Sand ist kostbar. Und wird immer kostbarer.« Gustafsson schaute Ed durchdringend an. »Wer hätte das gedacht? In unserer verrückten Welt wird sogar

Sand kostbar! Das ist furchtbar. Ganz, ganz furchtbar …
schön. Denn damit verdiene ich noch mehr Geld.«

Ed lächelte.

»Sie merken, Herr Kommissar, ich kann Ihnen eigentlich
gar nichts erzählen, was Sie nicht schon wissen. Ich fürchte,
der weite Weg von Sylt nach Esbjerg hat sich gar nicht ge-
lohnt für Sie.«

Vielleicht nicht, dachte Ed. Vielleicht aber auch doch. Er
hatte den Eindruck, dass Gustafsson darum bemüht war,
eine Nebelkerze nach der anderen vor ihm zu zünden.

Die Frage war nur: Warum tat er das?

War Ed zu Beginn des Gesprächs einfach nur neugierig
gewesen, mehr über die Sandaufspülungen vor Sylt zu erfahren, so hatte er jetzt Interesse an Herrn Gustafsson persönlich gewonnen.

»Sagen Sie, Herr Gustafsson, hatten Sie Kontakt zu
Herrn Wülfer?«, fasste Ed nach.

Gustafsson schaute ihn aus leicht zusammengekniffenen
Augen treuherzig an.

»Herr … *Undskyld, hvad var navnet?*«

»Der Name war Wülfer«, sprang Fynn Dahl bei, nur um
anschließend wieder in Schweigen zu versinken.

»*Ingen*, nein. Wulfer. Tut mir leid.«

»Das war der Name des Journalisten, der auf Sylt ermordet wurde.«

»Ja, schrecklich, davon habe ich allerdings gelesen. Vielleicht haben Sie ein Foto von ihm? Ich lerne so viele Menschen kennen in meinem Beruf, da komme ich mit den Namen manchmal durcheinander. Aber Gesichter, die kann
ich mir gut merken.«

Kannte Gustafsson Wülfer wirklich nicht?

Ed konnte sich nicht vorstellen, dass der Journalist nach
einem Gespräch mit Kühn nicht versucht hätte, mit dem

Sandspezialisten Kontakt aufzunehmen. Vielleicht hatte Wülfer sich auch aus irgendeinem Grund nicht als Journalist zu erkennen gegeben oder einen anderen Namen verwendet? Aber auch hier war die Frage: Warum?

Ed zog sein Handy aus der Tasche und zeigte Gustafsson ein Porträt Wülfers, obwohl er schon ahnte, dass der wohl verneinen würde. Und so war es auch.

»So jung noch. Und schon so tot. Furchtbar.«

Gustafsson macht sich offenbar einen Spaß daraus, mit einem vermeintlich reduzierten deutschen Wortschatz zu spielen, von dem Ed wusste, dass er in Wirklichkeit keineswegs so reduziert war. Schließlich hatte Gustafsson ein paar Jahre in Berlin studiert, wie Ed aus seiner Recherche erfahren hatte. Doch er beschloss, Gustafssons Spiel mitzumachen.

»Herr Wülfer ist Ihnen also komplett unbekannt?«

»Ja, komplett.«

»Wäre es möglich, dass ich mir auf einem Ihrer Saugschiffe einmal vor Ort einen Eindruck von der Vorspülung mache?«

Wenn Gustafsson von Eds Frage überrumpelt war, ließ er sich nichts anmerken.

»Selbstverständlich«, antwortete er prompt. »Möchten Sie auch gerne mitfahren, Herr Dahl?«

Doch Fynn Dahl winkte ab.

»Also, Herr Kommissar Koch. Wir machen das so«, verkündete Gustafsson. »Bis die Schiffe wieder hier im Hafen sind, dauert das ja noch eine Weile. Aber Sie möchten das bestimmt lieber gestern als morgen sehen?«

»Wenn es möglich wäre.«

Ed nahm von draußen einen Lärm wahr, der schnell näher kam.

»*Selvfølgelig. Med fornøjelse.* Wenn Sie mögen, dann

hole ich Sie in List mit meinem kleinen Schiff ab, und dann fahren wir zu einem der Vorspülschiffe raus. Ich melde mich. Ist das gut?«

»Vielen Dank, das ist sehr freundlich von Ihnen.«

»Prima. So machen wir das«, antwortete Gustafsson. »Ich muss jetzt leider los. Ist das in Ordnung?«

Ohne eine Antwort abzuwarten, stand Gustafsson auf und reichte Fynn und Ed die Hand.

»Vielen Dank, dass Sie sich die Zeit genommen haben«, bedankte sich Ed.

Ein Stück neben dem Haus wartete ein Helikopter. Gustafsson winkte ihnen vergnügt zu und verschwand mit dem Hubschrauber in Richtung Osten.

»Das war ein kurzes Treffen«, erklärte Fynn. »Hat es dir bei den Ermittlungen überhaupt weitergeholfen?«

Ed schaute dem kleinen Punkt nach, der sich schnell im Blau des Himmels verlor.

Nach dem Lärm der Rotoren legte sich die Stille besonders deutlich über sie.

»Möglicherweise«, antwortete Ed.

Aber auf eine andere Art, als ich es eigentlich erwartet hatte, dachte er.

17

Ed beeilte sich, nach dem Treffen mit Gustafsson rechtzeitig nach Sylt zurückzukommen. Dort hatte er Kühn auf das Revier bestellt. Daher verwarf er Dahls Angebot zu einem gemeinsamen Essen mit dänisch-deutschem Erfahrungsaustausch.

»Wir haben die weltbesten Krabben. Das lohnt sich zu kosten«, versuchte ihn Dahl zu ködern.

Doch vergebens.

Es trieb Ed zurück nach Sylt. Allerdings ging er nicht, ohne zu versprechen, bald erneut in Esbjerg vorbeizukommen, dann aber zusammen mit Muri.

»Ihr Deutschen!« Fynn schüttelte bedächtig den Kopf. »Immer so eifrig. Dabei ist euer Toter doch in zwei Stunden noch ganz genauso tot wie jetzt. Warum also die Beeilung? Wo bleibt da das gute Leben für die Überlebenden?«

Während Ed zurück über den langen Damm fuhr, der das Festland mit der Insel Rømø verband, dachte er darüber nach, wie recht der dänische Kollege mit seiner Bemerkung hatte. Die letzten Tage war er nur durch sein Leben gehechelt. Auch jetzt. Statt im hübschen Ribe anzuhalten, das auf seiner Strecke lag, und sich das neue Museum anzusehen, das Hinnerk im *Tageblatt* euphorisch besprochen hatte, war er einfach durch die malerische Stadt hindurchgeeilt. Und wozu? Am Ende würde er doch am Fährterminal in Havneby warten müssen.

Doch es war nicht nur der Mordfall, der ihn absorbierte.

Seine ganze Lebenssituation belastete ihn. Sein schwieriges Verhältnis zu Mara. Lottes Weg in die Eigenständigkeit, der Abstand zu Lasse. Und dann war da noch Elsa.

Am Horizont war es dunstig. Vielleicht zog ein Gewitter auf. Allerdings war es nicht ausgemacht, dass es bis zur Insel vordringen würde. Manchmal blieb der Regen auf dem Festland hängen. Dann bauten sich mächtige Wolkentürme über dem Watt auf, während es auf der Meeresseite sonnig blieb.

Sobald der Mordfall Wülfer geklärt war, würde er mit Muri den dänischen Kollegen wirklich besuchen. Und in Ribe würden sie einen Zwischenstopp einlegen.

Und er würde Elsa wiedersehen. Spätestens im Herbst. Sobald der Sylter Sommer in den ersten Herbststürmen seine letzten Züge aushauchte, würde er aufbrechen.

Dahl konnte gar nicht wissen, wie recht er hatte. Ed musste endlich aufhören, durch sein Leben zu hetzen. Jetzt musste er seinen Entschluss nur noch mit Leben erfüllen. Das würde schwierig genug werden.

Aus lauter Vorfreude trat er kräftiger aufs Gaspedal. Doch gleich bremste er wieder ab. Denk an die dänischen Blitzer, hatte ihn Nesser ermahnt. Wie durch Gedankenübertragung klingelte Eds Handy, und sein Kollege aus Kiel meldete sich.

»Auf dem Rückweg aus Dänemark?«

»Schon fast in Havneby.«

»Sehr gut. Die an der Fähre wissen Bescheid und winken dich gleich aufs Schiff.«

»Gibt es etwas Neues?«

»Leider nein. Ich hoffe, du hast etwas herausgefunden. Die Kollegen in Flensburg arbeiten sich weiter durch Wülfers Aktenordner. Bisher ohne eine Spur. Der Zustand seiner Großmutter ist weiter unverändert, und Hinnerk nervt mit seinen Anschuldigungen gegen die Westerländer Polizei. Ich würde ihn ja gerne für ein paar Tage hopsnehmen, damit er die Klappe hält. Aber keine Chance. Die Staatsanwaltschaft sieht keinen hinreichenden Tatverdacht.«

»Und du?«, fragte Ed.

»Abgesehen davon, dass er mich tierisch nervt, kann ich ihn mir einfach nicht als Mörder vorstellen. Ich glaube ihm. Und ich fürchte, dass er ziemlich verzweifelt ist über Wülfers Tod.«

Das ging Ed genauso.

»Was gibt's Neues vom Kollegen Dahl?«, fragte Nesser.

»Das Gespräch mit Gustafsson war unspektakulär«, erklärte Ed. »Zumindest bis er holterdiepolter aufbrach und von einem Heli abgeholt wurde.«

»Wo wollte er denn hin?«

»Das hat er mir nicht verraten. Ich vermute, nach Kopenhagen. Aber das sollte uns Flightcontrol ja problemlos sagen können.«

»Ich überprüfe das.«

»Was ich mich frage, ist, wieso Gustafsson überhaupt in Esbjerg war?«, grübelte Ed.

»Weil du mit ihm plaudern wolltest?«, schlug Nesser vor.

»Unwahrscheinlich. Gustafsson ist viel beschäftigt und häufig unterwegs. Meinte auch Dahl. In Dänemark sei er sogar ein richtiger Fernsehstar. Wieso also dreht er just Däumchen in Esbjerg?«

»Es soll so etwas wie Zufälle geben«, meinte Nesser.

»Jaaa«, antwortete Ed gedehnt. »Nur dass mich die Zufälligkeit dieses Zufalls nicht überzeugt.«

»Du meinst, er hatte hier etwas zu erledigen?«

»Nur was? Das zu erfahren wäre doch sehr interessant.«

Ed schaute über die weiten Salzwiesen und die Heuballen, zwischen denen einige Rinder herumstanden. Mit den

Schwänzen verscheuchten sie die Fliegen und genossen ansonsten den Tag.

»Da ist noch eine zweite Sache, die mich irritiert.«

»Schieß los.«

Langsam kam der Fähranleger von Havneby in Sicht.

»Als ich fragte, ob ich mir einmal eines der Vorspülschiffe anschauen dürfe, war das für ihn gar kein Problem.«

»Warum auch?«

»Zumindest hätte ich erwartet, dass er wissen will, warum ich so neugierig bin. Aber nein, im Gegenteil. Gustafsson war äußerst zuvorkommend und will mich mit seinem Boot abholen. Kein Problem, Herr Kommissar. Wir melden uns umgehend bei Ihnen.«

»Tja, so agiert ein weltgewandter dänischer Reeder und Unternehmer halt.«

»Du findest das nicht …«, Ed zögerte, ob er den Begriff »verdächtig« verwenden sollte, entschied sich aber dagegen, »… seltsam?«

»Seltsam? Nein. Lies da lieber nicht zu viel rein, Eduard. Gustafsson ist offenbar ein VIP. Er will sich bei der Zusammenarbeit mit der deutschen Polizei von seiner besten Seite zeigen.«

Nessers Einschätzung überzeugte Ed nicht.

»Oder er hatte etwas zu verbergen«, antwortete er.

Nur was? Das war ihm unklar.

»Franz, wir sprechen später noch einmal. Ich komme gerade an der Fähre in Havneby an«, beendete Ed das Telefonat.

Kurz darauf stand er wie schon am Morgen wieder an Deck des Schiffs. Ohne Probleme war er an der Schlange der wartenden Touristen vorbei auf die Fähre gewinkt worden. Jetzt schlug ihm der Fahrtwind angenehm frisch ins Gesicht. Sie näherten sich List in schneller Fahrt. Aufgeregte Kinder tobten über die Decks. Sie schienen aus Vorfreude auf den Urlaub am Meer zu bersten und waren froh, nach der langen Autofahrt endlich herumtollen zu dürfen.

Am Strand des Ellenbogens erkannte Ed eine kleine Gruppe von Spaziergängern, die die herrliche Sonne genossen, die Dünen, den Sand, die Weite, die Ruhe.

Hier war die Insel nie überfüllt. Immer wieder begeisterte sich Ed für die einfache Schönheit der Landschaft am Ellenbogen. Was brauchte es mehr? Der Blick an den Horizont lehrte allerdings, dass es mit dem sorglosen Sommerwetter wohl bald ein Ende hätte. Immer weiter zog Dunst empor. Wolken stiegen auf und würden sich bald vor die Sonne schieben.

Kurz vor der Einfahrt in den Hafen schickte ihm Nesser eine Nachricht. Erleichtert las Ed, dass Frau Wülfer wieder bei Bewusstsein und laut den Ärzten auf dem Weg der Besserung war. Allerdings konnte sie sich nicht an den Überfall erinnern. Eine Nachfrage zu Gustafssons Flug hatte ergeben, dass er, wie vermutet, tatsächlich direkt nach Kopenhagen gegangen war. Ed bedankte sich für die Informationen und schlug vor, sich bei Interpol nach Gustafsson zu erkundigen. Nesser antwortete prompt.

Dafür fehlt derzeit jede Grundlage. Deine Bauchgefühle sind vor Gericht leider nicht zu verwenden. Ich schaue trotzdem mal, was sich machen lässt.

Ed steckte das Handy ein und startete den Motor, um in dem dichten Verkehr langsam von List aus in Richtung Westerland zu schleichen.

Getrieben von mächtigen Böen klatschte der Regen gegen die Fenster des Reviers. Gelegentlich zuckten Blitze. Ein Gewitter entlud sich über der Insel. Reinigend verordnete es dem Inselsommer eine Pause. Mit dem Wetterumschwung war die Temperatur binnen Minuten um gut zehn Grad gesunken. Noch ehe die ersten Tropfen gefallen waren, hatte eine Fluchtbewegung vom Strand eingesetzt. Doch nicht alle Sommergäste hatten rechtzeitig auf ihre Wetterapps geschaut, oder sie waren in der Hoffnung am Strand geblieben, das Unwetter würde schon an ihnen vorbeiziehen. Nun warteten sie in Hauseingängen, dass der Wolkenbruch vorüberging, oder sie huschten klatschnass zu ihren Ferienunterkünften. Inzwischen wehte an den Strandstationen der DLRG die rote Fahne, die das Baden untersagte, und die Sandvorspülung musste aufgrund des unvermittelten Wellengangs eingestellt werden.

Im Zwielicht des Besprechungsraums saß Kühn Muri und Ed gegenüber. Unruhig trommelte er mit den Fingern auf den Tisch.

»Ich hätte längst wieder in Husum sein können«, zischte er verärgert. »Schließlich habe ich doch gestern schon Kommissar Koch alles berichtet.«

»Jo«, sagte Muri, der offenbar entschieden hatte, in dem Gespräch eine gemütlich klingende bayrische Tonlage anzuschlagen. »Des höt er mir schon verzählt habt.«

»Ja und, was wollen Sie dann noch von mir?«

»Ich würde sehr gerne von Ihnen erfahren, wie oft Sie sich mit dem Herrn Wülfer getroffen haben?«

»Das habe ich gestern auch bereits erzählt.«

Muri nahm ihn streng in den Blick. »Mir haben Sie das noch nicht gesagt. Bitte, Herr Kühn, erzählen's einfach, wo und wie oft Sie ihn getroffen haben und was das Thema Ihrer Gespräche war.«

Kühn seufzte. »Am Strand. Wir haben uns bei der Aufspülung getroffen. Die war da noch ein Stück weiter süd-

lich, Richtung Westerland. Dort habe ich ihm all das erzählt, was ich gestern auch Herrn Koch gesagt habe.«

»Das war das einzige Mal, dass Sie sich gesehen haben?«

Muri, ganz Taktiker vom alten Schlag, blätterte demonstrativ raschelig in den Papieren, die vor ihm lagen und die
keinerlei Informationen über Eds Gespräch mit Kühn
enthielten. Doch das wusste Kühn natürlich nicht. Er zögerte mit seiner Antwort.

»Nein. Wir haben uns noch einmal gesehen.«

»Aha.«

»Herr Wülfer hatte noch Fragen. Er ist in unserer Mess-
station hinter den Dünen vorbeigekommen.«

»Und was waren das für Fragen, die er noch hatte?«,
fragte Muri mit Engelsgeduld, während Ed innerlich grin-
send völlig ausdruckslos neben ihm saß und so tat, als ginge
ihn das Gespräch nichts an.

»Zur Bedeutung des Sandes für die Insel, welche Mengen gefördert wurden. So etwas halt«, antwortete Kühn
vage.

»Und das haben Sie ihm dann beantwortet?«

»Soweit ich die Zahlen gerade parat hatte.«

»Und die Zahlen, die Sie nicht parat hatten?«

»Die wollte ich ihm raussuchen, und er wollte sich noch
einmal bei mir melden.«

Ed spürte, wie Muri angesichts der knappen Antworten
von Kühn hinter seiner ruhigen Fassade langsam anfing zu
kochen wie ein bayrischer Berggeist, der zu lange zu dicht
am Lagerfeuer gesessen hatte.

Ed zögerte. Sollte er sich einmischen?

Ach was, entschied er, für den Moment konnte das Gespräch einfach so weiterlaufen.

»Und wann hat er sich wieder bei Ihnen gemeldet?«

»Gar nicht.«

»Das ist ja seltsam, nicht wahr? Wo der Herr Wülfer doch extra genau die Daten von Ihnen wissen wollte.«

»Ja, das hat mich auch gewundert. Aber dann hat es sich ja auch aufgeklärt, dass er sich gar nicht mehr melden konnte.«

»Weil er ermordet wurde.«

»Genau.«

»Aber eine Mail mit den gewünschten Informationen haben Sie ihm auch nicht zufällig geschrieben? Wäre doch der einfachste Weg gewesen. Ich weiß etwas nicht, daraufhin schlage ich es nach und schicke fix eine E-Mail heraus, dann ist die Sache erledigt, und ich habe den Kopf wieder frei.«

»Nein«, antwortete Kühn knapp.

Es war so weit. Muri explodierte. Aber er tat es ganz, ganz langsam. Gleichsam in Zeitlupe.

»Herr Kühn. Sie haben gesagt, Sie wollen gerne schnell heim nach Husum. Das kann ich sehr gut verstehen. Ich möchte auch heim. Allerdings wäre es hilfreich, wenn Sie auf unsere Fragen nicht nur mit ein paar Brosamen antworten würden. Warum also haben Sie Herrn Wülfer nicht einfach eine E-Mail geschrieben?«

Muris Stimmlage war mit einem fulminanten Crescendo angeschwollen. Der Erfolg war offensichtlich.

»Nicht dran gedacht«, murmelte Kühn eingeschüchtert.

Ed und Muri mussten einander nicht anschauen, um zu wissen, dass sie das beide gleichermaßen für unglaubwürdig hielten. Es schien Ed, als hätte Sebastian Kühn seit gestern eine Art Wesensveränderung durchlaufen. Der freundlich eloquente Fachmann war zu einem Häufchen Elend zusammengeschrumpft. Offenbar war auch Kühn klar, dass sein Verhalten seltsam erscheinen musste.

»Ich habe schreckliche Kopfschmerzen«, sagte er. »Liegt

an der Witterung. Bei so abrupten Wetterumschwüngen, setzt immer meine Migräne ein.«

»Sie sind sicher, dass Sie Fred Wülfer nicht öfter gesehen haben?«

Kühn stöhnte auf. »Ich habe es doch gesagt. Wieso wollen Sie mir nicht glauben?«

»Wir glauben Ihnen ja, Herr Kühn. Vielen Dank und einen guten Heimweg«, beendete Muri freundlich lächelnd das Gespräch.

Ed reichte Kühn die Hand. Sie fühlte sich fischig kalt und wabbelig an. Entweder es ging Kühn wirklich nicht gut, oder es steckte etwas anderes hinter seiner offensichtlichen Nervosität. Ed vermutete Letzteres.

»Wenn Frau Wülfer jetzt aufgewacht ist, sollten ihr die Kollegen einmal ein Bild von Kühn zeigen. Was meinst du?«, fragte er Muri, nachdem Kühn gegangen war.

»Unbedingt. Und den Nachbarn auch. Vielleicht haben wir ja doch Glück.«

Nachdem das Gewitter abgezogen war, belebten sich Strand- und Friedrichstraße langsam wieder. Doch anstelle der kurzen Hosen und Flipflops trugen die Spaziergänger jetzt wärmere Sneaker und Pullover. Vereinzelte Gäste eroberten die Tische der Fischläden, knabberten Scampi oder Ofenkartoffeln mit Krabben und tranken Wein. In den Pfützen glänzten rosa Wolken. Ein strahlendes Licht umkränzte die kleine Stadt.

Vorbei am Wellhørn schob Ed sein Rad in Richtung Strand. Er wollte in der Redaktion vorbeischauen. Vielleicht würde er ja noch auf Hinnerk treffen. Ed hatte das Gefühl, es wäre gut, ihm zu bestätigen, dass sie ermittelten, dass sie vorankamen, dass sie seine Sorgen teilten. Ganz gleich, welchen Schmarren er über ihre Arbeit im *Tage-*

blatt schrieb. Vielleicht würde Hinnerk das ja etwas Trost spenden. Selbst wenn er es nicht zugeben würde.

Doch Ed traf Hinnerk nicht an. Die Tür zur Redaktion war verschlossen. Daher entschied er sich für einen Abstecher zur Strandpromenade. Die Stände des Weinfestes wurden gerade abgebaut und auf LKWs verladen. Ed blieb kurz stehen und schaute beglückt auf das bewegte Meer, über dem Sonne und Wolken ein grandioses Gemälde formten, das sich in jedem Augenblick im Wandel befand. Der kühle Wind ließ ihn frösteln.

Welche Farben, was für eine Stimmung, dachte Ed, ehe er sich von diesem Naturschauspiel abwandte, um nach Hause zu fahren.

In der Küche traf er auf Lotte und Boy. Sie waren damit beschäftigt, eine vegane Bolognese zu kochen. In der Pfanne schwitzten duftig gehackte Zwiebeln und Knoblauch.

»Gleich gibt's Röstaromen«, rief Boy zur Begrüßung und lachte, während Lotte neben ihm Tomaten würfelte.

»Die sind übrigens garantiert nicht containert, sondern frisch aus Boys Garten geerntet. Sehr lecker.« Sie schob sich eine Messerspitze voll in den Mund.

»Lotte …«, rief Ed erschrocken und schluckte den Rest des Satzes gerade noch so runter.

»Ich pass schon auf, Paps. Hackst du bitte die Gewürze?«

Ed wusch sich die Hände und zerkleinerte Rosmarin, Thymian und Salbei, die schon bereitlagen. Zu guter Letzt mischte Boy unter den köchelnden Tomatensud zwei Tassen mit vorgekochten roten Linsen, während Ed eine Karaffe Minz-Zitronen-Wasser auf den Tisch stellte. Lotte schreckte die Pasta ab und verteilte sie auf die Teller. Boy gab die vegane Bolognese darüber.

»Und für den allesverzehrenden Herrn Vater gibt es zur

Feier des Tages sogar etwas echten Parmigiano über die Tomatensauce«, verkündete Lotte mit milder Toleranz.

»Containert?«

Lotte grinste. »Ein bisschen Spaß muss sein …«

»Hast du noch einmal mit deiner Mutter gesprochen?«

Lotte verdrehte die Augen.

»Neiein«, erklärte sie und schob nach: »Mache ich später.«

»Dafür habe ich mit Lasse gesprochen. Er will die Tage mal vorbeikommen.«

»Schön, hat er sonst noch was erzählt?«

»Nö, nur dass ich dich grüßen soll und dass du möglichst oft schwimmen gehen sollst. Ihm würde in Hamburg das Meer jetzt schon fehlen. Nur die Elbe, das sei ja nichts Halbes und nichts Ganzes. Ach so, eh ich es vergesse: Elsa hat gesagt, du sollst dich unbedingt noch mal bei ihr melden.«

Ed guckte verwundert. »Elsa?«

»Ja, deine Elsa, kennst du noch eine andere?« Lotte schaute ihn herausfordernd an.

»Also von *meiner* Elsa kann überhaupt …«

»Passt schon, Paps«, unterbrach ihn Lotte. »Sie hat es dringend gemacht. Ich vermute, dass es sich eher um etwas Berufliches handelt als um romantische Tändelei.«

Ed spürte, wie er rot wurde, und räusperte sich verlegen.

»Aber wäre es dann nicht sinnvoller gewesen, dass sie gleich bei mir anruft?«

»Schon, aber wir hatten länger nicht miteinander geplaudert. Deshalb hat sie bei mir angerufen. War schön.« Kunstvoll drehte Lotte mit der Gabel ihre Spagetti auf.

Ed verzichtete darauf, weiter in sie zu dringen. Er freute sich, dass sie den Kontakt mit Elsa hielt, auch wenn er wohl kaum je etwas über den Inhalt ihrer Gespräche erfahren würde, sosehr er sich das auch wünschte.

Elsa anrufen. Das klang nach einem angenehmen Tagesausklang.

Nach dem gemeinsamen Abendessen erklärte sich Ed bereit, den Abwasch allein zu erledigen und die Küche aufzuräumen. Er stellte gerade den Rest der Tomatensoße in den Kühlschrank, als sein Telefon klingelte. Eine ihm unbekannte Nummer aus Dänemark.

»Herr Koch, guten Abend, ich hoffe, ich störe nicht zu so später Stunde? Gustafsson hier.«

»Guten Abend«, grüßte Ed überrascht.

»Sie hatten doch angedeutet, Sie würden gerne mal einen Blick auf eines unsere Vorspülschiffe werfen.«

»Das ist richtig.«

»Nun, ich habe morgen wieder ins Esbjerg zu tun. Ich kann Sie mit meinem Boot abholen, wenn Sie mögen. Gegen neun Uhr in List? Sonst müssten Sie bis zu einem Crewwechsel warten oder bis die Schiffe nach Esbjerg reinfahren.«

»Sehr entgegenkommend von Ihnen, Herr Gustafsson.«

»Ja, na dann, bis morgen um neun«, erklärte Gustafsson und legte auf.

Ed war perplex. Damit hatte er so schnell nicht gerechnet. Doch was ihm noch mehr Kopfzerbrechen bereitete, war, von wem Gustafsson seine private Mobiltelefonnummer bekommen hatte. Vor lauter Grübeln vergaß er, an diesem Abend Elsa zurückzurufen.

18

Am nächsten Morgen wanderte ein Gemisch aus Wolken und Sonne über den Himmel. Im Lister Hafen herrschte noch die Ruhe vor dem täglichen Touristenansturm. Vor den bunten Holzbuden wurde gefegt und gewischt. Einmal mehr staunte Ed, wie sehr sich der Charakter des Ortes innerhalb weniger Jahre verändert hatte, und er war sich nicht sicher, ob ihm dieser Wandel gefiel. Die alte, etwas schäbige Hafenatmosphäre war einer Hochglanzinszenierung gewichen. Vielleicht waren es aber auch nur seine sentimentalen Erinnerungen, die ihn die Veränderungen misstrauisch beäugen ließen.

Obwohl es noch vor neun war, sah er Gustafsson schon an der Mole auf ihn warten. Der Däne winkte ihm zu, wies dann mit einer Hand auf sein Handy und hob zwei Finger. Ed nickte, zum Zeichen, dass er verstanden hatte, und betrachtete das Boot hinter Gustafsson. Es hatte zwischen einem Seenotrettungsboot und einem Ausflugsschiff festgemacht. Ein alter Krabbenkutter in kräftigem Rot. Allerdings besaß er keine Baumkurren mehr, die typischen beutelartigen Schleppnetze. Mit weißer Schrift prangte an der Seite der Schriftzug *Dulcibella*.

»Moin, Herr Kommissar«, grüßte Gustafsson, nachdem er das Handy in die Hosentasche hatte gleiten lassen. »Wollen wir los?«

Gustafsson führte Ed zur Kajüte. Ein junger Mann, den Ed auf Mitte zwanzig schätzte, stand am Steuerrad und nickte ihnen zu.

»Unser Smutje«, erklärte Gustafsson.

Gemächlich tuckerte der Kutter aus dem Hafen, um anschließend in einer weiten Kurve zwischen Rømø und Sylt Kurs aufs offene Meer zu nehmen.

»Ich wusste nicht, ob Sie schon Zeit zum Frühstücken hatten«, erklärte Gustafsson und führte Ed den Niedergang hinab. Auf einem gedeckten Tisch erwarteten sie Krabben, Matjes und Austern auf Eis.

»Alle reden ja heute immer von ›Brunch‹. Ich bevorzuge den altmodischen Begriff des Gabelfrühstücks. Kaffee?«

Wenn Gustafsson beabsichtigt hatte, ihn zu überraschen, dann war ihm das vollauf gelungen.

»Greifen Sie zu!«, forderte er Ed auf, während er sich an der silbern schimmernden Espressomaschine zu schaffen machte. Durch ein Bullauge sah Ed die dänische Fahne am Heck wehen. Der Kutter rollte, während sie durch die Kreuzsee zwischen den Inseln fuhren.

»Gleich wird die Fahrt ruhiger«, erklärte Gustafsson, der Eds Gesichtsausdruck bemerkt hatte.

»Wie gelingt es Ihnen, seit Jahren die Ausschreibung für die Sandvorspülung vor Sylt für sich zu entscheiden?«

»Joo, das ist ein großes Mirakel!« Gustafsson lachte. »Nein, Spaß beiseite. Das ist überhaupt keine Überraschung für mich. Wir sind ein weltweit operierendes mittelständisches Unternehmen, das auf Sandaufspülungen spezialisiert ist. Wir haben jahrzehntelange Erfahrung und sind auch technisch auf dem neusten Stand. Sylt ist für uns eher eine Art Zubrot vor der eigenen Haustüre. Ein freundschaftlicher Nachbarschaftsdienst.«

»Verdienen Sie denn nicht auch ordentlich an den Vorspülungen?«

»Doch, doch.« Gustafsson schmunzelte. »Wir haben natürlich auch jede Menge Kosten. Die Schiffe, die Zeit, das

Personal. Alles kostet. Aber wenn Sie das alles genau kennen, dann wissen Sie, was zu tun ist. Dank unserer Erfahrungen können wir günstiger kalkulieren als unsere Konkurrenz.«

»Und wieso kann die Konkurrenz das nicht auch so machen?«

»Da müssten Sie die Konkurrenz fragen oder die ausschreibenden Behörden, die sich für uns entscheiden. Greifen Sie zu.«

Ed entschied sich für eine Auster, träufelte etwas Zitrone auf das Fleisch, das er anschließend vorsichtig mit einer Gabel vom Muskel löste und genussvoll verzehrte.

»Ausgezeichnet«, lobte er. »Was mich wundert, Herr Gustafsson, ist, dass Herr Wülfer gar keinen Kontakt mit Ihnen aufgenommen hat.«

»Was soll ich dazu sagen?«

»Ich meine, nach dem Gespräch mit Herrn Kühn wäre das doch für einen sauber recherchierenden Journalisten eigentlich zwangsläufig der nächste Schritt gewesen.«

»Das mag stimmen, aber wir hatten nie Kontakt miteinander.«

Ed nahm eine weitere Auster. Auch sie war köstlich. Aber er war sich sicher, dass Gustafsson log. Wülfer hatte sicher das Gespräch mit Gustafsson gesucht. Nur, wie konnte er das beweisen?

Der Kutter passierte die Lister Strandhalle und hielt in Ufernähe auf Kampen zu.

»Wo sind Sie sonst noch mit Vorspülungen aktiv?«, fragte Ed.

»Weltweit, wie gesagt. Sehen Sie, Herr Kommissar, es heißt immer ›wie Sand am Meer‹. Und das stimmt auch. Aber weil Sand nicht gleich Sand ist, stimmt der Satz auch wieder nicht. Sand ist inzwischen kostbar geworden. Kostbar, weil er begrenzt ist. Sie können nicht jeden Sand für alles verwenden.«

Das hatte schon Astrid Gadau Ed erklärt.

»Deshalb müssen wir überall dort, wo wir aktiv sind, strenge Umweltschutzauflagen erfüllen.« Gustafsson sah ihn durchdringend an. »Sand wird irgendwann kostbarer sein als Gold. Dann reden wir nicht nur von seltenen Erden, sondern von seltenen Sanden.«

»Sie meinen, es wird nicht nur Kriege um Wasser geben, sondern auch um Sand?«

Der Gedanke irritierte Ed.

»Noch ist es nicht so weit. Aber Sand ist schon heute ein sehr, sehr begehrter Rohstoff.«

Mit ausladender Geste zeigte Gustafsson zur Küste.

»Das kann man sich bei so viel Sand eigentlich gar nicht vorstellen, nicht wahr? Eigentlich ist Sand viel zu kostbar, um auf den Strand gespült zu werden, nur damit er dort vom Meer wieder aufgefressen wird.«

Es war wie so oft. Überfluss und Mangel lagen dicht beieinander.

»Wir sind gleich da. Kommen Sie …«

Über das Fallreep stiegen sie an Bord des Hopperbaggers. Dessen Name »Santa Maria« ging vermutlich auf die Idee eines besonderen Scherzkekses zurück. Für die Entdeckung unbekannter Welten auf dem Seeweg nach Westen eignete sich das in die Jahre gekommene Schiff jedenfalls kaum. An Bord begrüßte sie der Kapitän, ein stämmiger junger Mann, kaum dreißig Jahre alt und lässig bekleidet mit Shorts und T-Shirt. Doch immerhin trug er Helm und Baustellenschuhe mit Eisenkappen.

»Zlatko«, stellte er sich vor und schüttelte Ed die Hand. »Aber mich nennen hier alle nur Kolumbus.«

Während Gustafsson und Kolumbus sich einen Moment auf Dänisch unterhielten, ließ Ed seinen Blick über das Schiff schweifen. Es war eine schwimmende Maschine, die den typischen Schiffsgeruch nach Maschinenöl, Diesel und brackigem Wasser verströmte. Überrascht stellte Ed fest, dass er Westerland noch nie von der Seeseite aus betrachtet hatte. Klein wie Spielzeug erhob sich die Hochhaustrias an der Strandpromenade.

Ganz schön weit, schoss es ihm durch den Kopf, wenn man die ganze Strecke als Ungeübter schwimmen müsste. Zum Glück hing seitlich neben der Brücke eine Rettungskapsel, in die man sich im Falle des Falles flüchten konnte. Und ohnehin waren die Baggerschiffe ja nur in der »schönen« Jahreszeit unterwegs. Da sollten sie vor gewaltigen Unwettern geschützt sein.

»You've picked the best time to share our work. The ship will now start to suck the sand-water mixture into the hold«, erklärte der Kapitän und betätigte dabei einige Schalter am Steuerpult.

Langsam setzte sich das Schiff in Bewegung.

»Der Sand wird an der Seite eingesaugt«, ergänzte Gustafsson. »Wenn der Laderaum voll ist, wird das automatisch angezeigt, und wir fahren an die Übergabestelle, wo wir ihn in den Düker einspeisen. Sie wissen, was ein Düker ist?«

Ed nickte. Das hatte ihm Kühn erklärt.

»Kommen Sie, wir drehen eine Runde auf dem Schiff«, forderte ihn Gustafsson auf und reichte ihm einen orangefarbenen Sturzhelm. »Sie werden sehen, das ist alles ziemlich unspektakulär hier. Aber passen Sie gut auf, dass Sie nicht stolpern.«

Gustafsson ging auf einem Steg voran über das Deck. Darunter erstreckte sich ein Gewirr aus mächtigen Röhren, manche noch grau, manche nur noch rostig und von orangefarbenen Kranaufbauten überfangen.

Ed hörte das Brummen der Motoren, das ihn unheimlich anmutete.

»Der Sand wird vom Meeresgrund zusammen mit dem Meerwasser aufgenommen und senkt sich dann im Laderaum ab«, erläuterte Gustafsson. »Beim Entladen wird der Schlick dann zusammen mit Meerwasser hochgepumpt ...« Er zeigte auf ein Rohr, das vor ihnen entlanglief. »... und dort vorne anschließend ausgepumpt. Und das ist im Grunde genommen schon alles.«

»Wie groß ist das Fassungsvermögen des Schiffes?«, fragte Ed.

»Zweieinhalb Millionen Kubikmeter Sand spülen wir in diesem Sommer vor Sylt auf. Etwa die Hälfte davon direkt am Strand, die andere als künstliche Sandbank, den Vorstrand. Und was die Ladekapazität der Schiffe betrifft ...«

Gustafsson schaute zu Kolumbus.

»*About 5000 cubic meters?*«

Kolumbus nickte.

»*More or less.*«

Die Santa Maria war wieder zum Stehen gekommen, und die Dulcibella schob sich seitwärts an den Hopperbagger heran. Das Fallreep wurde heruntergelassen.

Ed schaute zum Kapitän, doch der stand schon wieder auf der Brücke und hatte keinen Blick mehr für ihn.

Aus den Augen, aus dem Sinn?, schoss es Ed durch den Kopf.

Vielleicht war Kolumbus aber einfach nur froh, dass er den neugierigen Besucher endlich wieder los war und ungestört weiterarbeiten konnte. Auf ihrer Rückfahrt nach List blieben Gustafsson und Ed an Deck. Der Smutje reichte ihnen Kaffee.

»Sie können aber auch mit dem Regenbogenverfahren vorspülen«, setzte Gustafsson seine Erklärungen fort, während sie Eds Badestelle zwischen Westerland und Wenningstedt passierten.

»Klingt schöner, als es letztlich ist. Dabei spuckt das Schiff seine Ladung in großem Bogen vor sich aus. Wenn Sie Glück haben, glitzert dann im Sonnenschein tatsächlich ein kleiner Regenbogen.«

Ed spürte eine nagende Müdigkeit, die auch der starke Kaffee nicht lindern konnte. Halfen ihm all diese Informationen überhaupt weiter, mit denen ihn Gustafsson überschüttete? Nun wusste er, wie die Vorspülung funktionierte. Schön und gut. Aber wo war die Verbindung zu Wülfer? Wieso hatte er keinen Kontakt zu Gustafsson aufgenommen?

»Mögen sie einen Cantuccini?«

Gustafsson hielt ihm eine Schale mit den harten italienischen Mandelkeksen hin.

»Nein danke«, lehnte Ed ab. »Arbeiten Sie eigentlich mehr von Kopenhagen aus oder von Esbjerg?«

»Esbjerg spielt nicht so eine große Rolle für uns«, gestand Gustafsson.

»Dann hatte ich ja tatsächlich Glück, Sie in den letzten Tagen hier anzutreffen.«

»Ja, großes Glück sogar. In den nächsten Tagen bin ich im arabischen Raum unterwegs. Die brauchen auch meinen Sand. Ist das nicht verrückt?«

Ed lächelte verbindlich. Er war sich ziemlich sicher, dass nicht allein Glück dafür verantwortlich war, dass Gustafsson sich so viel Zeit für ihn genommen hatte.

»Wenn Sie noch etwas zum Sand wissen wollen, Herr Kommissar, lassen Sie es mich wissen.«

»Du siehst ja nicht gerade aus, als hättest du ein Erfolgserlebnis gehabt«, begrüßte ihn Muri, als Ed wieder das Revier betrat.

»Ich glaube, diese Tour hätte ich mir schenken können.«

»Wie kommt es?«

Ed ließ sich auf einen Bürostuhl plumpsen.

»Das hatte etwas von einem Schulausflug. Zum vereinbarten Zeitpunkt hinkommen, staunen und wieder nach Hause gehen. Aber ohne Mehrwert.«

»Was hast du erwartet?«

»Tja«, antwortete Ed. Das wusste er selbst nicht so genau. Vielleicht, dass er irgendwo einen Hinweis auf Wülfers Story fand?

»Und was gab es an Bord zu bestaunen?«

»Warst du schon mal auf so einem Baggerschiff?«

Muri schüttelte den Kopf. »Gesehen habe ich sie schon hundert Mal, wenn sie vor der Küste auf und ab fuhren. Aber besucht habe ich noch keines.«

»Eine rostige Angelegenheit. Viele Rohre, die von hier nach dort führen. Eindrucksvoll, aber letztlich auch völlig unspektakulär.«

In kleinen Schritten rekapitulierte Ed für Muri den Ablauf seines Ausflugs. Vom Austernfrühstück an Bord der Dulcibella über die Begegnung mit Kolumbus auf dem Hopperbagger bis zur Rückfahrt.

»Aber weißt du, was mich irritiert hat? Dass Gustafsson in List von einem Chauffeur abgeholt wurde und der Kutter allein zurück nach Esbjerg fuhr«, schloss Ed seinen Bericht.

Muri musterte ihn intensiv.

»Ed, was ist nur los mit dir?«

»Was meinst du damit?« Ratlos schaute er seinen Kollegen an.

»Wo ist dein Gespür geblieben? Fragst du dich nicht, warum da jemand derart vor dir glänzen wollte?«

»Oder mich ruhigstellen möchte, meinst du?«

»Oder vielleicht beides«, ergänzte Muri.

Schlagartig änderte sich die Atmosphäre im Raum. Eben hatten noch Resignation und Müdigkeit geherrscht. Jetzt breitete sich eine Anspannung aus. Sie waren zurück in der Spur.

»Aber warum? Das ist die Frage.«

»Du hast schon ganz recht, damit wir Ruhe geben«, sagte Muri entschlossen. »Weshalb sonst? Deshalb leugnet Gustafsson auch einen Kontakt zu Wülfer. Unsere Ermittlungen stören ihn. Er fühlt sich bedrängt. Er nimmt sich nicht so viel Zeit für dich, weil du so ein netter Kerl bist oder weil du Fynn kennst. Es wäre wichtig, dass wir nachweisen könnten, dass Wülfer doch Kontakt zu ihm aufgenommen hat …«

»Alles andere wäre auch unwahrscheinlich …«, warf Ed ein.

»Ich rede gleich noch mal mit Dahl. Übrigens: Nesser hat versucht, ein bisschen mehr über deinen Gastgeber heute herauszufinden. Und siehe da, es gibt Gerüchte, dass er im arabischen Raum … sagen wir: in nicht immer ganz astreine Geschäfte verwickelt sei.«

»Wegen des Sandes?«

»Ja und nein. Es handelt sich um größere Bauvorhaben dort. Und wo gebaut wird …«

»… da braucht man Beton. Und für Beton braucht man Sand.«

Muri lächelte. »Sieh an, du siehst schon wieder viel frischer aus!«

»Vielleicht war meine Exkursion doch nicht so vergeblich, wie ich dachte.«

»Wahrscheinlich war der entscheidende Lerneffekt, dass jemand ein großes Interesse daran hat, Sand in das Getriebe unserer Ermittlung zu streuen.«

»Trotzdem. Ich bekomme ein dubioses Bauvorhaben auf der arabischen Halbinsel und Sandvorspülungen vor Sylt noch nicht zusammen.«

»Vielleicht weil du mal wieder zu kompliziert denkst?«, schlug Muri vor.

»Was meinst du damit schon wieder? Meinst du, ich bin einfach kompliziert?«

Ed zog einen Flunsch. Doch Muri ging nicht darauf ein.

»Vielleicht liegt der Zusammenhang zwischen beidem einerseits in der Person Gustafssons und andererseits im Sand.«

»Hm, aber wie denn?«

»Genau das müssen wir jetzt herausbekommen. Schönen Gruß übrigens auch von unseren IT-Spezis. Die knabbern immer noch daran, irgendwo Wülfers gesicherte Daten aufzutun. Scheint ein ganz Gewiefter gewesen zu sein in Sachen Datenschutz.«

»Er wird gewusst haben, warum. Hat eigentlich schon jemand Frau Wülfer die Bilder von Kühn gezeigt?«

»Da sind die Kollegen dran und wollten sich eigentlich bei mir melden. Haben sie aber noch nicht.«

Mit jedem Schritt auf seiner abendlichen Joggingrunde fühlte sich Ed befreiter. Eigentlich wusste er es doch: Was sich gerade noch wie Leerlauf in den Ermittlungen angefühlt hatte, war nur eine Form der verdichteten Zeit. Die Erfahrung dieses Kippmoments hatte er schon bei manch anderen Fällen gemacht. Während sie noch dachten, sie würden im Morast der Spurensuche feststecken, hatten sie in Wirklichkeit bereits begonnen, sich zur Lösung vorzutasten. Trotzdem ließ sich Ed jedes Mal von dieser mühsamen Situation überrumpeln. Dann stand er bei einem Fall wie vor einem riesengroßen Etwas, das trotz all ihrer Bemühungen um klare Strukturen bei ihren Ermittlungen undurchdringlich erschien. Sich widersprechende Bilder wirbelten ihm durch den Kopf. Einerseits galt es, die losen Fäden ihrer Nachforschungen zusammenzubinden. Andererseits mussten sie zugleich den Knoten ihrer Verflechtungen zerschlagen. Das war Ed dank des Gesprächs mit Muri einmal mehr deutlich geworden. Blieben nur noch die Knoten mit Mara und Elsa übrig. Aber wer sagte, dass alle Knoten auf einmal zu lösen waren?

Vor der Friesenkapelle am Wenningstedter Dorfteich parkte Hinnerks Pagode. Ed entschied, seine Laufrunde kurz zu unterbrechen, und warf einen Blick in die vertraute Kirche. Tatsächlich entdeckte er Hinnerk ganz vorne vor dem Altar. Neben ihm saß Pastorin Krüger. Statt eines festlichen Talars trug sie Alltagskleidung. Jeans, Poloshirt. Beide schauten ganz versunken auf das Kreuz aus Fliesen, das die Rückwand der kleinen Kirche schmückte. Warmes oranges Licht strömte durch die Seitenfenster in den stillen Raum.

Ed wollte sich schon wieder leise zum Ausgang wenden, als ihn Hinnerk bemerkte.

»Ed!«

»Ich habe dein Auto gesehen …«

»Komm, setz dich einen Moment zu uns.«

Ed fiel auf, dass Hinnerk mit ruhigerer Stimme sprach als bei ihren letzten Begegnungen.

»Ich habe gestern Abend in der Redaktion vorbeigeschaut. Aber du warst nicht mehr da«, erzählte Ed.

»Ah«, antwortete Hinnerk nur und verfiel in andächtiges

Schweigen, das für einen Moment im Raum schwebte wie die Sommerluft.

»Ich glaube, ich muss mich bei dir entschuldigen, Ed. Bei euch …«, setzte Hinnerk an.

Ed winkte ab.

»Mir setzt Freds Tod ziemlich zu.« Hinnerk schluckte einen Seufzer hinunter. »Das hast du sicher bemerkt.«

»Es war nicht zu übersehen, Hinnerk. Aber dafür haben alle Verständnis.«

»Ich war …«, Hinnerk suchte nach dem richtigen Begriff, »… ungerecht. Entschuldige bitte.«

»Alles gut«, antwortete Ed. »Als ich gestern vorbeikam, wollte ich dir nur sagen, dass wir ermitteln, das wir alles versuchen, um den Mörder von Fred Wülfer zu finden.«

»Ja«, antwortete Hinnerk tonlos.

»Wie geht es Lotte?«, schaltete sich Pastorin Krüger in das Gespräch ein.

»Viel, viel besser«, antwortete Ed. »Manchmal schwankt Lottes Stimmung ziemlich. Aber der Job im Wellhørn tut ihr gut. Und Boy tut ihr auch gut. Gestern haben wir übrigens zusammen vegane Bolognese gekocht. Köstlich. Ich durfte sogar etwas Käse darüberstreuen. Aber alles andere … die Geschichte mit Clara, der ewige Konflikt mit Mara, die Sache mit dem Containern, das belastet sie auch.«

»Ja, das ist alles viel für so junge Menschen. Andererseits habe ich den Eindruck, dass ihre Fröhlichkeit wieder zurückkommt.«

»Es braucht seine Zeit«, verkündete Hinnerk, während ihm Tränen über die Wange rannen.

»Braucht es«, bestätigte Pastorin Krüger und griff nach Hinnerks Hand.

19

In dieser Nacht schlief Ed unruhig. In wilden Träumen steckte er in schlickigem Sand fest. Mühsam kämpfte er sich gegen den lähmenden Widerstand voran und kam doch nicht wirklich vorwärts. Vor sich sah er Elsa am Strand spazieren. Doch so laut er auch nach ihr rief, sie hörte ihn nicht. Währenddessen sprudelte hinter ihm aus gewaltigen Röhren immer mehr Schlick hervor, der ihn zu verschlucken drohte.

Schweißgebadet wachte er auf.

Vor dem Fenster breitete sich die blaue Stille eines frühen Sylter Morgens aus.

Erleichtert atmete er auf.

Ihm fiel ein, dass er vergessen hatte, Elsa zurückzurufen. Er schaute auf sein Handy. Kurz vor sechs. Da schlief sie sicher noch.

Anstatt sich noch einmal hinzulegen, entschied Ed sich für einen frühen Tee. Während das Wasser aufkochte, scrollte er auf dem Tablet durch die Zeitungen. Im Hintergrund klang leise Paolo Fresus' Trompete und trug dazu bei, dass Eds Erinnerungen an den Albtraum weiter verwehten. Zwei Toasts mit Marmelade später tippte er gut gelaunt eine Nachricht an Elsa in sein Smartphone. Er berichtete von seinem Besuch auf dem Hopperbagger und dem berührenden Gespräch mit Pastorin Krüger und Hinnerk am Abend zuvor. Nachdem er die Nachricht abgeschickte hatte, schaute er noch einen Moment auf sein Handy. Keine zwei Häkchen, keine schnelle Antwort. So schaukelte der Morgen in sanften Wellen voran, und Ed bemerkte gar nicht, wie die Zeit verstrich.

Kurz nach acht meldete sich Muri.

»Gute Nachrichten aus Flensburg«, sagte er. »Die Kollegen haben Frau Wülfer Fotos von Kühn und Gustafsson gezeigt. Zu Gustafsson fiel ihr nichts ein. Aber bei Kühn stutzte sie. Irgendwie kam er ihr bekannt vor, aber ob er es war, der sie überfallen hat, konnte sie nicht sagen ...«

»Trotzdem. Allein dass sie gestutzt hat, sollte uns dazu anhalten, uns noch mal mit Kühn zu befassen. Vielleicht hat er auch mit dem Verschwinden von Wülfer zu tun?«

»Noch ziemlich viel Konjunktiv, finde ich, aber ja, in diese Richtung müssen unsere Ermittlungen laufen.«

»Ich komme gleich«, rief Ed und spürte, wie ihn ein Adrenalinschub durchfuhr.

»Treffen wir uns im Wellhørn?«, schlug Muri vor. »So früh kann ein ordentlicher Kaffee nur guttun, oder? Wird vermutlich ein langer Tag werden.«

Zwanzig Minuten später saßen sie in dem Café in der Strandstraße.

»Die Kollegen auf dem Festland statten Sebastian Kühn gerade einen Besuch ab. Bin gespannt, was er zu sagen hat«, berichtete Muri.

»Wie würde Nesser jetzt sagen? Bisher sind das alles nur Vermutungen, meine Herren. Wo sind die Beweise? Und wo ist das Motiv?«

»Er hat recht. Die entscheidende Frage, die wir zu klären haben, ist die nach einem möglichen Motiv. Warum hätte Kühn Wülfer umbringen sollen?«

Sie wollten gerade zu den anderen in die Wache aufbrechen, als Eds Handy klingelte.

»Guten Morgen, Ed«, meldete sich Astrid Gadau. »Grade sind eure Kollegen bei mir im Amt aufgetaucht.«

»Vermutlich suchen sie Kühn.«

»Richtig, das haben sie mir auch gesagt. Aber das Seltsame ist, dass Kühn bereits seit gestern verschwunden ist.«

»Wie, verschwunden?«, fragte Ed überrascht.

»Er sollte gestern Mittag von Sylt zurückkommen. Ist er aber nicht. Zumindest ist er nicht mehr im Büro vorbeigekommen und auch nicht bei seiner Freundin. Telefonisch war er auch nicht zu erreichen. Heute Morgen ist er immer noch nicht im Büro, und er geht nicht ans Telefon.«

Ed stutzte. Wo war Kühn? Hatte er bemerkt, dass sich nach dem letzten Gespräch auf dem Revier die Schlinge enger um seinen Hals gelegt hatte, und sich daraufhin entschlossen, die Flucht zu ergreifen?

»Danke, Astrid. Wir geben eine Fahndung nach ihm raus. Du hast den Kollegen das Gleiche erzählt?«

»Natürlich.«

»Danke noch mal. Und falls er sich bei dir meldet, gib uns bitte sofort Bescheid.«

Muri und Ed schauten sich an und beeilten sich, ins Polizeirevier zu kommen. Beide verfolgten denselben Gedanken: Kühns Flucht käme einem Schuldeingeständnis gleich. Allerdings mit einer nicht unwesentlichen Einschränkung: Handelte es sich bei seinem Verschwinden überhaupt um eine Flucht? Bahnhöfe, Flughäfen, Autobahnen wurden überwacht. Der Norden schaltete mit der Suche nach Kühn in den Alarmmodus.

»Was ist, wenn er versucht, sich über Dänemark aus dem Staub zu machen?«, fragte Max.

»Guter Punkt«, rief Muri, während er bereits versuchte, Fynn Dahl zu erreichen.

»Moin, Fynn.«

»Moin, Muri.«

»Ich schalte dich auf Mithören, wir sitzen gerade in der

Wache zusammen. Folgendes: Sebastian Kühn, ein Ver-
dächtiger im Mordfall Fred Wülfer, ist seit gestern verschwunden.«

»Das wird ja zu einer unschönen Tradition bei euch, dass
die Leute einfach verschwinden.«

»Ja, sehr unschön«, bestätigte Ed.

»Und nun möchtet ihr, dass wir an der Grenze zu
Deutschland schauen, ob er über Dänemark reist?«

»So ist es«, bestätigte Muri im Wechselgesang mit Ed.

»Ja, aber was soll das helfen, wenn er schon gestern verschwunden ist? Dann hätte er die Grenze ja schon längst
überschritten.«

»Aber er muss noch nicht unbedingt außer Landes sein.
Fähren und Flugzeuge wären eine Option für ihn.«

»Bei den Fähren oder der Bahn sehe ich keine große
Chance, ihn aufzufinden. Aber natürlich werde ich das
sofort ins System geben. Bei Flughäfen wäre es einfacher.
Schickt mir möglichst schnell alle relevanten Daten und
Bilder rüber, die ihr habt.«

»Wohin könnte er denn von eurem Flughafen in Esbjerg
gelangen? Das wäre ja das Naheliegendste.«

Fynn lachte. »Na, ich glaube nicht. Die Crews der Öl-
plattformen fliegen nach Norwegen oder Schottland. Ich
kann mir nicht vorstellen, dass das so verlockend für ihn
ist. Wisst ihr, ob er mit dem Auto unterwegs ist?«

»Das müssen wir klären, Fynn. Und die Daten schicken
wir dir. Vielen Dank für deine Unterstützung.«

Fünf Minuten später war klar, dass Sebastian Kühns
Tesla vor seiner Haustüre in Husum stand.

»Mit so einem E-Mobil würde ich mich auch nicht auf
die Flucht begeben«, erklärte Friedericke.

»Weil der gerade mal für die Fahrt von hier nach Hörnum reicht, oder wie?«, zog Max sie auf.

»Na, ein bisschen weiter schon, aber für eine Flucht nach irgendwo …«

»Ist doch völlig egal«, raunzte Muri. »Er hat ihn ja nicht benutzt. Viel mehr interessiert mich, wie er sich ein solches Auto leisten kann.«

Der Dienstwagen, mit dem Kühn kürzlich bei Ed am Strand vorgefahren war, stand weder an dessen Wohnung noch bei der Behörde. Möglich, dass er an der Sylter Dependance parkte. Das mussten sie schnellstmöglich klären.

Ein erstes Gespräch der Kollegen mit Kühns Freundin ergab keine Anhaltspunkte zu seinem Aufenthalt. Offenbar hatte er auch nichts aus seiner Wohnung mitgenommen.

»Handydaten, Kreditkartendaten, wir müssen alles checken. Weiß Franz in Kiel schon Bescheid?«, warf Ed in den Raum.

Friedericke nickte. »Habe gerade mit ihm gesprochen.«

»Gut«, sagte Ed zufrieden. »Trotzdem habe ich gerade kein gutes Gefühl. Was meint ihr?«

Alle aus dem kleinen Westerländer Trupp schauten sich einen Moment lang besorgt an.

»Ich auch nicht«, bestätigte Muri in das Schweigen hinein. »Ich fürchte, unsere Fahndung wird nichts bringen.«

»Ja, das sehe ich genauso«, stimmte Ed ihm frustriert zu.

Zehn Minuten später erreichten sie die Sylter Außenstation des Husumer Umweltamts. Umgeben von einem wogenden Meer aus duftenden Heckenrosen, befand es sich zwischen Westerland und Wenningstedt, gleich bei Eds bevorzugter Badestelle. Der suv, mit dem Kühn neulich gefahren war, parkte tatsächlich neben dem Haus. Die beiden Polizisten zeigten dem überraschten Praktikanten, der sie in das Haus ließ, ihre Dienstausweise vor.

»Haben Sie Herrn Kühn heute schon gesehen?«, fragte Ed und versuchte, den verunsicherten jungen Mann, der sich als Johannes Seitling vorgestellt hatte, nicht weiter einzuschüchtern, während Muri seine Aufmerksamkeit dem Türschloss des Hauses widmete. Keine Einbruchspuren.

»Tut mir leid, leider nein«, antwortete Seitling.

»Wann haben Sie heute angefangen zu arbeiten?«

»Ich bin gerade erst rein. Vorher sollte ich bei der Vorspülung vorbeischauen. Was ist denn …«

»Hier gibt es doch bestimmt ein Apartment, das benutzt wird, wenn Mitarbeiter länger auf der Insel zu tun haben?«, fiel Ed ihm ins Wort.

»Eine Kammer. Da hat Herr Kühn die letzten Nächte geschlafen.«

»Bitte zeigen Sie uns den Raum.«

»Ja, aber …«

»Schnell!«, forderte Muri ihn auf.

Das schmucklose Zimmer lag im Obergeschoss. Nur wenige Quadratmeter groß, bot es Platz für ein schmales Einzelbett, eine Kommode und einen Tisch mit Stuhl. Das Bett war ungemacht. Eine Tüte mit Brezeln stand auf dem Tisch. Daneben ein benutztes Glas. Auch hier deutete auf den ersten Blick nichts auf einen Einbruch oder gar auf eine Auseinandersetzung hin. Obwohl das Zimmer, was Ordnung und Schönheit betraf, das genaue Gegenteil von Wülfers Raum bei Hinnerk zeigte, rief es bei Ed sofort die Erinnerung an den Anfang des Falles wach. Muri zog sich Handschuhe über und unterzog Bett, den Rucksack daneben und die Kommode einer ersten Überprüfung. Ohne Ergebnis.

»T-Shirts, eine Hose, Unterwäsche. Kein Buch, keine Unterlagen, kein Computer«, zählte er auf.

»Der Computer von Herrn Kühn steht meistens im

Büro«, warf Seitling ein, der in der Tür stand und den beiden zuschaute.

»Wo?«, fragte Ed knapp.

Seitling wies die Treppe hinunter.

»Was für einen Computer nutzt Herr Kühn?«, fragte Ed.

»So einen mittelschweren schwarzen Kasten«, erklärte er abschätzig.

Ed grinste. Vermutlich stand der junge Mann eher auf filigraneres Equipment. Aber so etwas war für eine Behörde viel zu kostspielig.

»Und den hat er in den letzten Tagen hier benutzt?« Muri war ihnen in das Büro gefolgt, dessen einzigen Schmuck der Ausblick auf die Dünen bildete.

»Ja. Darüber kontrolliert er die ganzen Onlinedaten der Vorspülung.«

»Onlinedaten?«, fragte Muri überrascht nach.

»Natürlich. Wer wo wie viel Sand entnimmt und dann vorspült, wo die Schiffe liegen … All das wird satellitengestützt überwacht.«

Muri und Ed schauten sich an. Davon hatten ihnen weder Astrid etwas erzählt noch Gustafsson oder Kühn.

»Und wer kann noch an die Daten?«

»Keine Ahnung. Ich habe manchmal draufgeschaut, so über die Schulter von Herrn Kühn. Aber das war ihm irgendwie nicht recht. Ich solle das nicht falsch verstehen, aber er möge es nicht so, wenn jemand hinter ihm stünde. Also habe ich es gelassen. Dabei würde es mich ziemlich interessieren, ehrlich gestanden. Der Einsatz von satellitengestützten Informationssystemen im Naturschutz ist ein spannendes Thema für die Zukunft.«

Seitling blühte auf.

»Ich habe schon mit meinem Prof in Berlin gesprochen, dass ich darüber meine Masterarbeit schreiben will. Vielleicht wäre aus den Sylter Daten sogar eine Diss drin. Deshalb war die Abfuhr von Kühn auch echt blöd. Ziemlich unkollegial.«

Ed vermutete, dass es sich bei Kühns abweisendem Verhalten wohl weniger um eine Frage der Kollegialität gehandelt hatte.

»Erschien Ihnen Herr Kühn in den letzten Tagen anders als sonst?«, fragte er nach.

»Anders? Ich kenne ihn ja nicht so gut, ich bin erst seit zwei Wochen hier.«

»War er vielleicht nervös, unruhig, angespannt?«

Seitling dachte nach.

»Nö, eigentlich nicht. Obwohl. Irgendwie erschien er mir am Anfang netter. Gestern früh war er schon irgendwie komisch, total gereizt. Keine Ahnung. Vielleicht hatte er auch nur schlecht geschlafen.«

»Bitte finden Sie sich umgehend auf der Wache in Westerland ein. Dort erzählen Sie den Kollegen alles, wirklich alles, was hier in den letzten Tagen passiert ist.«

Schlagartig war Seitlings Verunsicherung zurückgekehrt.

»Ja, aber ich soll doch …«

»Sie fassen hier nichts mehr an. Sie warten, bis die Spurensicherung kommt, und melden sich dann umgehend auf der Wache in Westerland, klar?«, wiederholte Muri energisch.

»Aber …«, setzte Seitling erneut an, doch da hatte Ed bereits Astrid Gadau am Telefon.

»Hallo, Astrid. Wir sind gerade in eurer Sylter Außenstelle. Keine Spur von Kühn. Es wäre sehr hilfreich, wenn du eurem Praktikanten, Herrn Seitling, klar machen könntest, dass er bitte genau das tut, worum ich ihn gerade gebeten habe.«

»Na, du bist ja forsch drauf! Was soll er denn machen?«

»Nichts anfassen, die Spusi reinlassen und anschließend auf der Wache haargenau erzählen, was er hier in den letzten Tagen mit Kühn erlebt hat.«

»Verdächtigt ihr ihn?«

»Astrid, bitte!«

Ed reichte sein Handy an Seitling weiter, der nickend den Anweisungen aus Husum lauschte, die ihm Astrid Gadau entsprechend Eds Vorgaben wiederholte.

»Alles klar«, antwortete er und reichte das Telefon zurück.

»Danke«, sagte Ed.

Doch Astrid hatte bereits aufgelegt.

Gerade als Ed und Muri die Außenstelle verließen, tauchte Hinnerk vor ihnen auf.

»Es gibt einen weiteren Vermissten?«

»Kein Kommentar, Hinnerk«, antwortete Ed.

»Es soll ein Mitarbeiter des Naturschutzamtes sein.«

»Kein Kommentar«, wiederholte Ed.

»Inwieweit ist er in den Fall verwickelt? Ist er die *Bestie vom Rantumbecken*? Der Mörder von Fred Wülfer?«

Ed schaute Hinnerk fassungslos an. Gestern Abend noch war Hinnerk ein Häufchen Elend gewesen, dem Pastorin Krüger die Hand halten musste. Heute früh war er der Racheengel der Presse.

»Oder ist er selber ein Opfer?«

Weder Ed noch Muri machten sich die Mühe zu antworten.

Hinnerk zog sein Handy aus der Tasche und begann zu filmen, wie die beiden Polizisten zu ihrem Wagen gingen.

»Hat sich der Mörder von Fred Wülfer selbst gerichtet?«

Muri griff nach Eds Arm, um ihn von einer unbedachten

Reaktion abzuhalten. Doch der hatte sich bereits zu Hinnerk gedreht.

»Das ist so unterirdisch, das ist selbst unter deinem Niveau«, sagte Ed mit ruhiger Stimme und drehte sich wieder zu Muri.

Auf dem Weg nach Westerland rief er Frau von Schlinsky an.

»Herr Kommissar! Wieder unterwegs im Namen von Recht und Ordnung? Was kann ich für Sie tun?«

»Sie sollten einen Blick auf Herrn Hinnerkson werfen. Er hat uns während unserer Arbeit gefilmt. Ich bitte Sie, dafür zu sorgen, dass er sich nicht selbst schadet. Dazu gehört auch, dass dieses Video nicht im Netz landet.«

»Was halten Sie von der Pressefreiheit?«

»Sehr viel. Was halten Sie von einer justiziablen Behinderung der Polizei?«

»Ich sehe, was sich machen lässt.«

»Haben Sie Hinnerk auf den vermissten Mitarbeiter des Küstenschutzes angesetzt?«

»Ist denn jemand verschwunden?«, fragte von Schlinsky scheinheilig.

Doch Ed ließ sich nicht provozieren.

»Es geht möglicherweise um Leben und Tod. Wir wären Ihnen überaus dankbar, wenn Sie das entsprechend Ihrer ethischen Prinzipien in Ihre Erwägungen zur Berichterstattung einfließen ließen.«

»Der wortgewaltige Herr Koch. Geht es vielleicht auch eine Nummer kleiner?«, frotzelte von Schlinsky.

»Ich fürchte, in diesem Fall nicht«, antwortete Ed und legte auf.

»Was vermutest du, was mit Kühn passiert ist?«, fragte Muri.

»Suizid, Flucht, Entführung. Alles möglich. Nur dass er gerade jetzt ganz zufällig verschwunden ist, schließe ich aus.«

»Und vor die Wahl gestellt zwischen den drei Möglichkeiten?«

Ed zögerte mit seiner Antwort.

»Ich bin mir unsicher. Ein Suizid als Kurzschlussreaktion halte ich für denkbar. Vielleicht hat Kühn etwas mit Wülfers Tod zu tun und ist von seinen Schuldgefühlen übermannt worden? Ebenso denkbar wäre dann eine Flucht, auch wenn Kühns Erfolgsaussichten da wohl eher gering sein dürften. Andererseits – wer sollte ihn entführen? Und warum?«

»Das ist die Frage«, stimmte Muri zu. »Und dahinter lauert die andere, alles entscheidende Frage: Ist Kühn Täter oder Opfer?«

»Oder beides«, warf Ed ein.

Den Nachmittag über blieb die Stimmung angespannt. Die Nachforschungen ergaben weder in Dänemark noch in Deutschland etwas Brauchbares. Auch das Verhör mit Seitling förderte keine neuen Erkenntnisse zutage. Kühn blieb verschwunden. In der Onlineausgabe des *Tageblatts* hatte sich Hinnerk zur reißerischen Schlagzeile *Sylter Bestie. Das zweite Opfer?* durchgerungen. Wenigstens mit einem Fragezeichen und nicht gleich als Tatsachenbehauptung. Darunter war ein Foto von Kühn zu sehen, das Hinnerk vermutlich irgendwo aus den sozialen Medien gefischt hatte.

Lotte brachte ihnen frischen Kaffee aus dem Wellhørn vorbei.

»Diesen Sonderservice gibt es aber nur ganz ausnahmsweise für ganz besonders beschäftigte Hauptwachtmeister«, erklärte sie schmunzelnd und kündigte im selben Atemzug für den Abend ihr Fernbleiben an.

»Im Pfarrhaus?«, fragte Ed.

Doch Lotte lächelte nur charmant. »Nein. Wir treffen uns hinter den sieben Muscheln bei den sieben Tetrapoden«, antwortete sie keck und verschwand wieder in Richtung Café.

Ed freute sich einen Kullerkeks über ihre Schlagfertigkeit.

»Ein bisschen Hauptwachtmeister Dimpfelmoser aus dem Räuber Hotzenplotz und eine Prise sieben Zwerge, und schon ist dein Tag gerettet«, freute sich Friedericke mit.

»Wenn ein solcher Tag überhaupt zu retten ist«, raunte Muri.

Auch ein weiteres Telefonat mit Astrid Gadau und die ersten Einschätzungen der Spurensicherung erbrachten keine Hinweise über Kühns Aufenthaltsort. Wieder einmal hieß es: Geduld bewahren. Kurz bevor Ed sich auf den Heimweg begeben wollte, meldete sich Nesser.

»Der Firmenhubschrauber hat euren Herrn Gustafsson gestern von Westerland nach Esbjerg gebracht, von wo er mit seinem Privatjet nach Kopenhagen weitergereist ist. Ohnehin scheint er sich selten an der dänischen Westküste aufzuhalten. Die aktuelle Präsenz erscheint eher ungewöhnlich zu sein.«

»Sagt wer?«, fragte Ed.

»Meine dänischen Quellen«, bemerkte Nesser nebulös.

»Du meinst, deine *namenlosen* dänischen Quellen. Haben die auch eine Idee, wo wir nach Sebastian Kühn suchen sollen?«

»Nein, haben sie leider nicht. Aber wenn ich sie richtig verstanden habe, dann müssen wir sehr schnell und sehr intensiv suchen, wenn wir ihn lebend finden wollen.«

»Du meinst, dass er nicht auf der Flucht ist?«

Nesser zögerte mit der Antwort, denn von ihr hing die Ausrichtung der Ermittlungen ab.

»Ich fürchte nicht. Wir durchleuchten gerade Kühns finanziellen Hintergrund. Muris Hinweis mit dem Tesla vor der Haustür ist nicht von der Hand zu weisen. Ein solches Auto kann man sich nicht aus der Portokasse leisten.«

»Was meint seine Freundin dazu?«

»Nichts. Offenbar kennen sich die beiden noch nicht sehr lange. Die Kollegen in Husum bleiben dran.«

Nachdenklich legte Ed auf. Heute würden sie wohl nicht mehr weiterkommen. Aus seinem Schreibtisch holte er Handtuch und Badehose für alle Fälle und hielt beides hoch.

»Kommst du mit, Muri?«

»Eisbaden?«

»Komm schon, sei nicht so eine Frostbeule. Lasse meinte, er würde das Meer schrecklich vermissen, also lass es uns ausnutzen, solange noch Sommer ist.«

»Passt schon. Ich bleib noch hier. Viel Spaß.«

Ed radelte bis zur Außenstelle, die sie am Vormittag untersucht hatten. Das Haus lag friedlich in den Dünen. Davor parkte der suv. Ed nahm den benachbarten Strandübergang und genoss die abendliche Strandstimmung. Eine Runde schwimmen, duschen, und dann würde er sich einem der beiden Bücher widmen, die ihm Alexandra Wittlich vorbeigebracht hatte.

Siedend heiß fiel ihm ein, dass er es versäumt hatte, sich bei Elsa zu melden.

Er schaute auf sein stummgestelltes privates Mobiltelefon.

Tatsächlich. Zwei verpasste Anrufe aus Pula.

Nun gut, ein Gespräch mit Elsa nachher war eine wundervolle Alternative zum Lesen. Ein warmes Glücksgefühl durchströmte ihn. Die perfekten Wellen zum Drunterdurchtauchen, seidige Abendstimmung, herrliches Licht über dem Meer. Das war Sylter Postkartenromantik pur.

Angenehm abgeschlafft schloss er sein Fahrrad vor Robs Haus an, das ihm immer mehr wie sein eigenes Zuhause erschien.

Pass gut auf, ermahnte er sich selbst. Werd bloß nicht zu heimisch, Eduard! Was wäre, wenn Rob demnächst aus Kanada zurückkommen würde?

Ed nahm eine Flasche Muscadet aus dem Kühlschrank und goss sich einen Schluck ein.

Ab unter die Dusche, rief er sich selber zu. Sand und Salz aus Haut und Haaren waschen. Das warme Wasser vertrieb die letzten Grübeleien über Kühns Schicksal und den Ärger über Hinnerks Textgespinste.

Mit feuchten Haaren und frischem dunkelblauem Polo schlüpfte er in seine beigen Chino. Das Handy in der Hand, um Elsa anzurufen, hörte er an der Gartentüre ein Geräusch.

Lotte war also doch noch einmal vorbeigekommen, ehe sie zu Boy gehen würde.

»Lotte!«, rief er, während er die Treppe ins Erdgeschoss hinunterlief. »Was vergessen? Ich rufe jetzt mal bei Elsa an. Hab's vorher leider nicht geschafft. Soll ich etwas ausrichten?«

Aus dem Augenwinkel nahm Ed eine Bewegung wahr. Er wollte sich gerade zu Lotte umdrehen, als ihn ein harter Schlag an der Schläfe traf und alles um ihn herum schwarz wurde.

20

Eds Kopf dröhnte schrecklich. Er tastete vorsichtig an seine Stirn und zuckte vor Schmerz zusammen. Es fühlte sich feucht an. Eine klebrige Flüssigkeit an seinen Fingern. Blut. Doch das war nicht zu erkennen. Ed wurde von völliger Dunkelheit umschlossen.

Langsam ordnete er seine Gedanken. Er war im Haus gewesen, hatte ein Geräusch im Erdgeschoss gehört und – Bumm.

Ein regelmäßiges Rollen und Rumoren umgab ihn. Das tat seinem Kopf nicht gut, der sich anfühlte, als ob er zu explodieren drohte.

Panik stieg in ihm auf.

»Wo bin ich?«

Die Angst klammerte sich um sein Herz. Er rang nach Luft.

War das wieder ein Albtraum? So wie heute Morgen?

Mit aller Kraft versuchte er die Augen zu öffnen. Aber vergebens, denn sie waren längst offen. Ed spürte, dass ihm schwindelig wurde. Kurz bevor ihn die Kraft verließ, dachte er, dass es sich um einen Schock handeln musste. Dazu die Verletzung am Kopf. Erschöpft sank er in sich zusammen.

Als Ed das zweite Mal zu sich kam, begriff er, dass er sich wohl auf einem Schiff befinden musste. Die Geräusche der Motoren. Der Geruch nach Diesel und Öl.

Sein Kopf schmerzte noch immer stark. Aber seine Gedanken waren etwas klarer.

»Wie lange war ich ohnmächtig?«, fragte er sich.

Keine Antwort.

Schweigen.

Dunkelheit.

Nach und nach bewegte Ed jedes Körperteil. Immerhin, er war nicht gefesselt. Doch viel Nutzen hatte er davon nicht. Sein ganzer Körper tat ihm weh.

Er versuchte, gegen die erneut aufwallende Panik anzukämpfen.

»Langsam und gleichmäßig atmen«, flüsterte er.

Es schmerzte, die Lippen zu bewegen.

Es schmerzte, zu denken.

Ed versuchte, sich auf seinen Atem zu konzentrieren. Doch das war gar nicht so einfach. Mit den bohrenden Kopfschmerzen ging Übelkeit einher.

Gehirnerschütterung, dachte er.

Ed versuchte, sich nicht zu übergeben.

Doch vergebens.

Gerade noch rechtzeitig wandte er sich zur Seite und stöhnte auf.

»Hallo?«

Die Stimme kam von der gegenüberliegenden Seite des Raums.

Sie klang hohl. Metallisch.

»Ja«, stieß Ed leise hervor.

»Sind Sie das, Herr Kommissar?«

Woher wusste sein unsichtbares Gegenüber, wer er war?

Eine Falle? Aber wer sollte ihm hier in diesem Zustand noch eine Falle stellen?

Denken war furchtbar anstrengend. Ed schloss die Augen. Vielleicht würden sich dann die Kopfschmerzen legen.

»Herr Kommissar?«

»Ja«, wiederholte Ed.

»Schöne Scheiße.«

Ed kannte die Stimme. Er hatte sie schon einmal gehört. Aber wo?

Bilder, Farben, Töne rauschten durch seinen Kopf.

»Sie …«, setzte er an zu sprechen, als er merkte, wie ihm erneut übel wurde.

Er würgte.

»Kühn, Herr Kommissar. Sie haben mich verhört.«

Er hatte den Vermissten gefunden. Oder der ihn?

Konnte man hier überhaupt von finden sprechen, wenn Ed selbst nicht einmal wusste, wo er war?

»Wieso sind Sie hier?«, fragte Ed matt. »Wo sind wir überhaupt?«

In seinem Gehör setzte jetzt ein elender lauter Piepton ein.

Eine quälende Frequenz.

Unmittelbar zog sich sein Herz zusammen, kehrte seine Panik zurück.

Wieder zwang sich Ed, ruhig zu atmen. Ein. Aus. Ein. Aus.

»Vermutlich sind wir beide aus demselben Grund hier. Wir sind im Weg.«

»Im Weg?«, fragte Ed.

Wem war er denn im Weg?

»Geht es, Herr Kommissar?«

»War schon mal besser. Wo sind wir?«

»Irgendein Schiff«, antwortete Kühn knapp.

In diesem Moment ging das Licht an.

Ed schloss reflexartig die Augen.

Wenn dieser verflixte Kopf …

Und dieses Piepen …

Er zwang sich, die Augen einen winzigen Schlitz weit zu öffnen.

Langsam nahm der enge Raum Gestalt an. Hätte es noch Zweifel gegeben, der Blick auf die Wände aus Metall machte klar, dass sie auf einem Schiff gefangen waren. Schräg gegenüber befand sich eine geschlossene Tür mit abgerundeten Ecken. Zwei Taurollen lagen auf dem Boden. Sonst war alles leer.

Die Lampe, die ihm nach der langen Dunkelheit eben noch grässlich hell erschienen war, entpuppte sich als eine funzelige Glühbirne, die den öden Lagerraum belichtete.

Ed schleppte sich zu der Tür.

»Vergessen Sie es. Die kriegen Sie nicht auf.«

Trotzdem versuchte Ed sein Glück.

Vergeblich.

Er sackte wieder auf den Boden. Jede Anstrengung verursachte weitere Schmerzen.

Kühn saß ihm gegenüber. Die Beine angewinkelt, hielt er sich den rechten Arm.

»Was ist mit Ihnen?«, fragte Ed.

»Mein Arm. Wahrscheinlich gebrochen.«

»Was ist passiert?«

»Wenn ich auf Sylt bin, wohne ich …«

»… in der Außenstelle, ich weiß«, unterbrach ihn Ed.

»Ich bin abends noch einmal raus an den Strand. Den Kopf durchlüften. Einen klaren Gedanken fassen. Nach unserem Gespräch. Da waren die Sterne und der Mond. Das Meer. Es war so …«

Kühn versagte die Stimme.

»… so friedlich. Da habe ich beschlossen, dass ich mich stelle. Morgen früh. Es war ja auch … Es war ein Unfall, verstehen Sie?«

Ed schwieg.

Lass ihn reden, dachte er. Lass ihn einfach reden.

»Es war …«, setze Kühn erneut an. »Jedenfalls, als ich

zum Haus zurückging, stand da dieser Mann. Er kam auf mich zu, fragte nach dem Weg Richtung Westerland. Ich wollte ihm gerade zeigen, wo er langgehen müsse … und dann bin ich hier aufgewacht.«

Deshalb also hatten sie keine Einbruchsspuren gefunden. Und vor dem Haus hatten sie nicht nach Spuren gesucht. Verdammt. Wie die Anfänger hatten sie sich linken lassen.

»Und der *Unfall* mit Wülfer?«, fragte Ed.

Wenn er Kühn zuhörte, ließ das Piepen in seinem Kopf etwas nach.

»Er war so unfassbar stur.«

Das Rollen des Schiffs nahm zu. Je mehr es in Bewegung kam, desto heftiger schmerzte Eds Kopf. Stieg die Übelkeit in ihm auf.

»Er ist Ihnen auf die Schliche gekommen?«

Kühn schwieg.

»Sie haben die Daten der Vorspülung manipuliert?«

Er lachte auf. »Manipuliert. Diese Deppen. Das war doch gar nicht nötig. Die hat sich so und so keiner richtig angeschaut. Alles ein einziges Alibi-Blabla. Der ganze Küstenschutz. Es war so offensichtlich, dass sich Gustafsson eine goldene Nase verdient. Der nette, gemütliche Herr Gustafsson, der sich so liberal gibt und im dänischen Fernsehen für mehr Einwanderer wirbt.«

»Also wollten Sie bei ihm mitkassieren?«

»Nein, wollte ich nicht.«

»Und der Tesla?«

»War ein Fehler. War dumm«, gab Kühn zu. »Saudumm sogar. Ich glaube, irgendwann hatte selbst die Gadau einen Verdacht, als sie mich mit dem Wagen gesehen hat.«

»Was ist passiert?«

Kühn richtete sich auf und stöhnte. Er sah elend aus.

»Scheißarm.«

»Also?«, fragte Ed nach. Er bedauerte, dass er das Gespräch nicht aufzeichnen konnte. Aber egal. Er musste Kühn zum Sprechen bringen, jetzt, wo er so verletzlich war. Zwar würde kein Wort, das sie miteinander sprachen, je diesen Raum verlassen, aber dennoch wollte er hören, was Kühn zu sagen hatte. Schließlich war er es, der sie in diese Situation gebracht hatte.

»Was wollen Sie von mir, Herr Kommissar?«, jammerte Kühn. »Warum machen Sie Ihren Job? Wollen Sie die Welt retten? Wollen Sie der Gerechtigkeit zum Durchbruch verhelfen? Oder wollen Sie nur irgendwie Ihre Familie ernähren und warten einfach, bis endlich die Zeit für die Rente anbricht?« Kühn lachte bitter auf. »Na gut, das mit der Rente wird wohl nichts mehr. Tut mir wirklich sehr leid für Sie.«

»Auf Ihr Mitleid kann ich gut verzichten.«

Das Rollen hatte nachgelassen. Das Schiff schien nun gleichmäßig durch die See zu gleiten.

»Auch wenn Sie es mir nicht glauben, ich wollte die Welt verbessern«, erklärte Kühn. »Ach was, nicht verbessern, ich wollte sie retten! Will ich immer noch. Mit meinen eigenen Händen. Ich will die Welt schützen, vor den Bestien, die wir sind. Ich habe Umwelttechnik studiert, wie dieser Praktikant, der gerade bei mir arbeitet. So voller Idealismus. Sie werden es nicht glauben, aber so bin ich vor zwanzig Jahren auch gewesen! Und dann kommen Sie nach dem Studium in eine deutsche Behörde, und es passiert – nichts. Oder fast nichts. Sie regeln Abläufe, fertigen Ausschreibungen an, verfassen Berichte und Protokolle. Doch um Sie herum passiert einfach nichts! Es ist … wie wenn das Wasser steigt, und niemand außer Ihnen selbst scheint es wahrzunehmen. Es ist zum Aus-der-Haut-Fahren! Und dann erleben Sie diesen dänischen Unternehmer, der jedes Mal mit seinen eindrucksvollen Zahlen die Ausschreibung gewinnt. Und Sie fragen sich: Wie macht er das? Bis Sie irgendwann genauer hinschauen. Und plötzlich erkennen Sie, dass er bei dem Auftrag ganz offensichtlich keinen Gewinn machen will. Plus minus null ist scheinbar vollkommen in Ordnung für ihn. Möglicherweise zahlt er sogar noch drauf. Aber warum? Will er sich dadurch für andere Aufträge hübsch machen? Sie verstehen es einfach nicht. Aber dann schauen Sie noch einmal genauer hin. Sie vergleichen die Mengenangaben und die Fahrzeiten der Schiffe, und Sie merken, ganz nebenbei zweigt er hier und da ein, zwei Ladungen Sand ab, die er in Esbjerg weiter vertickt. Nichts Großes, ganz unauffällig. Versteckt in den offiziellen Zahlen. Und Sie begreifen: Sand ist so kostbar geworden, da lohnen sich sogar solche kleinen Mengen. Das ahnt nur kaum jemand.«

Stöhnend zog Kühn seinen Arm wieder hoch, der ihm während des Sprechens immer tiefer hinabgerutscht war. Dann fuhr er fort.

»Die richtigen Gewinne aber, die macht Gustafsson nicht vor Sylt oder in Dänemark. Die macht er in Afrika und Asien. Dort klaut er nicht mal nur eine Ladung Sand. Da lässt er ganze Strände in einer Nacht verschwinden! Stellen Sie sich das mal vor!«

Kühn ließ den Kopf hängen.

»Und dann sitzen Sie an einem sonnigen Sommertag in Hörnum am Strand und schauen aufs Meer und sehen zu, wie der Sand aus der Röhre aufgespült wird, und Ihnen wird endgültig klar, dass die Insel damit nicht gerettet werden wird.«

Erneut stöhnte Kühn vor Schmerzen auf.

»Es ist dieser Moment, in dem Sie begreifen, dass Sie die Welt nicht retten können, weil es einfach zu viele Gustafssons gibt. Sie haben bereits verloren. Statt der Korruption den Kampf anzusagen, lassen Sie sich selbst korrumpieren. Sie sehen den ganzen frischen Sand heraussprudeln, und Sie begreifen, das ist das eigentliche Geld! Jedes Sandkorn ist ein Euro, ein Dollar, ein Yen, ein Rinimbi.«

»Also haben Sie Gustafsson erpresst«, schob Ed ein. Kühns selbstgerechtes Gejammer ging ihm auf die Nerven. Doch da war noch etwas. Die Luft in ihrem Gefängnis wurde langsam knapp.

»Erpresst? Was für ein Quatsch. Ich bin bei ihm mit eingestiegen. Als stiller Teilhaber. Wahrhaft still …« Kühn schnaubte verächtlich.

»Bis Wülfer kam und sich die Daten angeschaut hat, die kein anderer bisher genauer beachtet hatte. Wülfer, der sich nicht wie Sie einfach kaufen ließ.«

»Dieser Idiot. Ich hätte Gustafsson schon irgendwann drangekriegt.«

Träum weiter, dachte Ed. »Und weil Wülfer nicht davon ablassen wollte, seine Nachforschungen zu veröffentlichen, haben Sie ihn zur finalen Aussprache gelockt. Am Rantumbecken. Ein Gespräch von Mann zu Mann. Aber dieser Sturkopf wollte sich einfach nicht bestechen lassen.«

»So ein Idiot!«

»Hatten Sie von vorneherein vor, ihn umzubringen?«

»Quatsch«, sagte Kühn erneut. »Das war …«

»Zufall? Wollen Sie mir das wirklich weismachen?«

»Aber so war es! Es war ein Unfall.«

»Glauben Sie das ernsthaft?«

»Er stand an diesem blöden Siel …«

»Und dann …«

»Dann lag da eine Eisenstange. Die muss vom Geländer gewesen sein, was weiß ich.«

Eds Übelkeit kehrte zurück. Er wollte nichts mehr hören. Kein Wort. Er war erschöpft.

Und auch Kühn schwieg.

Nach einer Weile raffte sich Ed müde auf. Der Sauer-
stoffmangel trübte ihm zusehend die ohnehin schon ange-
griffenen Sinne.

»Eine letzte Frage habe ich noch. Warum die alte Frau
Wülfer? Nur um an Wülfers Daten zu kommen? War es
das wert?«

Kühn wollte mit den Schultern zucken und schrie auf.
Offenbar hatte er seinen gebrochenen Arm kurzzeitig vergessen.

Vor der Tür waren Geräusche zu hören. Metallisch
schnarrend drehte sich ein Schlüssel.

»Ich höre, die Herren plaudern angeregt miteinander.«

Die Arme vor der Brust verschränkt, stellte sich Gustafsson vor sie, seine Pfeife in der rechten Hand. Neben ihm
stand Kolumbus, bewaffnet mit einem Gewehr.

»Vermutlich kommen Sie sich wie in einem Albtraum
vor und fragen sich, wann er endlich aufhört und Sie auf-
wachen. Ich muss Sie enttäuschen. Sie träumen nicht. Die
Wirklichkeit bietet keinen Platz für Träume.«

War Gustafsson ein solcher Zyniker? Oder einfach nur
ein Realist?

Jedenfalls war er sich sicher, dass von seinen beiden Ge-
fangenen keine Gefahr mehr für ihn ausging, sodass er sie
nicht gefesselt hatte. Und für alle Fälle stand noch Kolumbus bereit.

»Bring sie an Deck«, raunte ihm Gustafsson zu.

Ohne den Versuch der Gegenwehr kletterten Ed und
Kühn die Treppe empor. Frische Luft schlug ihnen entgegen. Ed atmete tief durch. Die Übelkeit ließ nach, doch der
pochende Kopfschmerz und das Ohrgeräusch verließen
ihn nicht.

Sie standen an Deck der Dulcibella.

Um sie herum breitete sich der kurze Moment der Dunkelheit während einer Sommernacht im Norden aus, dem der üppige Sternenhimmel einen festlichen Glanz verlieh. Die salzige Meeresbrise kühlte Eds wunde Stirn. Er bemühte sich, klar zu denken, soweit sein schmerzender Kopf dies zuließ. Doch das Einzige, was ihm blieb, war das Gefühl, auf sich selbst zurückgeworfen zu sein.

Obwohl sie zu viert an Bord des Kutters standen, war Ed vollkommen allein.

Niemand würde ihm hier helfen können.

21

Mit wachsender Verzweiflung analysierte Ed seine Situation. Dass weder Kolumbus noch Gustafsson sich Mühe gaben, ihre Identität zu verhüllen, war kein gutes Zeichen. War Kühn klar, was ihnen bevorstand? Die Situation erschien ausweglos. Sie waren irgendwo weit draußen auf dem Meer. Keine Küste war in Sicht. Weder die Positionslichter eines anderen Schiffs verhießen ihnen Rettung noch ein ferner Leuchtturm oder die Lichtsignale eines Offshore-Windparks. Um sie herum war nur nasse Weite.

Wenn Gustafsson gnädig mit ihnen war, würde er sie erschießen, bevor er sie ins Wasser warf. Aber Ed war sich sicher, dass sich der feine Reeder in seinem leichten Kaschmirpulli, den er heute gegen die nächtliche Kühle trug, nicht selbst die Hände dreckig machen würde. Wozu auch? Er musste sie ja einfach nur über Bord gehen lassen. Den Rest erledigten Strömung und Unterkühlung. Und wenn sie das für ein paar Stunden überstehen sollten, dann würden sie vor Erschöpfung untergehen oder mitten im Wasser verdursten.

Was für eine Wahl!

»Sie werden verstehen«, erklärte Gustafsson larmoyant, »dass ich kein Interesse daran habe, mir von Ihnen meine Geschäfte verderben zu lassen.«

»Welche Geschäfte?«, fragte Ed mit gespielter Naivität.

»Ach, Herr Kommissar, netter Versuch.« Gustafsson lächelte sein charmantes Altherrenlächeln. »Nun gut, wir haben nicht mehr so viel Zeit bis zum Sonnenaufgang. Im Winter wäre das alles einfacher. In jeder Hinsicht. Wir hätten noch mehr Zeit zum Plaudern, und Sie würden im kalten Wasser weniger leiden. Bitte entschuldigen Sie, aber für die Jahreszeiten kann ich wirklich nichts.«

Er nickte Kolumbus zu, der mit dem Gewehrkolben auf Kühns gebrochenen Arm hieb.

Kühn schrie vor Schmerzen auf. Kolumbus umfasste ihn an der Taille und warf ihn über Bord, als handelte es sich lediglich um eine leichte Boje. Schockiert sah Ed zu, wie Kühn verzweifelt versuchte, mit seinem unverletzten Arm zu paddeln, um sich über Wasser zu halten. Dann verschluckte ihn das Kielwasser der Dulcibella.

Ed war mit einem Mal wieder speiübel.

»Man wird Kühn weiter suchen. Aber glauben Sie mir, man wird ihn nicht mehr finden. Was das Meer einmal schluckt, das gibt es nicht mehr frei.«

Eds Kopf dröhnte. Seine Gedanken rotierten. Doch es wollte ihm einfach nichts einfallen, was ihn aus dieser Situation befreien konnte. Er hatte Gustafsson unterschätzt. Von Anfang an. Angstdurchglüht schaute er zu Gustafsson, der ausdruckslos an seiner Pfeife sog.

Rede, rede, rede, schoss es Ed durch den Kopf. Zeit ist das Einzige, was du jetzt überhaupt noch gewinnen kannst.

Er zwang sich zu einer ruhigen Stimme.

»Lohnt sich das für ein, zwei Füllungen Sand pro Monat?«, fragte er.

»Ob es sich lohnt? Natürlich lohnt es sich. Kleinvieh macht schließlich auch Mist«, erklärte Gustafsson. Jetzt sprach er akzentfreies Deutsch. Die dänische Färbung war verschwunden. Ein guter Schauspieler war er also auch.

»So skrupellos?«, fragte Ed.

Ed erwog seine Strategie. Würde es ihm helfen, Gustafsson zu provozieren und zu einer impulsiven Tat zu reizen? Oder würde er sich damit eher schaden? Er wusste es nicht.

»Alles, was wir tun, ist völlig sinnlos, Herr Kommissar. Haben Sie das noch immer nicht begriffen? Wir spülen Sand von hier nach dort, um zu retten, was nicht zu retten ist. Der Meeresspiegel steigt, und wir spülen höher. Doch das ist dem Meeresspiegel egal. Steigt er halt weiter. Und warum? Weil wir selbst dafür sorgen, dass er weiter steigt, Herr Kommissar. Das ist in etwa so, als würden wir unser Grab lieber nicht so tief ausheben, weil wir hoffen, dass wir dann weniger tot wären.«

»Das ist ein ziemlich schiefes Bild«, erklärte Ed.

»So scharfsinnig, der Kommissar. Selbst jetzt noch«, antwortete Gustafsson milde. »Aber wird Ihnen das helfen? Die Frage ist doch, Herr Kommissar, was können wir aus dieser Situation machen? Wir können ganz einfach unsere Aufträge erfüllen. Wir können machen, was wir als unsere Lebensaufgabe, als unseren Beruf ausgewählt haben. Dann werden wir alt und sterben irgendwann. Das war's. Ein ruhiges, langweiliges Leben. Vielleicht sogar moralisch einwandfrei. Wer weiß? Oder wir sagen uns: Ich lebe ganz genau einmal. Wie lange das dauert? Keine Ahnung. Also versuche ich, mir das Leben, mit dem, was ich tue, so angenehm wie möglich zu gestalten. Ich versuche, so viel Geld zu verdienen, dass ich genügend für die schönen Dinge habe. Eine Auster zum Frühstück, zum Sonnenuntergang in Kopenhagen. Nach mir die Sintflut. Im wahrsten Sinn des Wortes.«

»Sie sind ein Zyniker.«

»Finden Sie? Nur weil ich mir eine eigene Interpretation von Kants moralischem Gesetz erlaube?«

Gustafsson wies mit großer Geste zum Himmel, während der Horizont begann, sich blau einzufärben. Ed musste an den verschwundenen alten Fischer denken, von dem ihm Elsa erzählt hatte. Wie hieß er noch? Ivo, richtig. Der Gedanke an Elsa versetzte ihm einen Stich. Was, wenn er nie wieder mit ihr sprechen würde? Eds Sehnsucht brannte in seiner Seele und seinen Augen.

»Der bestirnte Himmel über mir und das moralische Gesetz in mir. Diese zwei Dinge erfüllen das Gemüt mit immer neuer und zunehmender Bewunderung und Ehrfurcht, je öfter und anhaltender sich das Nachdenken damit beschäftigt. Auf den bestirnten Himmel über mir kann ich keinen Einfluss nehmen. Auf das moralische Gesetz in mir aber schon. Sie können gerne weiter versuchen, die Welt zu retten, Herr Kommissar. In diesem Bemühen seid ihr Deutschen ja ohnehin Weltmeister. Das haben wir Dänen schon mehr als einmal schmerzhaft erleben müssen. Aber ihr könnt einfach nicht aus der Haut eurer moralischen Überlegenheit heraus.«

Gustafsson sah ihn mit einer Mischung aus Mitleid und Verachtung an. Kolumbus stand reglos am Heck, als ginge ihn die ganze Szene gar nichts an.

»Es ist so etwas von egal, ob ein bisschen mehr oder ein bisschen weniger Sand auf dem Sylter Strand landet – oder in einer Betonmischmaschine. Ich werde Ihnen gar nicht anbieten, was ich dem Herrn Kühn angeboten habe. Sie würden so und so ablehnen.«

»Versuchen Sie es doch einfach.«

Gustafsson lachte.

»Also gut, warum nicht? Was würden Sie sagen, wenn ich Ihnen eine monatliche Summe von eintausend Euro anbieten würde?«

»Ich würde fragen, wofür«, entgegnete Ed.

»Und wenn ich auf zweitausend Euro im Monat erhöhen würde?«

»Ich würde wieder fragen, wofür.«

»Siehst du. Das hältst du für moralisch. Nachzufragen, wofür man über zwanzigtausend Euro bar im Jahr bekommt, obwohl man es längst weiß. Das ist dann der freie Wille. Und bei welchem Betrag würdest du aufhören nachzufragen? Bei einer halben Million oder erst bei einer Million?«

Ed schwieg.

»Aber da hast du dich verzockt, Herr Kommissar. Ganz und gar verzockt. Keine Million, keine halbe, nicht mal lumpige tausend Euro gibt es für dich. Kühn war übrigens mit zweitausend zufrieden. Bis er so dumm war, noch mehr zu fordern, weil er für mich ja den Journalisten umgebracht hätte! Für mich! Welcher Unsinn.« Gustafssons Stimme, die zwischenzeitlich fast schrill geworden war, nahm wieder ihren sonoren Klang an. »Jeder ist für sich selbst verantwortlich und sonst für niemanden und nichts.«

Gustafsson schlug seine Pfeife behutsam an der Reling aus, packte sie in einen kleinen Beutel und steckte sie anschließend in die Hosentasche.

»Genug geplaudert, Herr Kommissar. Sollte der Herr Kühn mit seinem gebrochenen Arm nicht schon längst ertrunken sein, ist er jetzt weit genug entfernt, als dass Sie sich in diesem Leben noch einmal treffen könnten.«

Traurig lächelte er Ed zu.

»Im Gegensatz zum gierigen Herrn Kühn sind Sie eine besonders verzweifelte Person. Sie kommen nicht klar mit der Trennung von Ihrer Frau, Herr Kommissar. Sie sehnen sich ohne Hoffnung nach Ihrer Geliebten. So wollen Sie einfach nicht weiterleben. Als mir Kolumbus Ihren Abschiedsbrief gezeigt hat, der jetzt in der Küche liegt, musste ich vor Rührung fast weinen.«

Gustafsson schüttelte den Kopf.

»So traurig, wenn ein so begabter Mensch wie Sie gehen muss. So traurig. Und die beiden armen Frauen. Was werden sie um Sie weinen! Sie werden sich die Schuld für Ihren unnötigen Tod geben. Und Ihre Tochter erst. So viele Tränen! Und warum? Weil Sie zu feige waren, sich für das gute Leben zu entscheiden.«

Ed stand die nackte Todesangst ins Gesicht geschrieben.

Wozu sie verstecken?

Vor wem?

Das Spiel war aus.

»Vielen Dank für die anregende Unterhaltung, Herr Kommissar. Ich wünsche Ihnen alles Gute. Bitte glauben Sie mir, ich meine das ganz ernst.«

Gustafsson wandte sich zur Kajüte. Bevor er eintrat, nickte er kurz Kolumbus zu. Blitzschnell griff der Mann Ed um die Taille. Ohne sich sichtbar anzustrengen, hob er ihn hoch und ließ ihn über die Reling in die Nordsee fallen.

22

Der Tod schmeckt nach Salz.
Der Tod ist kühl.

Er schleicht sich mit der Erschöpfung langsam in den Körper und lauert dort, bis seine Zeit da ist.

Der Tod ist geduldig, denn er weiß, dass man ihm nicht entkommt.

Der Tod umgaukelt seine Opfer. Er spielt ihnen trügerische Bilder vor, bis sie ihren Widerstand aufgeben. Bis sie die Augen schließen und ihn herbeiflehen.

Komm. Komm doch endlich herbei.

Doch der Tod ziert sich. Er lässt sich nicht gerne drängen.

Er tänzelt durch Raum und Zeit. Denn er weiß, die Zeit ist sein Freund.

Kaum war Ed auf der Wasserfläche aufgeschlagen, verschlang ihn der Strudel des Meeres. Mit dem kalten Wasser setzten seine Reaktionen wieder ein. Weg vom Boot. Nicht in die Schraube geraten, nicht ins Kielwasser kommen. Unter Wasser bleiben, für den Fall, dass Kolumbus auf ihn schoss.

Eds Körper funktionierte automatisch.

Ein, zwei, drei kräftige Schwimmstöße unter Wasser, vier, fünf, sechs. Seine Lunge brannte. Weiter. Sieben, acht, neun. Zwei gingen noch. Sein Kopf drohte zu platzen, als er vorsichtig wieder auftauchte.

Er sah, wie die Dulcibella Fahrt aufnahm und in weitem Bogen beidrehte. Am Horizont war ein Lichtstreifen zu erkennen, der langsam breiter wurde. Dort lag Osten. Das war seine einzige Orientierung.

Ed prustete.

Noch einmal musste er sich anstrengen, um irgendwie seine Kleidung loszuwerden. Sie hatte sich binnen Sekunden vollgesogen, ein gefährliches Gewicht, das ihn ins Wasser hinunterzuziehen drohte. Es fiel ihm leicht, sich von den schweren englischen Lederschuhen zu trennen, die er sich erst kürzlich aus London hatte kommen lassen. Seltsam, woran sich die Gedanken in einer solchen Situation klammerten. Dann die Hose. Am schwierigsten war es, das Polohemd auszuziehen.

Ed tauchte, kämpfte, prustete erneut, paddelte.

Geschafft.

Jetzt hieß es Kraft sparen. Sich treiben lassen. Ausschau halten. Die Hoffnung auf Rettung nicht aufgeben, so gering sie auch sein mochte.

Der Morgen war sein Freund.

Lotte, Muri, alle würden sich an diesem neuen Morgen wundern, wo er war.

Doch was immer in dem Abschiedsbrief stand, den Kolumbus in Robs Haus platziert hatte, sie würden es nicht glauben.

Niemals.

Oder doch?

Sie würden sich ihren Teil denken.

Und was würde wohl Hinnerk schreiben?

Ed zwang sich, seine Gedanken für einen Moment abzustellen.

Atmen. Eins, zwei, drei. Zur Ruhe kommen. Auch Denken verbraucht Energie. Und die benötigte er. Unvermittelt gelang es ihm, alles von sich zu weisen. Seine Angst, seine Verzweiflung, seine Wut. Schlagartig war es um ihn herum

Tag geworden. Orange, rot, violett, gelb erhob sich die Sonne über das Meer, das ihn sanft auf und nieder wiegte. Trotz aller Ausweglosigkeit erkannte er die grenzenlose Schönheit dieses Moments.

Noch nie war er so allein gewesen.

Noch nie war es so still um ihn herum gewesen.

Er lauschte in die Weite.

Er atmete die Stille.

Was immer geschehen würde. Inmitten seines Untergangs würde er diesen Moment bewahren, diese Sequenz des Glücks, die sich wie Balsam in seinen schmerzenden Kopf ausbreitete.

Die Dulcibella war längst außer Sichtweite. Wassertretend drehte sich Ed einmal im Kreis. Überall war Meer, nur Meer.

Er trieb wie ein Schiffbrüchiger im Wasser.

Wäre er jetzt Protagonist in einem Abenteuerroman, dann würde ihm von irgendwoher ein Holzbalken zutreiben, an den er sich hängen konnte.

Doch das Leben war kein Roman.

Der bestirnte Himmel über mir.

Er war da und vor lauter Morgenlicht doch nicht zu sehen.

Wie das moralische Gesetz in mir.

Es ist vorhanden, auch wenn ich es nicht erkenne, dachte er.

Gustafsson lag falsch. Vollkommen falsch.

Die Kühle des Wassers drang in seinen Körper vor. Wie lange würde er das wohl aushalten? Minuten? Stunden? Vielleicht länger?

Denk an Dinge, die dich glücklich machen, ging es ihm durch den Kopf.

Und er dachte daran, wie er Lasse zum ersten Mal im Arm gehalten hatte.

Staunend. Weinend. Glücklich.

Dachte daran, wie er mit Lotte und Lasse am Strand Burg um Burg gebaut hatte.

Dieser Sand, dieser verdammte Sand.

»Derjenige, der aus dem Sandsturm kommt, ist nicht mehr derjenige, der durch ihn durchgegangen ist«, hatte Wittlich Murakami zitiert.

Derjenige, der aus dem Meer kommt, ist nicht mehr der Gleiche, der es durchschwamm.

Galt das auch?

Was hätte er anders machen müssen in diesem Fall?

Was hätte er anders machen können?

Er dachte an die vegane Bolognese, die Boy und Lotte gekocht hatten, und merkte auf einmal, wie hungrig er war.

Er verbot sich, an Essen zu denken, um seinen Hunger nicht weiter zu verstärken, und dachte daraufhin an nichts anderes mehr als an den lockenden Duft frischer Brötchen, dick mit Butter bestrichen und darauf Lottes selbst gekochtes Rosengelee.

Er dachte an Mara, an ihre ersten gemeinsamen Reisen in den Süden, als sie kaum älter waren als ihre beiden Kinder heute.

Ed lächelte.

Ed fror.

Ed zitterte.

Das Adrenalin der ersten Aufregung war fort.

Und nun?

Ed entschied sich, mit ruhigen Bewegungen gleichmäßig in Richtung Osten zu schwimmen. Auch wenn er nicht wusste, wie weit die rettende Küste entfernt war – dort irgendwo musste sie liegen.

Je höher die Sonne stieg, desto mehr schwanden seine Kräfte, wuchs sein Gleichmut. Seine Augen schmerzten.

Sein Kopf dröhnte. Ein, zwei Glas Wasser, und es würde ihm besser gehen. Er kannte das von sich nur zu gut. Noch widerstand er der Versuchung, das salzige Meerwasser zu trinken, das gegen seine Lippen schwappte.

Und da war sie. Elsa. Sie lächelte ihm aufmunternd zu.

Ed schloss seine Augen.

Rot leuchtende Punkte tanzten dort und wechselten sich mit dunkelblauen Feldern ab. Dazwischen sprenkelte sich etwas Violett, etwas Gelb und Grün. Ed gab sich diesem Meer aus Farbe hin. Er spürte der mediterran anmutenden Wärme nach. Wangen und Schultern entspannten sich, von denen er zuvor gar nicht bemerkt hatte, dass sie angespannt gewesen waren.

Alles fühlte sich wohlig an, gelockert.

Völlig losgelöst.

Ed öffnete seine Augen wieder.

Um ihn herum war immer nur Meer.

Das Meer.

Das Meer.

Das Meer.

23

Das Erste, was Ed wieder wahrnahm, waren die blendenden Strahler um ihn herum. Wieso denn so viel Licht? Es war doch eben noch heller Tag gewesen. Es folgte der Lärm von Motoren und Wogen, die ihn auf einmal umbrausten.

Ed würgte und gurgelte, spuckte salziges Wasser, strampelte wie wild.

»Ruhig«, brüllte ihn eine Stimme an.

Wer schrie da?

Ed hatte keine Ahnung, doch er hielt still.

Langsam sank er in die Tiefe.

Mit einem Ruck wurde er emporgerissen.

Ihm war kalt, so unfassbar kalt.

Noch während er sich wunderte, dass seine Lippen gar nicht nach Meer schmeckten, sondern nach Blut, versank er erneut in Stille und Dunkelheit.

Das Zweite, was Ed wahrnahm, war die warme Hand, die seine hielt.

Ed hielt die Augen geschlossen. Langsam bewegte er seine Finger.

Ihm war nicht mehr kalt.

»Oh, Paps.«

Das Dritte war ein tränenfeuchter Kuss, den ihm Lotte auf die Wange drückte, während sie ihn umschlang.

»Oh, Paps«, wiederholte sie schluchzend.

Ed wollte seine andere Hand auf ihren Rücken legen.

Doch er staunte, wie anstrengend es war, sich zu bewegen.

Er wollte »Ist schon gut, Lotte« sagen. Doch er brachte nur ein Brummen hervor.

Endlich traute er sich, die Augen zu öffnen.

Ganz vorsichtig.

Gedämmtes Licht, blinkende Geräte.

Er lag im Bett.

Er hörte gerade noch, wie Lotte »Ich hatte solche Angst um dich« sagte, und spürte, dass sie ihr Gesicht in seiner Achselhöhle vergrub, ehe er wieder einschlief.

Als er das nächste Mal aufwachte, hatte ihn das Leben wieder. Vor dem Fenster seines Krankenzimmers blitzte ein lichtblauer Tag. Die blinkenden Geräte waren verschwunden und mit ihnen Lotte. Stattdessen saß Elsa an seiner Seite und schlief in einem unbequemen Stuhl, den Kopf auf die Brust gesenkt.

»Wenn du in dieser ungemütlichen Position schläfst, wirst du grässliche Kopfschmerzen bekommen.«

Eds Stimme war wieder zurück. Und mit ihr die Erinnerung.

Das Meer, die Dulcibella, Kühn, Gustafsson.

»Nicht so schlimm wie dein Kopfbrummen, vermute ich«, antwortete Elsa und ruckelte sich zurecht, ehe sie ihm einen sehr liebevollen Kuss auf die Lippen drückte.

Sie strich ihm durch die Haare.

»Schön, dass du wieder da bist.«

»Schön, dass *du* wieder da bist«, antwortete Ed und spürte, wie ihn ein warmes Glück durchströmte.

»Damit du dich nicht so anstrengen musst, versuche ich, dir deine Fragen in der von mir vermuteten chronologischen Reihenfolge zu beantworten.«

Ed schmunzelte und drückte ihre Hand.

»Wie lange du im Wasser getrieben bist, ist nicht ganz klar. Eine ganze Weile wird es wohl gewesen sein. Du warst jedenfalls mächtig unterkühlt und ausgetrocknet, als dich die Spezialtruppe der Marine aus dem Wasser geholt hat. Dabei sollst du übrigens wie wild um dich geschlagen haben und wärst beinahe noch endgültig abgesoffen. Deine Kopfschmerzen kommen von einer Gehirnerschütterung. Ansonsten bist du aber erstaunlich gut weggekommen bei der Aktion. Nach Gustafsson fahndet Interpol, und von Astrid Gadau soll ich dich grüßen.«

»Und Kühn?«, fragte Ed verhalten.

Elsa schüttelte den Kopf.

»Der ist immer noch verschwunden, die Fahndung …«

»Er war auch an Bord von Gustafssons Schiff«, unterbrach er Elsa.

»Oh mein Gott, dann …«

Ed versuchte zu nicken. Ein Schmerzschauer durchzuckte ihn.

»Sie haben ihn einfach ins Wasser geworfen. Er ist bestimmt ertrunken …«

Elsa drückte Eds Hand.

»Das ist furchtbar.«

Ed brauchte eine Weile, ehe er genug Kraft für die nächste Frage gesammelt hatte.

»Und wieso …«

»Weil du mich nicht zurückgerufen hast«, fiel sie ihm ins Wort.

»Aber ich wollte«, beharrte er.

»Mag sein. Hast du aber nicht. Sonst wärst du nämlich vorsichtiger gewesen. Hoffe ich zumindest.«

»Was meinst du damit?«

»Gustafsson steht seit Längerem im Visier einer inter-

nationalen Sondereinheit. Er ist Teil eines ... wie soll man
es nennen, ohne dass es sich lächerlich anhört? ... eines
Sand-Netzwerkes. Diese Bande klaut und verschiebt weltweit systematisch Sand. Es ist mir schleierhaft, warum
nicht wenigstens Franz in Kiel das herausbekommen hat.
Bei solchen Dorfpolizisten wie dir und Muri kann man das
natürlich nicht erwarten ...«

Ed war noch zu schwach, um zu widersprechen.

»Als Lotte deinen Abschiedsbrief gefunden hatte, den
Gustafsson bei euch hinterlegt hatte, hat sie erst einmal
mich und dann Muri angerufen. In dem Moment war mir
klar, dass du in allerhöchster Gefahr schwebst. Nicht, dass
ich das mit deinem Selbstmord auch nur einen Moment ge-
glaubt hätte. Aber er hat das geschickt gemacht. Hast du
eine Ahnung, wie Gustafsson an deine Fingerabdrücke gekommen ist?«

»Ich glaube, ich Dorfpolizist habe mich ziemlich blen-
den lassen. Gustafsson hatte mich mit seinem Schiff zum
Hopperbagger mitgenommen. Großes Austernfrühstück
inklusive. Da gab es jede Menge Fingerabdrücke von mir.
Ich Idiot.«

»Jedenfalls war es nicht sonderlich schwer, Muri und
Nesser klarzumachen, dass du in Gefahr schwebst. Die
Dänen haben herausgefunden, dass Gustafssons Schiff am
frühen Morgen in Esbjerg festgemacht hatte. Von dort ist
er mit seinem Jet nach Kopenhagen gestartet, wo er aber
nie eingetroffen ist.«

Schweigend hielten sie sich bei der Hand.

»Weißt du eigentlich, was für ein unglaubliches Glück
du gehabt hast, dass wir dich gefunden haben? Und sogar
lebend!«

»Ich glaube, das werde ich mein Leben lang nicht vergessen.«

Mühsam versuchte Ed, sich aus dem Bett hochzudrücken.

»Psst«, machte Elsa und schob ihn zurück. Dann legte sie sich neben ihn und hielt ihn fest in ihren Armen.

24

Ed wartete in einem Hauseingang neben dem Café Paris in einer Querstraße am Hamburger Rathaus. Ein feiner Nieselregen überzog die Stadt mit einem Grauschleier. Dabei hatte am Morgen an der Kieler Förde noch die Sonne geschienen.

Nesser hatte in Kiel bereits am Ministeriumseingang auf ihn gewartet. Es war ihr erstes Wiedersehen nach Nessers kurzem Besuch im Krankenhaus, bei dem er Eds Aussage aufgenommen hatte. Seitdem Gustafsson Kühn und ihn in die Nordsee geworfen hatte, war er verschwunden. An Sebastian Kühns Tod bestand nach Eds Aussage ebenso wenig Zweifel wie daran, dass Kühn für Fred Wülfers Tod verantwortlich gewesen war. Ob es sich um einen Unfall handelte, wie Kühn behauptet hatte, oder um Totschlag oder sogar Mord, würde nicht mehr zu klären sein.

Nesser begleitete Ed über den tiefen blauen Teppich mit weißen und roten Einsprengseln in den Besprechungsraum.

»Nach dem, was dir gerade widerfahren ist, wird das heute ein Klacks«, munterte er ihn auf.

»Bist du dir sicher?«

»Bestimmt.«

Nesser strahlte Zuversicht aus.

Zu Eds Überraschung hatte es sich die Ministerin nicht nehmen lassen, selbst an der Besprechung teilzunehmen und nicht bloß einen Vertreter zu schicken.

»Herr Kommissar Koch, wie schön zu sehen, dass Sie wieder auf den Beinen sind und schon ganz der Alte.«

Ed wusste nicht so recht, worauf sich der zweite Teil der Begrüßung bezog. Schließlich hatte er auf Lottes Rat hin heute früh Hemd und Sakko gewählt anstelle eines sommerlichen Poloshirts.

»Ich wollte es mir auf keinen Fall nehmen lassen, Ihnen zur Lösung des Falls Wülfer zu gratulieren und mich für Ihren hohen Einsatz zu bedanken. Bitte nehmen Sie es mir nicht übel, wenn ich mich schon gleich wieder aus dem Meeting herausstehlen muss. Termine.«

Bedauernd hob sie die Hände.

»Vielen Dank, Frau Ministerin.«

Ed nahm neben Nesser Platz, und ohne Zeit zu verlieren, ergriff der Polizeipräsident das Wort.

»Angesichts des aktuellen Falls erscheint es mir kleinlich, noch einmal unter disziplinarischem Blickwinkel auf die Sache Coutino aus dem Winter zu schauen.«

Ed blickte aus dem Fenster direkt auf die Förde.

Weiße Jollen segelten dort in der leichten Brise.

Dann lasst es doch einfach, dachte er.

»… und ich denke, wir können das heute sehr kurz halten, auch weil Frau Ministerin ja einen Anschlusstermin wahrnehmen muss.«

»Wenn ich etwas beitragen dürfte?« Ed räusperte sich.

»Bitte gerne.«

»Sofern es um die Kosten geht, die ich verursacht habe: Ich kann gerne anbieten, die Übernachtungen privat zu begleichen …«

Polizeipräsident und Ministerin schauten einander leicht betroffen an.

»Nun, ich denke …«, setzte der Polizeipräsident an.

»Frau Ministerin, Herr Präsident«, ergriff Nesser das Wort. »Angesichts des Einsatzes von Kommissar Koch im jüngsten Fall, den er unter Einsatz seines Lebens gelöst hat, und angesichts des großzügigen Angebots, das er gerade unterbreitet hat, erscheint es doch durchaus angemessen, die Ermittlungen gegen ihn niederzuschlagen.«

Fragend schaute Ed zu Nesser, unsicher, ob er erneut das Wort ergreifen sollte. Der bedeutete ihm mit einer Handbewegung, jetzt um Gottes willen den Mund zu halten.

»Ich möchte Ihrer Entscheidung selbstverständlich in keiner Weise vorgreifen, Herr Polizeipräsident, aber das Angebot von Hauptkommissar Nesser erscheint mir durchaus bedenkenswert.«

Die Ministerin schaute auf ihre Armbanduhr.

»Meine Herren. Wunderbar, dass wir das so fix lösen konnten. Herr Koch, nochmals alles Gute für Sie und vielen Dank für Ihren Einsatz.«

Die Männer erhoben sich, während die Ministerin zusammen mit ihrer Assistentin den Raum verließ. Der Polizeipräsident räusperte sich. Welches Ergebnis des Termins er auch erwartet hatte, mit der Entscheidung der Ministerin war jede weitere Überlegung hinfällig geworden.

»Sie erhalten dann eine Kostennote, Herr Koch, und ja … ich denke … ähm … das war es dann.«

Er blickte zweifelnd zu Nesser, der im Gegensatz zu ihm freudig strahlte.

Fünf Minuten später saßen sie vor dem Ministerium auf der Kaimauer der Förde, jeder eine Kaffeetasse in der Hand.

»Im Wellhørn schmeckt er besser«, sagte Ed.

»Mag sein.«

»Kannst du mir mal bitte verraten, was das eben war, Franz?«

»Ich würde sagen, das war der ziemlich erfolgreiche Versuch, dir Kopf und Karriere zu retten.«

Ed schaute ihn mit großen Augen an.

Nesser winkte ab.

»Ich bin mir nicht sicher, ob dich der Polizeipräsident künftig in Ruhe lässt. Er hat dich auf dem Kieker.«

»Solange ich nicht mehr in zu teuren Hotels auf Landeskosten übernachte und ansonsten jeden eigensinnigen Schritt vorher mit Kiel abspreche, doch hoffentlich schon …«

»Das ist bestimmt hilfreich«, erklärte Nesser.

Er nahm die beiden Tassen.

»Und alles andere lässt du dir irgendwann einmal von deiner Elsa erklären.«

Obwohl Ed nicht verstand, was Nesser damit meinte, gab er sich zufrieden.

Allein die Vorstellung, sich die Welt von Elsa erklären zu lassen, stimmte ihn froh.

»Von mir aus kann sie mir meine Welt sehr gerne erklären«, verkündete Ed. »Da finde ich mich nämlich manchmal nicht so gut zurecht.«

»Ich denke, damit sollte sie am besten zügig anfangen. Pass auf dich auf, Ed«, sagte Nesser und umarmte ihn flüchtig.

Dieses Mal hatte Ed im Café Paris in Hamburg vorsichtshalber einen Tisch reserviert. Florence Wülfer und er bekamen einen Platz auf der langen Bank des Cafés zugewiesen. Wülfer sah müde aus, aber nicht mehr so wütend und verzweifelt wie bei ihrem ersten Treffen im Polizeirevier in Westerland. Ed empfand die Situation als seltsam. Er hatte überlebt. Ihr Bruder hatte dieses Glück nicht gehabt.

»Ich wollte mich bei Ihnen bedanken, dass Sie den Mörder meines Bruders überführt haben, auch wenn er wahrscheinlich …« Wülfer stockte.

»Nicht nur wahrscheinlich, Frau Wülfer. Ich bin mir sicher, dass Sebastian Kühn nicht überlebt hat.«

»Wie gut, dass wenigstens Sie überlebt haben.« Unwillkürlich drückte sie seine Hand. »Entschuldigung, aber diese ganze Geschichte …«

»Hat uns alle mitgenommen. Wie geht es Ihrer Großmutter?«

»Sie haben sie gerade rechtzeitig gefunden. Auch dafür vielen Dank. Es geht ihr inzwischen wieder gut. Wirklich. Sie ist wieder ganz die Alte.« Wülfer strahlte ihn bei dem Gedanken an die alte Dame an. »Wir haben uns in den letzten Wochen viel und lange miteinander unterhalten. Natürlich über Fred. Aber auch über meine Mutter und meinen Vater. Sie hat mir vorgeschlagen, dass wir das Haus verkaufen und sie in ein Pflegeheim zieht. Aber was soll ich sagen, das machen wir auf gar keinen Fall. Ich werde die Arbeit hier in Hamburg aufgeben und zu ihr nach Glücksburg umziehen. Ich habe mir überlegt, dass sie in Freds ehemaligem Büro wohnen könnte. Da muss sie keine Stufen steigen. Und ich wohne im Haus und suche mir einen neuen Job an der Küste. Es findet sich schon etwas. Aber erst einmal werde ich die Geschichte meines Bruders über den Sand aufschreiben. Das bin ich ihm schuldig. Hinnerk hat mir schon seine Unterstützung zugesagt. Und auf Ihre hoffe ich ebenfalls.«

»Die sage ich Ihnen sehr gerne zu.«

Die Kellnerin servierte ihnen kleine Kohlrouladen mit Petersilienkartöffelchen.

»Und die Dateien Ihres Bruders?«

»Waren tatsächlich auf unserem Firmenrechner versteckt! Dieser Schelm. Er hatte es irgendwie geschafft, meine Kollegen aus der IT auszutricksen. Es hat ihnen einiges Kopfzerbrechen bereitet …«

»Köstlich, oder?« Schwärmerisch schaute Ed auf das so durch und durch norddeutsche Mittagessen.

»Absolut«, stimmte Wülfer zu. »Wobei ich mich frage, was die Pariser dazu wohl sagen würden.«

»Vermutlich ›très allemand‹.«

»Vermutlich. Wussten Sie übrigens, dass mein Bruder sowohl in den Rechner von Kühn eingedrungen war als auch in das Firmennetzwerk von Gustafsson?«

»Und was sagt die Polizei dazu? Da hat er bestimmt schicke Informationen gefunden, die für die weiteren Ermittlungen wichtig werden können.«

Wülfer senkte den Blick.

»Ah«, antwortete Ed. »Sobald Ihr Artikel fertig ist, werden Sie diese Dateien gewiss an die Polizei weiterleiten.«

»Gewiss. Mit dem Artikel irren Sie sich allerdings. Ich dachte eher an ein Buch.«

»Na dann. Hinnerk wird bestimmt begeistert sein.«

»Bestimmt. Außerdem haben sie noch einige andere Dateien in dem Ordner meines Bruders gefunden. Sie erinnern sich an seine Japanlektüre? Ich denke, mir wird in nächster Zeit nicht langweilig.«

Es nieselte immer noch, als sie sich vor dem Café Paris verabschiedeten.

Es war kühl. Der Tag fühlte sich an, als würde sich der Sommer vor der Zeit zum Herbst wandeln. Aber vielleicht machte er ja nur eine Pause. Ohne sich vom Regen abschrecken zu lassen, lief Ed hinüber zum Rathaus und weiter zur Binnenalster. Elsa war nach seiner Entlassung aus dem Krankenhaus noch ein paar Tage bei ihm auf Sylt geblieben, ehe sie wieder nach Pula aufgebrochen war.

»Bist du dir sicher, dass du fahren musst?«, hatte er sie gefragt.

»Bin ich«, hatte Elsa geantwortet und ihn stürmisch geküsst.

»Wie schade.«

»Sehr schade, aber vielleicht komme ich bald wieder vorbei. Oder du kommst endlich einmal zu mir.«

»Nach Pula?«

»Aber ja.«

»Was soll ich dort machen? Den ganzen Tag auf dich warten, in der Markthalle Gemüse einkaufen und Fisch am Hafen?«

»Wäre das so schlecht?«

Ed legte die Arme um ihre Hüfte.

»Nein, das wäre überhaupt nicht schlecht. Es wäre sogar ganz wunderbar.«

Im Geiste sah sich Ed schon mit einem Bastkorb am Arm zwischen Gemüse- und Fischständen umherstreifen.

»Woher weißt du überhaupt, dass es eine Markthalle bei uns gibt? Warst du heimlich doch schon einmal dort?«

»Recherche. Alles Recherche.«

Sobald er am Abend zurück aus Hamburg auf Sylt wäre, würde er sich gemeinsam mit Mara und Lotte bei Pastorin Krüger treffen. Sie hatte erfolgreich zwischen den beiden Frauen vermittelt. Lotte durfte weiter bei ihm wohnen. Und irgendwie war es der Pastorin sogar gelungen, den Besitzer des Supermarktes davon zu überzeugen, die Anzeige wegen des Containerns zurückzuziehen. Stattdessen bestückte er die Westerländer Tafel mit den noch verzehrbaren Lebensmitteln.

Vor einem kleinen Buchladen am Neuen Wall blieb er stehen und schaute auf die Auslage. Unwillkürlich musste er an Alexandra Wittlich denken. Während des Treffens mit Florence Wülfer hatte er kurz gehofft, er würde sie an einem der Nachbartische entdecken. Dort, wo er sie im vergangenen Winter kenngelernt hatte, als sie trotz des immensen Lärms im Café in ein Buch vertieft gewesen war.

Was hatte sie ihm neulich gesagt, als er mit Lotte bei ihr war?

»Meine Devise lautet: Irgendwann ist jetzt.«

Nach seinen Erlebnissen der letzten Tage schien ihm das ein ausgezeichnetes Motto zu sein.

Nachbemerkung

Die Geschichten, die wir erzählen, wachsen aus uns hervor. Sie suchen sich Worte und Handlungen. Aber damit wir sie erzählen können, brauchen wir Menschen, mit denen wir uns austauschen, die uns anregen, begeistern und unterstützen. Jede Literatur, jede Kunst erwächst immer in unserer Wechselbeziehung mit der Welt und der Zeit, die uns umfängt.

Mein Dank gilt meiner Familie und besonders meinem Bruder für seine wertvollen Anregungen sowie seine wie stets liebevoll kritische erste Lektüre des Manuskripts. Danken möchte ich auch Ole Martens, von dem ich viel über den Küstenschutz in Schleswig-Holstein und die Sandvorspülungen auf Sylt gelernt habe. Alle Fehler, die mir bei der Schilderung der Vorspülungen unterlaufen sein sollten, sind allein mir zuzurechnen. Danken möchte ich auch Hans Jessel, von dem erneut das wunderbare Coverfoto stammt. Ein herzlicher Dank geht zudem an meine Agentin Gudrun Hebel, meine Lektorin Regina Roßbach und meinen Verleger Daniel Kampa.